ro
ro
ro

Jan. 15

RAINER NIKOWITZ

VOLKSFEST

KRIMINALROMAN

Rowohlt Taschenbuch Verlag

3. Auflage Januar 2013

Originalausgabe
Veröffentlicht im Rowohlt Taschenbuch Verlag, Reinbek
bei Hamburg, November 2012

Umschlaggestaltung yellowfarm gmbh – Stefanie Freischem
(Foto: Frank Saragnese / Getty Images;
Zeffss1 / iStockphoto.com; plainpicture / gio)
Satz aus der Thesis Antiqua
Gesamtherstellung CPI – Clausen & Bosse, Leck
Printed in Germany
ISBN 978 3 499 25911 1

FÜR MEINE ELTERN

EINIGE DER HANDELNDEN PERSONEN

SUCHANEK, DER: Held, dessen Beitrag zum gesellschaftlichen Leben sein Heimatort Wulzendorf viel zu lange missen musste.

ALEX WIMBERGER VULGO GRASEL: Besitzer des Clubs «Route 66 b» und talentierter Züchter amtlicherseits nicht gern gesehener Pflanzen.

SUSI: Wulzendorfer Nahversorgerin, früherer «bester Freund» Suchaneks.

PALENAK: Biobauer mit Geldproblemen; schaut wie alle sehr gesund Lebenden eher kränklich aus; vor 20 Jahren brannte sein Heustadl ebenso wie der vom

NEUNER-RANREITER und vom

FÜNFER-MANTLER: Herrenbauer und Feuerwehrhauptmann – bei dem es nun neuerlich brennt.

«HEILIGE JOHANNA» MANTLER: Gattin vom Fünfer und Chefin der sehr frommen Legio Mariae; dennoch nicht feuerfest.

GREGOR MANTLER: Schnittiger Sohn; Beinahe-Weltmeister im Pflügen.

HANSI-BURLI: Größtes Fußballtalent, das Wulzendorf je hervorgebracht hat; leider bei einem Verkehrsunfall früh verschieden.

BURLI-URLI: Burlis Freundin Ursula, eine echt heiße Disco-Kellnerin. Damals.

«SCHNECKERL» PROHASKA: Dorfsäufer und Entspannungsfischer.

KELLER GERRY: Nosferatu-Lookalike und Feuerwehrmann.

SPAKOWITSCH EDI: Stellvertretender Feuerwehrhauptmann, der momentan ganz schön viel schultern muss.

SIEBZEHNER-STRATZNER: Ortsvorsteher und Chef der separatistischen «Überparteilichen Bürgerliste».

GERSTMEIERIN: Pensionierte Gemeindesekretärin; als solche heimliche Ortsvorsteherin; Nummer zwei der Legio.

HEIMEDER KURTL: Alleinunterhalter mit von einem S-Fehler geförderten Faible für lateinamerikanische Rhythmen und Hang zum Immer-und-überall-Bonmot.

DIE ALTE NIDETZKY: Spezialistin für Dorftratsch.

LENGAUER MILLI: Seit dem Verlust von Sohn und Mann psychisch etwas labil (Kleptomanin).

SECHSER-HARTL: Knochenharter Bauer mit Hang zu schlagkräftiger Argumentation.

ACHTER-HIEFLER: Jerry Lee Lewis unter den Kirchenorganisten; früher Suchaneks Milch-Dealer. Sein Sohn

HIEFLER ANDI: Ist vor Jahren bei einem Verkehrsunfall gestorben und trotzdem immer noch Rekordhalter für die Strecke Langegg – Wulzendorf.

WILLI BOBEK: Autohändler & vor allem -verschönerer mit nicht immer astreiner Müllentsorgungsstrategie.

ORF 1 UND ORF 2: Die Brüder Leopold (Poldi) und Robert (Bertl) Gärtner; aufgrund ihrer von der Natur verliehenen Kopfform schon früh von anderen Kindern namentlich mit dem Röhrenfernseher in Verbindung gebracht.

ZWÖLFER-LEITNERIN: Resolute Bäuerin mit so was von keinem Blatt vor dem Mund.

DREIER-KANSCHITZ: Nachbar vom Fünfer-Mantler mit einem nach einem Verkehrsunfall gelähmten Sohn.

PFARRHOFER RENÉ: Der Lastzug unter den Landmaschinenmechanikern; Feuerwehrmann.

EINUNDZWANZIGER-WANTUSCHKA: Früher Gemeindestierhalter; heute Feuerwehrkritiker.

URBAN ERNSTL: Feuerwehrmann; sonst auch recht unbedarft.

KOMMISSAR WIMMER: Vielleicht doch kein schlechter Polizist; aber ganz sicher kein Freund vom Suchanek.

VOLKSFEST

1

«Wenn man einmal was braucht von dir!»

Darauf fiel dem Suchanek instinktiv nichts ein. Eine Art Überlebensreflex wahrscheinlich. Denn nachdem es ohnehin nichts, aber auch schon gar nichts gab, das sich in der prekären Situation, in der er sich befand, zu einer auch nur ansatzweise brauchbaren Entschuldigung zusammenlügen hätte lassen, war es natürlich besser zu schweigen.

In Suchaneks Augen leuchtete ein beeindruckendes Morgenrot. In denen seiner Mutter kondensierte langsam der Zorn.

Suchanek vollführte eine zarte Handbewegung in Richtung des Koffers seiner Eltern, den der Busfahrer eben hochhob, um als vielfältig einsetzbarer Sohn unaufdringlich seine Hilfsbereitschaft bei der Verstauung dieses wichtigen Gepäckstückes voller Unabdingbarkeiten für die gerade beginnende Expedition «Vier Tage Bodensee – Insel Mainau – Schaffhausen / Rheinfall» zu verdeutlichen.

Es war zu spät. *Er* war zu spät.

Suchanek hatte ohnehin schon den ganzen Weg aus der Stadt heraus gewusst, dass ebendieser Weg in ebendiesem Satz seiner Mutter enden würde. Er war diesem Gipfel elterlicher Enttäuschung – wiewohl es sich beileibe um keine Erstbesteigung handelte – unentrinnbar, wie in richtig tragischen Tragödien nun einmal üblich, entgegengesteuert. Seit den frühen Morgenstunden, in denen er aufgestanden war. Eigentlich schon seit den nur wenig früheren Morgenstunden, in denen er schlafen gegangen war.

Dabei war ihm fraglos zugutezuhalten, dass er, zumindest

nachdem er dem Wecker einen linken Schwinger verpasst hatte und erst eine Dreiviertelstunde später wieder aufgewacht war, weil er im Traum glücklicherweise gerade vom Nanga Parbat abgestürzt war, alles versucht hatte, um seine Verspätung so gering wie irgend möglich ausfallen zu lassen. Er hatte seine Rostlaube dermaßen durch die sich vor Wien unnötig breit machende Ebene gejagt, dass sich jeder Verkehrspolizist alle zehn Finger nach ihm abgeschleckt hätte.

Keine Geschwindigkeitsbegrenzung, keine Ortstafel, kein Zebrastreifen, gar nichts vermochte Suchanek zu bremsen. Auch nicht das weiße Kreuz, das knapp vor Wulzendorf an jenem Kirschbaum angebracht war, an dem der Lengauer Edwin und sein GTI, unzertrennlich wie immer, ihre Leben ausgehaucht hatten.

Und auch nicht der Blumentrog mit den verwelkenden Geranien, diesen Straßenhuren unter den Blumen, und die auf rustikal getrimmte Holztafel, auf der stand: «Wulzendorf grüßt seine Gäste».

Als ob nach Wulzendorf schon jemals irgendein Gast gekommen wäre. Nicht einmal der berühmte Gefängnisausbrecher Prtil, der damals auf seiner Flucht hier durchgekommen war, hatte in Wulzendorf haltgemacht.

Nein, Prtil musste unbedingt die drei Kilometer nach Bernhardsau weiterfahren, erst dort zwei Leute erschießen und schließlich der Gendarmerie am Bahnhof ein Gefecht liefern, das er nicht überlebte. Und Wulzendorf kam nicht in die «Zeit im Bild», und dann kamen erst recht keine Gäste, während sie den Bernhardsauern die Türen einrannten.

Wenn die Wulzendorfer die Bernhardsauer nicht schon immer «Bernhardsäue» genannt hätten, wäre das damals ein hervorragender Moment gewesen, damit anzufangen.

Die Bernhardsäue bildeten sich ja sogar noch heute, vierzig Jahre später, weiß Gott was ein auf ihre paar Einschusslöcher in den Bahnhofsmauern. So viel, dass sie sie sogar extra aus der Wand geschnitten hatten, natürlich mit ein bisschen Wand rundherum, weil sonst geht so ein Loch ja leicht verloren. Irgendwann in den Achtzigern war das gewesen, als man den alten Bahnhof durch ein modernes Waschbetonwartehäuschen ersetzt hatte. Vielleicht würde das ja in vierzig, fünfzig Jahren auch ins Bernhardsauer Heimatmuseum kommen, neben Prtils Löcher.

Wulzendorf immerhin hatte dafür nicht nur den einzigen grünen Kirchturm im ganzen Bezirk, auch wenn es mehr so ein gespiebenes Grün war, aber eben doch das einzige, sondern auch die einzige funkgesteuerte Kirchturmuhr weit und breit. Der junge Zwölfer-Leitner hatte diese gottgefällige Anschaffung im Pfarrgemeinderat durchgesetzt. Weil er doch vom alten Zwölfer-Leitner, der bis zum Schluss täglich die Hühnerleiter im Kirchturm hinaufgestiegen war, um die Uhr aufzuziehen, die monströse Kurbel geerbt hatte, die man dazu brauchte. Quasi in dynastischer Thronfolge. Eh der letzten in Wulzendorf, seit der Gemeindestier durch ein doch etwas pflegeleichteres Röhrchen für die künstliche Befruchtung ersetzt worden war, das der Einser-Neuhold nicht mehr zu füttern brauchte. Aber, wie es halt oft so ist mit den Jungen: Kaum hielt er die Kurbel, an der der väterliche Schweiß von Jahrzehnten klebte, in Händen, beschloss der Zwölfer umgehend, das Kirchturmuhraufziehrecht nicht mehr unbedingt als Privileg zu betrachten.

Und die Kirchturmuhr, die aus diesem Grund auf die Millisekunde genau ging, zeigte, als der Suchanek mit 120 an der Ortstafel und den Geranien vorbeiwetzte, 6.14 Uhr. Beide

Zahlen musste man als eher ungünstig ansehen. Denn somit wurde die ihn schon länger beschleichende Befürchtung, er müsse seine Eltern möglicherweise gar nicht mehr von ihrem Haus abholen, um sie zum überschaubaren Hauptplatz von Wulzendorf zu bringen, wo sie um 6.15 Uhr den Bus zu besteigen gedachten, zur tragischen Gewissheit. Sie waren schon da.

Dem Busfahrer, einem feisten Glatzkopf ohne Hals, der gerade den Kofferraum des Busses von «Schweinbarth-Reisen» öffnete, wehte es die Krawatte über die rechte Schulter, als Suchanek mit immer noch nicht viel weniger als 120 über den Hauptplatz flog, auch, weil sie in der Autoindustrie sicher wahnsinnig viel bauen konnten, aber leider immer noch keine Bremsen, die auch ohne erwähnenswerte Beläge ihren Dienst taten.

Erstaunt blickte der Chauffeur auf, um festzustellen, woher diese Windhose denn auf einmal kam. Dann wanderte sein Blick zu Suchaneks Vater, der neben ihm stand und angesichts der vorbeifetzenden Frucht seiner Lenden die typische Robert-Lembke-Bewegung machte: Er schlug die Hände vor dem Gesicht zusammen. In dieser Position hatte er weite Teile von Suchaneks Jugend verbracht. Suchanek war sich deswegen nie völlig sicher gewesen, seinen Vater bei einer Gegenüberstellung auch zweifelsfrei identifizieren zu können.

Beim Einundzwanziger-Wantuschka hatte sich Suchanek dann so weit eingebremst, dass er umdrehen und zum Hauptplatz zurückfahren konnte. Als er aus dem Auto stieg, fiel ihm der Werbeslogan am Heck des Busses ins Auge: «Ist das Leben wieder einmal beinhart – fahr auf Urlaub mit der Firma Schweinbarth.»

Suchanek atmete ruckartig aus, wie ein Athlet vor dem

Start eines großen Rennens. Dann ging er mit hängenden Schultern auf seine Eltern zu.

«Viertagebodenseeinselmainauschaffhausenrheinfall».

Wochenlang hatte er das jetzt am Telefon gehört. Immer in der Maxi-Version, um der ohnehin schon großen Fahrt noch tonnenschwerere Bedeutung zu verleihen. Nie sagte seine Mutter einfach: «Wir fahren an den Bodensee.» Das war ihr zu prosaisch. Sie sagte: «Wir fahren Viertagebodenseeinselmainauschaffhausenrheinfall.» Und manchmal fügte sie noch triumphierend hinzu: «Dort wachsen Palmen.»

Einmal sagte Suchanek darauf: «Wo genau? In Viertage?»

«Was?»

«Die Palmen. Oder doch in Rheinfall?»

«Du bist immer nur blöd. Nichts leisten, aber Hauptsache, blöd sein. Die Palmen wachsen auf der Insel Mainau. Beim Grafen.»

«Was bei dem alles wächst», sagte Suchanek.

Unter normalen Umständen hätten ihm seine Eltern auch niemals Haus und Hund anvertraut. Die Tante Anni, die auch in Wulzendorf wohnte und die eigentlich gar nicht Suchaneks Tante war, sondern eine Cousine seines Vaters, die zur Tante mutiert war, weil ja Großcousine in den heutigen haltlosen Zeiten nicht mehr wirklich als Verwandtschaft gilt und weil man Kindern ja schnell einmal jemanden als Tante verkauft, der noch viel weniger ist als eine Großcousine, nämlich beispielsweise gar nichts, die Tante Anni also wäre natürlich an sich die erste Wahl für diese diffizile Aufsichtstätigkeit gewesen. Aber die hatte für Freitag endlich den lang erwarteten Operationstermin bei diesem Gefäßspezialisten bekommen, dem König der Krampfadern, der ihr vermutlich so ungefähr alle Venen aus den Beinen ziehen würde. Das hatte er schon bei der Nachbarin von der Tante Anni gemacht, und die hatte seitdem wieder Haxen wie eine Junge. Bei der Tante Anni würden sich zwar trotz der zweifellos magischen Hände des Krampfadernkönigs allenfalls noch die Haxen einer jungen Elefantenkuh ausgehen, aber gut.

Suchaneks Schwester wiederum, eine prinzipiell hochgradig verlässliche Zweitbesetzung, die ein paar Dörfer weiter wohnte, war nicht verfügbar, weil sie etwas hatte, das Suchanek nicht hatte: einen Job. Noch dazu einen, bei dem sie manchmal auch an Feiertagen arbeiten musste, also zum Beispiel heute. Das hätte ja Suchanek schon allein aus ideologischen Gründen niemals gemacht. Und zwar nicht, weil er reumütig in den Schoß der katholischen Kirche zurückgekehrt wäre, nein. Aus Protest gegen den seelenlosen Neoliberalismus, jawohl! Auch zu Christi Himmelfahrt. Eigentlich vor allem zu Christi Himmelfahrt. Aber seine Krankenschwester-Schwester hatte da halt nicht so ein ausgeprägtes politisches Bewusstsein.

Also blieb nur mehr er.

Und wie er geschworen hatte, pünktlich zu sein! Wenn es nur wegen des Transports auf den Hauptplatz gewesen wäre. Dann. Aber es hätte schließlich gegolten, Suchanek mit dem allabendlich und darüber hinaus auch im Falle nur kurzzeitiger Abwesenheit vom Zielobjekt strikt einzuhaltenden Abschließplan für das Anwesen vertraut zu machen. Ihn im fachgerechten Gebrauch diverser technischer Geräte, wie dem automatischen Garagentor, der Wasserpumpe, die in letzter Zeit so komisch gurgle und deshalb sicherheitshalber täglich entlüftet werden müsse, oder der brandgefährlichen Brotschneidemaschine zu schulen. Weiters eine artgerechte Bewässerung des Gemüsegartens sicherzustellen. Und und und.

Und nicht zuletzt hätte Suchanek natürlich unbedingt in den ernährungswissenschaftlich wasserdichten Menüplan des Hundes eingeweiht werden müssen. Wie hieß der Hund noch einmal? Das konnte doch nicht wahr sein. Seine Eltern hatten das Vieh jetzt seit zwei Jahren. Suchanek wusste zumindest genau, dass er nicht Henry hieß wie alle Dackel zuvor. Es war mehr was Österreichisches, seine Mutter hatte mit einem Mal befunden, Wulzendorf sei schließlich nicht Westminster oder Wisconsin und deshalb heiße dieser Dackel jetzt Fritzi. Oder Franzi. Ferdi. Fredi?

«Ja, hallo!», sagte Suchanek in selten bescheuertem Kleinkindertonfall, als er nach endlich erfolgter Abfahrt seiner Eltern das heimische Gartentor aufsperrte. Im Sinne einer frühzeitigen Deeskalation hätte es sich jetzt doch als günstig erwiesen, den Namen des Hundes noch zu wissen.

«Hallo ... Hund.»

Der Dackel saß regungslos vor dem Rhododendron, schaute Suchanek eisig an und schwieg. Suchanek pirschte sich näher heran, ging dann artenverbindend in die Knie und streckte ihm so einladend wie möglich die Hand entgegen.

«Ich bin ein Freund. Freuuund!», gurrte er.

Unbeteiligte Beobachter hätten womöglich nicht gänzlich ausgeschlossen, dass der Hund das anders sah. Suchanek trat den geordneten Rückzug an, ohne dem Köter den Rücken zuzuwenden. Er parkte das Auto vor der Garage, schrieb auf ein zerknittertes Kuvert, das er unter dem Beifahrersitz gefunden hatte, «Glocke kaputt», befestigte es einigermaßen elegant unter dem Klingelknopf und versperrte dann, um das Risiko überraschenden Sozialkontakts gänzlich auf null zu senken, das Gartentor. Dann versuchte er eine weitere kynologische Kontaktaufnahme.

«Na komm, gehen wir rein. Wie wär's mit Futter? Faschierte Schweinsknorpel in stinkendem gestocktem Fett? Dafür aber mit einem tollen französischen Namen? Na?»

Der Hund rührte sich nicht. Suchanek ging die Stufen hoch und sperrte die Tür auf, wobei er beim ersten Schloss schon mit dem dritten der elf Schlüssel, die ihm sein Vater beim Bus wortlos in die Hand gedrückt hatte, erfolgreich war, während es bei den beiden anderen etwas länger dauerte. Im Haus ging er sofort die nächste Treppe hinauf in den ersten Stock, in dem das Schlafzimmer seiner Eltern war. Er zog sich Schuhe und Jacke aus, fiel aufs Bett und war nach sekundenlangem Nachdenken, auf wessen Seite er jetzt wohl lag, eingeschlafen.

2

Auf dem Spülkasten am Klo klebte ein Zettel: «Kleines Geschäft – kleine Taste!»

Neben dem Waschbecken war auch einer: «Nach Gebrauch immer auswischen!»

Und den dritten fand Suchanek in der Brotdose: «Zuerst das alte Brot essen!»

Suchaneks Eltern hatten immer schon ziemlich konkrete Vorstellungen über die Trennlinie zwischen Richtig und Falsch gehabt. Auf welcher Seite sie ihn sahen, war klar.

Suchanek hatte sieben Stunden geschlafen und gleich nach dem Aufstehen den riesenhaften Topf mit dem Krautfleisch, das seine Mutter für ihn vorgekocht hatte, gewärmt. Auch weil der Zettel, auf dem «Nicht immer das ganze Krautfleisch wärmen» stand, von ihm aus gesehen an der Hinterseite des Topfes pickte. Im Haus seiner Eltern hatte sich in den fünfzehn Jahren, seit Suchanek ausgezogen war, einiges verändert. Natürlich war er seither immer wieder einmal zu Besuch gekommen, wenn er durch widrige Umstände wie runde Geburtstage, Weihnachten oder die Überziehung seines Überziehungsrahmens dazu gezwungen worden war. Aber da hatte er stets nur mit hochkonzentriertem Tunnelblick darauf gewartet, dass die Zeit verging. Also fiel ihm erst jetzt so richtig auf, dass die Einrichtung von früher nicht mehr da war. Seine Mutter hielt sich ja für eine innen wie außen gleichermaßen hochbegabte Architektin – und dies war keineswegs der einzige etwas strittige Punkt in ihrer Selbsteinschätzung –, die nur aus einem einzigen Grund in die Karriere einer Versicherungs-Schadensreferentin gerutscht war: «Man hat halt damals nicht so die Möglichkeit gehabt.»

Sein altes Zimmer, die einzigen sechs Quadratmeter in seinem Leben, in denen er sich jemals annähernd zu Hause gefühlt hatte, war jetzt ein Klo. Das zweite im Haus. Nicht, dass es jemand gebraucht hätte. Aber was seine Mutter ganz offensichtlich noch weniger brauchen konnte, war ein Museum des Scheiterns. Also ein im Originalzustand belassenes Kinderzimmer, das sie ständig daran erinnerte, wie nachhaltig sich sämtliche tollen Pläne, die sie für seinen früheren Bewohner gehabt hatte, in Luft aufgelöst hatten. Suchanek hielt es allerdings eher nicht für nötig, sich an die neue Einrichtung groß zu gewöhnen. Es würde sicher bald eine noch geschmackvollere Ära in der ruhmreichen Historie der mit Holzimitat beschichteten Pressspanplatte anbrechen. Und auch die Teilnahme an dieser würde seine Mutter garantiert nicht verpassen.

Nach dem Essen stellte er einigermaßen beunruhigt fest, dass er jetzt gute zehneinhalb Stunden nichts zu sich genommen hatte, das ihn vergessen ließ, wer er war. Eine qualvolle Nüchternheit machte sich in ihm immer breiter. Aber zum Glück wusste er Abhilfe: den Grasel.

Der Grasel hieß eigentlich Alex Wimberger. Der Grund für seinen Spitznamen war nicht etwa, dass Alex im Gedenken an den legendären Räuberhauptmann Grasel den alten Vetteln von der Legio Mariae auf dem Weg zum wöchentlichen Betmarathon aufgelauert und ihnen die Rosenkränze entwunden hätte.

Vielmehr hatte sich Grasel schon früh bei der Dorfjugend beliebt gemacht, indem er seinen in der Gartenbauschule professionalisierten grünen Daumen vor allem bei der Aufzucht von Cannabis-Stauden auf dem elterlichen Misthaufen voll zur Geltung gebracht hatte. Und der Grasel war im schwierigen Wulzendorfer Mikroklima sogar so erfolgreich gewesen, dass er den Teil der Ernte, den er nicht selbst verrauchte oder seinen Freunden schenkte, über die Grenzen Wulzendorfs hinaus hatte exportieren können. Vom Erlös hatte er sich ein kleines Café zur Tankstelle seines Vaters gebaut, die am Bernhardsau zugewandten Ortsende lag.

Da Suchanek seine Eltern ja nun nicht zum Bus gebracht hatte, waren sie mit ihrem eigenen Auto hingefahren. Und das parkte jetzt klarerweise immer noch mutterseelenallein in der Wildnis. Sein Vater hasste das. Selbst unter den Palmen des Mainau-Grafen würde er wahrscheinlich an nichts anderes denken können als an die ungeheuren Gefahren, denen ein neun Jahre alter Mittelklassewagen ohne jeglichen Begleitschutz in einer gemeingefährlichen Gegend wie Central Wulzendorf ausgesetzt war. Aber wenn Suchanek ihn im Zuge einer kleinen Einkaufstour zum Grasel in den sicheren Hafen von Fort Suchanek zurückholte, konnte er vielleicht verhindern, dass ihn sein Vater bei der Rückkehr wieder mit den Händen vorm Gesicht begrüßte. Andererseits war das Auto sicherlich einen guten Kilometer entfernt. Wenn nicht eineinhalb. Für einen Fußmarsch also doch eine gewaltige Distanz. Außerdem durfte man bei so einer entbehrungsreichen Reise durch zwar dünn, aber eben doch besiedeltes Gebiet das Risiko, auf Eingeborene zu treffen, schon an normalen Tagen nicht unterschätzen. Und heute war kein normaler Tag.

Es war schon in der Früh, als er am Feuerwehrhaus und dem gleich daneben liegenden Fußballplatz vorbeigefahren war, nicht einmal mit Suchaneks immer noch recht schmalen Augen zu übersehen gewesen: Da stand ein Bierzelt. Denn heute startete das Wulzendorfer Volksfest. Traditionellerweise das größte in der ganzen Gegend. So viel gesoffen wie in diesen stets mit Christi Himmelfahrt beginnenden vier Tagen wurde nicht einmal am Bernhardikirtag bei den geliebten Nachbarn – obwohl man sich auch dort wirklich Mühe gab. Das Gelage diente, wie alle unter dem Ehrenschutz rühriger Landtagsabgeordneter stehenden Alkoholexzesse in Österreich, einem guten Zweck: Veranstalter war die Freiwillige Feuerwehr Wulzendorf. Und die schaffte mit dem Reingewinn alljährlich nützliche Ausrüstungsgegenstände an, die sie sich ansonsten niemals leisten hätte können, ohne die aber moderne Feuerwehrarbeit undenkbar war. Da brauchte man zum Beispiel nur an die hydraulische Blechschere denken, mit der man dann die, die sie mit eiserner Disziplin ersoffen hatten, aus den Autowracks schneiden konnte.

Wenn er Grasels Telefonnummer gehabt hätte ... Naja, selbst wenn. Der würde wohl eher keine Hauszustellung machen. Und außerdem war da noch der Hund. Der würde es vielleicht als Geste des guten Willens verstehen, wenn Suchanek mit ihm einen Spaziergang machte. Eine Viertelstunde später zerrte Suchanek also einen Dackel hinter sich her, dem die Demütigung einer Anleinung durch einen von ihm eher mäßig geschätzten Fremdling sichtlich zusetzte. Wenn sie jetzt auch noch einen anderen Hund trafen, war sein Sozialprestige auf Jahre hinaus im Eimer.

Suchanek bog von der Sackgasse, die den Namen «Sackgasse» trug und aus der er einst ausgezogen war, um erst recht wieder in einer zu landen, nach links auf die Gstettenstraße ab, die pulsierende Lebensader des gleichnamigen Ortsteils. Der andere lag an der Hauptstraße und hieß blumig «Dorf». Damit war gleich klargestellt, wer in Wulzendorf wo wohnte:

im Dorf die, die zuerst da gewesen waren – also die Bauern. Und auf der Gstetten die, die es halt auch geben musste. Diese verspielte Detailverliebtheit in der Namensgebung, dieser generationenübergreifende Beweis für himmelstürmende Kreativität zog sich durch ganz Wulzendorf. Der Bach hieß «Graben». Und beim Dorfteich hatten die Altvorderen sicherlich nächtelang gebrütet, eine metgeschwängerte Versammlung nach der anderen abgehalten, bis endlich festgestanden war: «Lacke». Manche verwendeten aber auch gerne die Erweiterung «Krötenlacke». Vor allem die Älteren. Also die, die noch wussten, was Kröten waren.

Ein weit über die normale Würzigkeit von Landluft hinausgehender Gestank zog von der Lacke herauf. Hatte ein Bauer mal wieder seinen Gülle-Überschuss großherzig der Allgemeinheit zur Verfügung gestellt? Suchanek ging an den Straßenrand, um über die kleine Böschung hinuntersehen zu können. Unten am Wasser saß ein Fischer, den er sofort erkannte. Der Schneckerl.

Der Schneckerl hieß eigentlich Herbert Prohaska. Wie der Fußballer. Einer der wenigen, die Österreich in den letzten Jahrzehnten hervorgebracht hatte, die nicht besser Skifahrer werden hätten sollen. Und da der kickende Herbert Prohaska aufgrund seiner zumindest in jungen Jahren leicht ausufernden Lockenpracht «Schneckerl» genannt wurde, hieß der Wulzendorfer Prohaska auch so, obwohl seine Frisur das vermutlich eher nicht rechtfertigte. Genau konnte man das aber nicht wissen, denn Schneckerl war mit dem speckigen Hut wohl schon geboren worden, den er jetzt auch trug. Suchanek konnte sich nicht erinnern, ihn jemals ohne gesehen zu haben. Wobei er ihn ohnehin meistens nur gehört hatte. Denn Schneckerl wohnte ganz am Ende von Suchaneks Gasse. Seine wegen

Schneckerls haltloser Sauferei von ihm Geschiedene hatte es nicht übers Herz gebracht, ihn auch noch rauszuwerfen, und ihm ein kleines Kammerl im Keller gelassen. Und wenn sich Schneckerl in warmen Nächten, in denen Suchaneks Kinderzimmerfenster offen gewesen war, auf der Schlussetappe des langen, kräftezehrenden Weges vom Wirten zu seinem Keller befunden hatte, hatte er gerne dem Polier auf der Baustelle virtuell die Meinung gegeigt, mit kräftiger Stimme zu Unrecht in Vergessenheit geratene Volkslieder intoniert oder die Dämonen, die ihn wieder einmal heimsuchten, verscheucht.

Schneckerl zeigte auf Suchanek und rief: «Dich kenn ich!» Und nach einer kleinen Pause sagte er: «Du bist doch der. Oder?»

«Der kleine Suchanek», sagte Suchanek.

Schneckerl kniff die Augen zusammen und schien irgendwie nachzudenken. Schließlich gelangte er offensichtlich zu einem zufriedenstellenden Ergebnis und wies auf den halbvollen Doppler Wein, der neben ihm im Wasser dümpelte. «Setz dich her. Und nimm einen Hacker!»

Suchanek kletterte die Böschung hinunter. Dabei stellte er fest, dass der Gestank aus dem großen Kanalrohr kam, das waagrecht unter der Straße durchlief. Es war früher wohl einmal dazu gedacht gewesen, eventuelles Hochwasser aus der Lacke auf die damals noch unbesiedelte Gstetten abzuleiten. Zu diesem aber doch sehr theoretischen Zweck war den praktisch denkenden Wulzendorfern aber zum Glück zusätzlich noch ein anderer eingefallen. Vor allem der Bobek Willi, der seine Autowerkstatt direkt hier am Wasser hatte, war bekannt dafür, in Angelegenheiten der Müllentsorgung vor allem einmal die Kostengünstigkeit im Auge zu haben. Wenn ein Wulzendorfer sagte: «In der Krötenlacke liegt ein ganzes

Auto», dann war völlig klar, wie es da reingekommen war. Verschlissene Bremsscheiben, durchgebrannte Lichtmaschinen, aus der Mode gekommene Felgen – Willi musste nur ein paar Schritte bis zum Loch gehen, und weg waren sie. Das Loch war die tiefste Stelle der Lacke. Obwohl eine Lacke definitionsgemäß eigentlich gar keine tiefe Stelle hat. Aber da war Wulzendorf halt wieder einmal was Besonderes.

Und Dinge, die aufgrund ihrer physikalischen Beschaffenheit eventuell wieder auftauchen hätten können, stopfte Willi ganz gerne in das Kanalrohr. Jeder wusste das. Und wenn es der Willi machte, war es eh schon wurscht. Dann konnten die anderen auch. Als Bub hatte Suchanek einmal durch das Rohr kriechen müssen, um nach dieser Mutprobe endlich nicht mehr der einzige Cowboy in einem ansonsten von Indianern bewohnten Dorf zu sein. Er wollte heute noch immer nicht genau wissen, worüber er da im Dunkeln so gerobbt war. Und genützt hatte es im Übrigen auch nichts.

«Beißen sie?», fragte er und wies mit dem Kopf auf Schneckerls Angel.

Schneckerl schüttelte betrübt den Kopf, dass die Trophäen auf seinem Hut sanft zitterten. Er hatte einen ganzen Haufen Wandernadeln, ein Abzeichen von Rapid Wien, zwei fleckigsilbrige rammelnde Hasen und eine Münze mit einem Loch in der Mitte mehr oder minder kunstvoll an seiner Kopferweiterung befestigt.

«Nein», sagte Schneckerl, fischte den Doppler aus dem Wasser und nahm einen Erwachsenenschluck. «Seit dem Atom nicht mehr.»

Suchanek widerstand der Versuchung, mehr über die Beziehung zwischen den Wulzendorfer Fischen und dem Atom als solchem herausfinden zu wollen. Mit einem Gesprächspartner wie dem Schneckerl konnte man ja leicht einmal vom Hundertsten ins Tausendste geraten.

«Schöne Sachen hast du da», sagte er stattdessen und zeigte auf Schneckerls Hut. Der nahm ihn ab – darunter waren übrigens nicht nur keine Schneckerln, sondern eigentlich überhaupt keine Haare, die den Namen verdienten – und betrachtete ihn stolz.

«Das Rapid-Wappen hat mir noch der Hansi Burli gegeben. Die Wandernadeln sind alle von der Gerstmeierin, die rennt immer auf den Bergen herum. Das da hat der Bertl aus dem Wasser geholt, und die Münze ist vom Pfarrhofer. Aus Dubai. Oder Dschibuti? Wurscht! Ist eh dasselbe!»

Er setzte sich den Hut wieder auf, griff zur Flasche und streckte sie Suchanek entgegen: «Da. Trink!»

Suchanek schüttelte den Kopf. «Ich wollte nur kurz Hallo sagen. Ich muss jetzt weiter.»

Während er die Böschung wieder hochkletterte, hinter sich den Hund, dessen Gemütszustand langsam von beleidigt in beißbereit zu kippen begann, stimmte Schneckerl «Hoch auf dem gelben Wagen» an.

Nun stellte sich aber Suchanek sofort das größte Hindernis in den Weg, das es für ihn in Wulzendorf gab: der Bahnübergang. Unbeschrankt und unberechenbar wie eh und je. Es war damals natürlich die Schuld seiner blöden Schwester gewesen, dass Suchanek fast vom Zug überfahren worden wäre. Wie immer hatte er sie an diesem Tag zum Bahnhof begleiten wollen. Sie waren aber etwas spät dran gewesen, und als die schlichte Streberseele es tuten gehört hatte, war sie Suchanek einfach davongerannt, um bloß nicht den Zug und damit den Unterrichtsbeginn in der Volksschule Bernhardsau zu verpassen. Klar, dass sie mit neun ohnehin schon um einiges schneller gewesen war als er mit fünf – oder auch jetzt mit 33. Und dann noch die Schuhe.

Seine Mutter, eine vorbildlich sparsame Frau, hatte es sich in der Zeit von Suchaneks zweifellos kostenintensivem Fußwachstum zur Gewohnheit gemacht, seine stets durchfallbraunen Hausschuhe hinten aufzuschneiden, sobald sie ihm zu klein geworden waren, und den Fuß dann in aller Ruhe noch um eine Nummer weiterwachsen zu lassen. Dann erst wurde das nächste Paar gekauft. Und in diesen Eigenbau-Sprintraketen legte sich der Suchanek mit zwanzig Tonnen Stahl an.

Das panisch verzerrte Gesicht des Lokführers angesichts des kleinen Buben, der eine halbe Ferse hinter seinen Hauspatschen und zwei Meter vor dem Zug über die Gleise gewieselt kam, würde Suchanek nie vergessen. Als der brave Mann dann nach seiner Notbremsung, die natürlich ohnehin viel zu spät gekommen wäre, aus dem Zug geklettert war, hatte er sich zumindest schon wieder so weit gefangen, dass er Suchanek eine knallen konnte.

Suchanek blieb vor den Gleisen stehen, schaute links, schaute rechts. Kein Zug zu sehen. Andererseits war auch nicht wirklich damit zu rechnen gewesen, dass man die schon vor Jahren eingestellte Bahnlinie extra für ihn revitalisiert hatte. Er überwand die Gefahr mit zwei schnellen Schritten und behielt das Tempo angesichts des nunmehr schon sehr nahen Volksfestgeländes gleich bei. Über den Fußballplatz hinweg konnte er schon das Bierzelt sehen. Das war aber auch nicht allzu schwierig, denn das Zelt war ungefähr so groß wie der Petersdom.

«Action, Spannung, Spaß! Treten Sie näher, steigen Sie ein! Drei Mal fahren – und nur vier Mal zahlen!», überbrüllte irgendein Schausteller den Uffta-Uffta-Trotteltechno, der aus ohnehin schon krachend übersteuernden Lautsprechern trenzte. Täuschte sich Suchanek, oder hatte sich an dem Unterhaltungsarsenal, das hier herumstand, seit seiner Kindheit wirklich gar nichts geändert? Autodrom, Karussell, Schiffsschaukeln. Ein Tagada, also so ein horizontales Riesenrad, das sich nicht nur drehen, sondern auch schütteln konnte. Zwei Schießbuden. Eine kleine Spielhalle mit Flippern und so. Und, etwas abseits und trotz der Tatsache, dass das Volksfest erst wenige Stunden alt war, schon jetzt unüberriechbar: zwei Klowägen.

Ein Transparent über dem Eingang des Bierzeltes kündete davon, dass am Samstagabend, am Siedepunkt des Festes, «Alleinunterhalter Kurt» aufspielen würde. Der Heimeder Kurtl aus dem Ort. Als Referatsleiter für Denkmalschutz auf der Bezirkshauptmannschaft war der Kurtl täglich acht arbeitsreiche Stunden, also von 8 bis 14 Uhr, das Musterbeispiel des seriösen Beamten. Denn obwohl böse Zungen möglicherweise behauptet hätten, dass es neben den Kriegerdenkmälern im Bezirk nur noch Kriegerdenkmäler zu schützen gab – und diese allesamt sowieso grottenhässlich waren –, war das wahrlich keine Aufgabe, die man auf die leichte Schulter nehmen konnte. Nach Dienstschluss indessen durchlief der Kurtl regelmäßig eine erstaunliche Metamorphose. In seinen Adern pulsierte nämlich in Wirklichkeit das Blut eines Latin Lovers mit zwar mittlerweile schon recht ausufernder Stirnglatze und einem weichen Endvierzigerbauch, aber, hey! Einmal Latin Lover, immer Latin Lover. Und auch wenn sein Sprachfehler die Suche nach der Liebe seines Lebens erfolglos hatte enden lassen, so hatte er aus dem starken Lispeln doch immerhin eine Showbiz-Tugend gemacht und sich und seine Hammondorgel auf heiße spanischsprachige Rhythmen spezialisiert. Oder was er halt dafür hielt. Es war ja eh egal, denn beim Kurtl klang alles, was er spielte, nach Polka. Aber die vielen gezischten S in den Texten kamen ihm sehr entgegen.

Nunmehr nahezu im Laufschritt, versuchte Suchanek, unerkannt an der Vorhölle vorbeizukommen. Er hatte es auch schon fast geschafft, als ihm plötzlich der Sechser-Hartl von rechts in die Spur schnitt. Er zerrte ein vielleicht vierzehnjähriges Mädchen hinter sich her, das sich die stark geschminkten Augen zu einem Alice-Cooper-Look verheult hatte und einen Minirock trug, der dort, wo er anfing, eigentlich auch schon wieder aus war.

Das war ja nun auch so eine besondere Facette im Wulzendorfer Ortsleben. Anderswo beschwerten sich Menschen, wenn man sie als Nummern behandelte. In Wulzendorf hingegen war das das Höchste. Und es stand nur den großen Bauern zu. Der Sechser-Hartl. Der Dreier-Kanschitz. Der Siebzehner-Stratzner. Oder man sagte überhaupt gleich nur: der Vierer. Der Zwölfer. Und wenn einer zu wenige Hektar hatte, war er nicht etwa eine kleine Nummer, sondern gleich gar keine.

Der Sechser schrie: «Wie die billigste Schlampe ... So tust du mir sicher nicht mehr am Volksfest mit den ganzen Gfrastern da herum! Und jetzt hör auf zu heulen oder du fängst gleich noch eine!» Dann bemerkte er den Suchanek und bellte ihn an: «Was ist? Gibt's da leicht was zu sehen?»

Suchanek schüttelte eilig den Kopf und schaute weg. Das Schluchzen des Mädchens entfernte sich. Als Suchanek wieder hinsah, bog Hartl mit seiner Tochter gerade um die nächste Ecke und war weg. Suchanek wartete noch eine halbe Minute und ging ihnen dann nach. Nicht etwa, weil er eingreifen wollte oder so. Nein. Er hatte bloß denselben Weg.

Nach dem Feuerwehrhaus begann die Hauptstraße, und

endlich, endlich war Suchanek beim Auto. Erleichtert ließ er sich hinters Steuer fallen. Bis auf den Schneckerl hatte er mit keinem reden müssen. Und der zählte ja eher nicht. Auch der Hund freute sich sichtlich, wieder auf vertrautem Terrain zu sein, und rollte sich auf der Rückbank zusammen. Als sich Suchanek eine Minute später vor dem «Route 66 b» einparkte, Grasels Café, das der in einem seiner bekannt zahlreichen Anfälle geistiger Umnachtung nach der durch Wulzendorf führenden Landesstraße benannt hatte, ließ er den Köter im Auto.

Der Grasel war vier oder fünf Jahre älter als Suchanek, und bis auf die beiden tiefen senkrechten Falten in seinen Wangen sah er exakt so aus wie vor fünfzehn Jahren. Suchanek war sich sogar beinahe sicher, dass Grasel genau dasselbe angehabt hatte, als sie sich zum letzten Mal gesehen hatten. Hager bis an die Hungergrenze, die Haare von den Schläfen bis hinter die Ohren wegrasiert, hinten allerdings lang und zu einem Zopf zusammengebunden. Dazu ein Batik-Tuch, zu einem Stirnband zusammengezwirbelt. An nahezu jedem Finger inklusive der Daumen Ringe. Einen kunstvoll verknautschten Armreifen. Eine Cargo-Hose und ein Gilet, das nicht viel von dem schmalen, harten Oberkörper verbarg.

Es soll ja durchaus mehrere Menschen geben, die ihr Styling für cool halten, obwohl eine einigermaßen repräsentative Umfrage möglicherweise zu einem anderen Ergebnis gelangen würde. Aber niemand hielt ein Styling, das schon immer uncool gewesen war, so bewundernswert unbeeinflussbar über Jahrzehnte durch wie der Grasel.

Gäste waren keine in dem Lokal, als Suchanek reinkam. Grasel saß hinter der Bar und sah von seiner Zeitung auf.

«Gibt's doch nicht!», stieß er hervor. «Der verlorene Sohn!

Alter! Was machst du denn hier? Neinnein, lass mich raten: Du bist der Chef des Heimeder-Kurtl-Fanclubs und darfst ihm am Samstag das Handtuch zum Schweißabwischen reichen.»

Suchanek lächelte gequält. «Meine Eltern sind auf Urlaub. Und ich muss das Haus hüten.»

«Wir haben uns ja ewig nicht mehr gesehen. Was treibst du immer so?»

Suchanek entschied sich ohne weiteres Nachdenken für die wahrheitsgemäße Antwort: «Nichts.»

Grasel grinste: «Ah eh. Ein Bier?»

Suchanek hatte kurz ein Bild von sich selbst im Kopf. Er lag im Garten seiner Eltern und zündete sich eben einen riesenhaften Joint an. Dieses hehre Ziel galt es, ohne über Gebühr unhöflich zu wirken, in der kürzestmöglichen Zeit zu erreichen.

«Nur ein kleines, ich hab den Hund im Auto. Der läuft Amok, wenn ich zu lange weg bin», log er. «Was gibt es Neues?»

Grasel fischte ein Glas von einem Regal und zapfte das Bier. «Was Neues? In Wulzendorf? So lang kannst du aber nicht weg sein, dass du die Frage ernst meinst.»

«Reichen fünfzehn Jahre?»

Grasel schüttelte den Kopf. «Never ever. Das sind ungefähr 100 Jahre zu wenig.»

«Wie geht's denn dir so?»

«Ach, kann mich nicht beklagen. Diese ganzen Supermodels haben halt meine Adresse immer noch nicht herausgefunden. Aber sonst ... Kennst mich ja, ich hab immer meinen eigenen Film laufen.» Grasel spreizte den Daumen und den kleinen Finger von seiner rechten Faust ab und machte eine schaukelnde Bewegung neben seinem Kopf, um zu verdeutlichen, wo sein Kino war. «Und so hält man's dann auch in Wulzendorf aus.»

Suchanek zündete sich eine Zigarette an. «Und die anderen?»

Was sollte man schon groß sagen zu den anderen. Eh erwartungsgemäß, so weit. Drei Kinder schon, Wahnsinn. Und die sind geschieden, stell dir vor, dabei waren sie doch das Traumpaar, weißt du noch? Und der Ding ist ein arbeitsloser Alkoholiker. Naja, war eh klar, dass das einmal so kommt.

Nach einer Weile fand Suchanek, dass das Opfer für den Gott des Smalltalks jetzt ausreichend dimensioniert sei. Er räusperte sich: «Du, und wie gehen die Geschäfte?»

«Ich kann mich nicht beklagen. Mit der Tankstelle allein würde es nicht gehen. Aber seit der Ziehrer-Wirt zugesperrt hat, bin ich das einzige Lokal. Das passt schon.»

«*Die* Geschäfte hab ich eigentlich nicht gemeint. Ich täte da nämlich was kaufen wollen, wenn du was hättest.»

Grasel verstand den eminent subtilen Hinweis. «Ach so. Naja, im Moment gibt es da zwar einen kleinen Engpass – aber ein bissl was geht immer.»

Er verschwand nach hinten und kam kurz darauf mit einem kleinen Sackerl zurück. Alle Last der Welt fiel ab von Suchanek.

«Du kannst dir gar nicht vorstellen, wie dankbar ich dir bin. Was bekommst du?»

«Aber nein», sagte Grasel mit gespielter Entrüstung. «Das geht aufs Haus. Schließlich schneist du ja nicht jeden Tag hier herein. Kommst du eigentlich heute aufs Volksfest?»

Suchanek schüttelte angewidert den Kopf. «Oh Gott, nein. Ich werd mir's zu Hause gemütlich machen», sagte er und griff nach dem Sackerl. Doch plötzlich zog Grasel seine Hand zurück.

«Da fällt mir was ein ... Du weißt doch, am Samstag haben wir das Hansi-Burli-Gedenkmatch.»

Wie immer am Volksfest-Samstag. Ja, natürlich. Die Ledigen gegen die Verheirateten. Eine Mordsgaudi für jeden, der, wie Suchanek jetzt zum Beispiel überhaupt nicht, für Mordsgaudis empfänglich war. Der Hansi-Burli war das größte fußballerische Talent gewesen, das Wulzendorf jemals hervorgebracht hatte. Einmal hatte man ihn sogar zu einem Probetraining bei der Admira eingeladen. Aber da waren ihm dann leider die Nerven dazwischengekommen. Die hatte der Admira-Trainer an der Fahne gerochen, die schon ein paar Meter vor dem Hansi-Burli am Platz gewesen war, weil er doch zur Beruhigung ein bisschen was getrunken hatte. Eh nicht viel. Aber da war der Trainer irgendwie eigen gewesen. Also war der Hansi-Burli dem SC Wulzendorf erhalten geblieben, zumindest so lange, bis er dem Ladinger Heinz, dem einzigen Bernhardsauer, der sich jemals bei Wulzendorf zu spielen getraut hatte, einen Gefallen tat.

Der bestand darin, dass er ihn am Volksfestsamstag vor 25 Jahren oder so nach Hause bringen wollte, weil man dem Ladinger Heinz gleich bei der Ausfahrt vom Parkplatz den Führerschein abgenommen hatte. Und der Hansi-Burli hatte seinen noch. Aber halt auch genauso einen in der Birne wie der Heinz.

Dass der Ladinger Heinz den Unfall, den die beiden knapp vor Bernhardsau hatten, überlebte, der Hansi-Burli aber nicht, bestätigte den Wulzendorfern die Richtigkeit zweier Überzeugungen, die sie eh immer schon gehegt hatten:

1. Tu niemals irgendwem einen Gefallen.
2. Scheiß-Bernhardsäue.

«Wir Ledigen haben eine böse Verletzungsserie zu verkraften», sagte Grasel. «Der Nidetzky Markus hat's irgendwie im Knie, Meniskus oder was. Unser Tormann, der Miletic Franzi, hat unlängst beim Holzmachen in die Kreissäge gegriffen. Und den Spakowitsch Edi hat's überhaupt am schlimmsten erwischt. Der hat vor drei Monaten zum zweiten Mal geheiratet, der Depp.»

Suchanek schwante ganz Übles.

«Wir bringen nicht einmal elf Leute zusammen, das war noch nie da. Also: Was ist mit dir?»

«Ich? Also nein, echt nicht. Ich hab ewig nicht mehr Fußball gespielt. Und rennen ist sowieso nicht meins.»

«Dann spiel halt im Tor. Das ist nicht anstrengend. Eine Stunde herumstehen und ab und zu den Ball aus dem Netz holen.»

«Ja, klar. Ich wäre die glatteste Vorgabe aller Zeiten.»

«Ist doch egal. Es geht nur um den Spaß.» Grasel ließ das Sackerl mit der greifbaren Rettung für Suchaneks unmittelbare Zukunft zwischen Zeige- und Ringfinger tanzen. «Hilfst du mir, helf ich dir», sagte er und zog die Augenbrauen hoch.

Als Suchanek wieder ins Auto stieg, Grasels Sackerl an seinem Herzen tragend, stellte er fest, dass der Hund auf die Rückbank gepinkelt hatte.

Er war nicht überrascht.

3

Der Radiowecker, den sein Vater einmal bei einer Prämienrunde im Fußball-Toto gewonnen hatte – wobei sie ihm das Ding in Wirklichkeit ja zum Dank dafür geschenkt hatten, dass er dreißig Jahre lang Woche für Woche mit bewundernswerter Konsequenz bewiesen hatte, dass er von Fußball nichts verstand –, klappte auf 3.28 Uhr, als Suchanek mit einer anmutigen finalen Streichelbewegung den letzten Joint des Tages fertigstellte.

Wenn es stimmt, dass jeder, so unfähig er ansonsten sein mag, dennoch irgendetwas besonders gut kann – ob es nun das Reparieren eines Formel-1-Vergasers ist oder das Lösen einer kilometerlangen mathematischen Formel oder das Melken von Kobras im laotischen Dschungel –, dann manifestierte sich Suchaneks gottgegebenes singuläres Talent im Drehen von perfekt konischen, in ihrer schlanken Anmut selbst die hartgesottensten Stamminsassen eines Coffee-Shops in Amsterdam zu Beifallsstürmen hinreißenden Joints. Suchanek musste allerdings einräumen, dass es sich hierbei eher um ein Orchideenfach unter den Talenten handelte. Das Sackerl vom Grasel war jetzt jedenfalls leer. Er würde morgen Nachschub brauchen.

Suchanek ging auf den Balkon. Schließlich würde es seine Mutter unter Garantie riechen, wenn er im Haus rauchte. Seine Mutter würde allerdings wahrscheinlich sogar riechen, dass er im Haus ausgeatmet hatte, nachdem er auf dem Balkon geraucht hatte. Er zündete den Joint an, traf ihn dabei immerhin schon beim zweiten Versuch und sog den Rauch tief ein. Wulzendorf wurde schlagartig wieder ein Stück schöner.

Die Aussicht vom Balkon hatte sich in den Tausenden Stunden, in denen der junge Suchanek auf der geistigen Flucht vor Schulaufgaben, nützlichen Verrichtungen in Haus und Hof oder sinnvollen Gedanken jeder Art hier ins Leere gestarrt hatte, unauslöschlich in sein Hirn geätzt. Suchanek schloss die Augen, um sich zu beweisen, dass er sie tatsächlich immer noch auswendig konnte.

Hinter dem Gartenzaun seiner Eltern kam der Bahndamm. Daran anschließend stand, eingerahmt von zwei kleinen Äckern, das Haus des alten Kaiszers. Der alte Kaiszer war die erste Leiche gewesen, die Suchanek jemals gesehen hatte. Kaiszer hatte es hochgradig unfair gefunden, dass seine Verdienste für Führer, Volk und Vaterland im Alter nicht mit einer Zusatzpension, sondern mit einem Darmkarzinom vergolten worden waren, und sich beleidigt im Schuppen aufgehängt. Suchanek war genau hier gestanden, wo er jetzt stand, als sie ihn raustrugen und in die Blechwanne legten. Nach Kaiszers Haus kam der Graben und dahinter der Pappelwald am Ortsanfang und quasi die Rückseite der Hauptstraße. Man konnte also zumindest einigen der Bauern, die dort aufgefädelt waren, in die Höfe schauen. Dem Einser-Neuhold, dem Dreier-Kanschitz und dem Fünfer-Mantler, bei dem vor zwanzig Jahren oder so die Scheune gebrannt hatte. Suchanek öffnete die Augen.

Wie jetzt.

Wie jetzt!

Rund um die leicht schiefen Holzwände flossen zwei Feuerbäche aufeinander zu, die sich mit einem satten Fluscher zu einem Ring schlossen. Dann begannen die Flammen schnell hochzukriechen. Der Mantler brannte. Schon wieder.

Da war eine Gestalt.

Auf dem Schotterweg, der entlang des Grabens an den Höfen vorbeiführte, stand ganz am Rand des Wäldchens jemand und beobachtete einen Moment lang das Feuer. Dann verschwand die schwarze Silhouette hinter den Bäumen.

So.

Jemand müsste die Feuerwehr verständigen, dachte Suchanek. Kaum eine Minute und einen weiteren Zug vom Joint später kam ihm die bestechende Idee, dass dieser Jemand nach Lage der Dinge eigentlich auch er sein könnte. Andererseits standen um halb vier in der Nacht sicher jede Menge Wulzendorfer auf ihren Balkonen oder in ihren Gärten, weil sie ihr Gras auch nicht im Haus rauchen durften, und die alle eilten hundertprozentig in diesem Moment zu ihren Telefonen.

Wobei, was wählte man da überhaupt? Dasselbe wie in der Stadt, also ... keine Ahnung was? Sollte man nicht besser gleich den Feuerwehrhauptmann anrufen? Das war ja das Schöne am Dorfleben, dass man einander kannte und zum Beispiel dem Feuerwehrhauptmann viel schonender als irgendeine anonyme Notrufzentrale beibringen konnte, dass es bitte brannte und er jetzt vielleicht aufstehen sollte, um ...

Wer war denn der Feuerwehrhauptmann?

Suchanek stöhnte gequält, sog ein letztes Mal an seiner schon winzigen Kippe, schnippte sie dann über die Brüstung und taumelte, nunmehr wild entschlossen, seine Bürgerpflicht zu erfüllen, zu seinem Handy. Der Grasel musste noch wach gewesen sein, so schnell wie er abhob.

«Wer ist der Feuerwehrhauptmann?»

In diesem Moment begann eine Sirene zu heulen, wurde wieder leiser, schwoll wieder an, dreimal. Jemand war trotz der kaltblütigen und blitzschnellen Reaktion Suchaneks um einen Hauch schneller gewesen.

«Der Fünfer-Mantler», sagte Grasel. Er wohnte am anderen Ende des Dorfes und konnte unmöglich gesehen haben, wo das Feuer war.

«Woher weißt du das denn schon?»

«Was heißt ‹schon›? Seit ich denken kann, ist der Fünfer der Feuerwehrhauptmann. Sag, weißt du, wo's brennt?»

Suchanek ging zurück zum Balkon. Neben der wabernden und knackenden Scheune konnte er jetzt drei Menschen ausmachen, die aufgeregt gestikulierten.

«Beim Mantler brennt die Scheune. Ist aber sicher eh nur Stroh drin», sagte Suchanek.

«Stroh. Dumm.» Manchmal war der Grasel witzig. Manchmal auch nicht. «Siehst du hin?», fragte er.

«Erste Reihe Balkon. Das hat sicher einer angezündet. Ich hab wen gesehen.»

«Wen?»

«Was weiß ich? Einen Menschen halt.»

«Das schränkt den Täterkreis schon einmal drastisch ein.»

«Mehr konnte ich nicht erkennen.»

«Schon wieder beim Fünfer. Dann kommen als Nächstes wahrscheinlich bald der Neuner-Ranreiter und der Palenak.»

Suchanek erinnerte sich natürlich. Damals hatten binnen weniger Wochen drei Scheunen gebrannt. Und Suchanek war das erste und einzige Mal in seinem Leben in der Zeitung gewesen. Nach dem letzten Feuer hatte einer von der «Krone» von ihm und der Susi ein kreatives Foto vor der abgebrannten Scheune gemacht. Sie zeigten darauf auf die abgebrannte Scheune. Und drunter stand dann «Wulzendorfer Kinder zeigen auf die abgebrannte Scheune». Und der ganze Artikel hieß völlig überraschend: «Scheune abgebrannt. Ein Dorf in Angst vor dem Feuerteufel!»

Wer die Stadln angezündet hatte, ließ sich nie herausfinden. Die Dorfmeinung kam schließlich überein, dass wohl einer von den drei Betroffenen die Versicherung ganz gut hatte brauchen können und die beiden anderen zur Tarnung mit abgefackelt hatte. Am ehesten traute man so etwas dem Palenak zu. Ein ewig mürrischer Kleinhäusler, der Einzige von den dreien ohne Nummer im Namen. Er hatte den Hof damals erst neu von seinem Vater übernommen, auf Bio-Landwirtschaft umgestellt und gewaltige Geldprobleme gehabt. Damals gab es das hartnäckige Gerücht, der Palenak habe eine besondere Technik entwickelt, die es ihm erlaube, in der Kirche in den Klingelbeutel nicht nur nichts reinzulegen, sondern sogar unbemerkt etwas rauszunehmen.

«Und da behauptest du, in Wulzendorf gibt es nie was Neues», sagte Suchanek.

«Ist ja auch nichts Neues. Alles vor zwanzig Jahren schon einmal da gewesen.»

«Sag, gibt's eigentlich den Palenak noch?»

«Darf ich aus deiner Frage eine leichte Tendenz zur Vorverurteilung herauslesen?»

«Glaubst du eigentlich, dass er es damals gewesen ist?»

«Keine Ahnung. Aber einer von den drei wird's wohl gewesen sein. Warum wäre sonst nach drei Feuern Schluss gewesen? Wenn ein richtiger Psycho mit dem Zündeln anfängt, macht der doch so lange weiter, bis sie ihn erwischen, oder? Na, jedenfalls: Ja, den Palenak gibt's natürlich noch. Und es geht ihm sogar viel besser als früher. Jetzt, wo Bio modern ist.»

Bio, dachte Suchanek. Und dann: Grün. Und dann weiter: Gras!

«Du, übrigens», formulierte er das Ergebnis dieser beeindruckenden Assoziationskette, «ich hab nichts mehr zu rauchen.»

«Alles weg? Alter Schwede! Was sagt der Tierschutzverein dazu, dass du dein Pferd zudröhnst?», feixte Grasel. «Gut, ich sag dir was: Du kriegst noch was. Aber nur, wenn du jetzt die Stellung hältst und mir morgen eine packende Nacherzählung dieser unerhörten Ereignisse der jüngeren Wulzendorfer Geschichte gibst. Ich muss um sieben die Tankstelle aufsperren. Ich geh wieder schlafen.»

Suchanek überlegte scharfsinnig, was jetzt zu tun sei. Er konnte sich einen Fauteuil zur Balkontür schieben und mit dem Präzisionsfeldstecher seines Vaters einen auf «Fenster zum Hof» machen, minus Gipsbein. Sein Vater hatte sich das Binokular im Wert des Budgetdefizits eines afrikanischen Kleinstaates während jener kurzen Phase gegönnt, in der er auf der Suche nach einem Hobby, das ihm einen Vorwand lieferte, möglichst lang nicht zu Hause sein zu müssen, auf die Ornithologie verfallen war. Sein erster selbst gewählter Forschungsauftrag widmete sich damals der Dokumentation der durch die Intensiv-Landwirtschaft gefährdeten Population der pannonischen Heidenschnepfe. Nach intensiven zweieinhalb Wochen Feldforschung in der aufregenden Ebene um Wulzendorf hatte sein Vater allerdings zweifelsfrei festgestellt, dass die Population der pannonischen Heidenschnepfe keineswegs gefährdet war. Sie war vielmehr weg. Und nachdem er eine weitere Enttäuschung mit dem gefleckten Kiefernhäher vermeiden wollte, vergammelte sein Feldstecher fortan im Kasten. Bloß, in welchem?

Nein. Bis Suchanek den gefunden hatte, saßen die tapferen Feuerwehrmänner längst beim vierten Bier und besprachen ihre übermenschlichen Leistungen bei der Rettung eines noch unversehrten Strohhalms. Außerdem konnte er hier ja nicht hören, was da drüben so geredet wurde. Und Suchanek fasste einen Entschluss, von dem er in diesem Moment natürlich noch nicht wusste, dass er ihn in den folgenden Tagen noch deutlich mehr bereuen würde als beim einzigen Mal in seinem Leben, bei dem er die Frage gehört hatte: «Kommst noch rein auf einen Kaffee?» geantwortet zu haben: «Ich vertrag keinen Kaffee.»

Er würde jetzt dort hingehen und sich das Ganze aus der Nähe ansehen.

Kurze Zeit später stellte er auch schon fest, dass die Brennnesseln beim Bahndamm immer noch mannshoch waren und seit seiner Kindheit durch Klimawandel, sauren Regen, Ozon oder Feinstaub keineswegs an Schärfe eingebüßt hatten. Suchanek begann, die Sinnhaftigkeit all dieser Erfindungen ernstlich in Frage zu stellen. Doch einen Suchanek, der sich ein paar Gramm Gras verdienen wollte, hielt so schnell nichts auf. Ohne Sauerstoff überstieg er den Bahndamm, schlug eine ansehnliche Schneise durch das Getreidefeld links vom Kaiszer und stand dann vorm Graben. Er war jetzt schon ganz nah beim Feuer und konnte sehen, wie eben ein Feuerwehrauto in Mantlers Hof einbog. Außerdem hatten sich in der Zwischenzeit sicher zehn weitere Schaulustige eingefunden.

Über den Graben war er früher immer locker drübergesprungen. Und es war ja nun nicht so, dass er den wortlosen und vor allem sehr langen Blick vom Dreier-Kanschitz, dem Nachbarn vom Mantler, auf seinen schlammigen Fuß, an dem ein Schuh fehlte, ausgesprochen geschätzt hätte. Aber statt ihm zu erklären, dass sich der Schuh überraschend weit weg vom Ufer und überraschend tief im ziemlich grundlosen

Grund des Grabens mit dem Gedanken an ein Seemannsbegräbnis anzufreunden begann, ging der Suchanek lieber gleich in medias res und sagte gewandt: «Ein so ein Feuer, ha?»

Kanschitz ließ seinen Blick weiter auf Suchaneks Fuß ruhen und sagte: «Ja. Und der Mantler nicht da.»

Tatsächlich. Man hätte ja doch erwarten können, dass der Feuerwehrhauptmann seine Truppen gerade bei einem Feuer am eigenen Hof höchstselbst befehligen würde. Aber unter den Männern, die Overalls in der Farbe von vorverdautem Spinat trugen, sah Suchanek den Spakowitsch Edi, den Pfarrhofer René, den Neuner-Ranreiter, den Urban Ernstl, ein paar andere bekannte Gesichter und einen Haufen unbekannte junge. Aber keinen Mantler.

«Wo ist denn der Fünfer leicht?», wagte es Suchanek die Unterhaltung weiterzuführen.

«Auf Polen gefahren. Zur Pflüger-Weltmeisterschaft. Mit dem Buben.» Kanschitz wies mit dem Kopf in Richtung des Stalles. In einem der Fenster hing ein Plakat, auf dem Mantler junior drauf war. «Gregor Mantler pflügt für Österreich!», stand über seinem Foto. Und darunter die schöne Parole: «Pflugscharen zu Schwertern!»

«Der Suchanek! Ich halt's nicht aus!», rief plötzlich jemand. Es war ORF 1. Also, der junge Dreizehner-Gärtner. Genau genommen der ältere von den beiden Jungen. Der Poldi halt.

Kinder sind ja bekanntlich grausamer als Stalin und Pol Pot. Die Brüder Leopold und Robert Gärtner aus dem Dreizehner-Haus wussten das nur zu gut. Die ja ebenfalls zur Grausamkeit neigende Natur hatte im Verein mit den unglücklicherweise dominanten Genen des nicht gerade schrumpfköpfigen Vaters dafür gesorgt, dass die beiden mit ausgesprochenen Quadratschädeln ausgestattet worden waren. Wäre nun der

Flatscreen damals schon erfunden gewesen, hätte das den Dreizehner-Buben möglicherweise ihre Kindheit gerettet. Aber so. So hatten ihre Altersgenossen wegen der Ähnlichkeit ihrer Köpfe mit dem guten alten Röhrenfernseher für sie die Spitznamen ORF 1 und ORF 2 gefunden.

Ansonsten verband Suchanek mit dem Poldi eigentlich nichts, nicht einmal die gemeinsam abgesessene Volksschulzeit. Es war eigentlich statistisch nahezu unmöglich, mit jemandem, mit dem man vier Jahre im selben Raum verbracht hatte, nicht mehr als sechs Worte gewechselt zu haben – im Falle von Poldi war es dem Suchanek geglückt. Jetzt war diese nahezu makellose Bilanz natürlich leider beim Teufel.

«Du da?», fragte ORF 1 strahlend. «Wie lang haben wir uns schon nicht gesehen? Zehn Jahre?»

«Eher fünfzehn», sagte Suchanek.

«Und nach fünfzehn Jahren kommst du wieder einmal nach Wulzendorf – und schon brennt's!», rief Poldi begeistert.

Ein kurzer Blick in die Gesichter der Umstehenden – der Dreier-Kanschitz und seine Frau, die alte Nidetzky, die immer dabei war, wenn sich im Dorf irgendetwas Weitererzählenswertes ereignete, beide Neuholds – verriet dem Suchanek, dass die sich, jetzt, wo es der Poldi sagte, irgendwie dasselbe dachten: Ja. Nach fünfzehn Jahren kommt der kleine Suchanek wieder einmal nach Wulzendorf – und schon brennt's.

Suchanek spürte mit dem Instinkt einer angeschossenen Wildkatze, der ihn immer erfüllte, wenn er gekifft hatte, dass er rasch gegensteuern musste. «Ich war vorher am Balkon», sagte er rasch und wies mit dem Daumen vage über seine Schulter nach hinten. «Und ich hab da einen gesehen.»

«Wen?», fragte die Nidetzky.

In dieser Sekunde brüllte der Spakowitsch Edi in astreiner Vertretung seines abwesenden Kommandanten: «Wasser marsch!»

Vier kraftstrotzende Jungmänner standen bereit, den Wasserstrahl zu bändigen, der jetzt gleich mit Hochdruck aus zwei Schläuchen schießen würde. Und zwar jetzt. Gleich. Sofort. Jetzt aber wirklich! Aber es kam nichts. Suchanek ertappte sich bei dem Wunsch, sie würden vorne in ihre Schläuche hineinschauen, wie sie es in quasi jedem Zeichentrickfilm getan hätten. Und dann ...

«Wasser ... marsch?», wiederholte Spakowitsch mit nicht mehr völlig ungetrübter Überzeugung. Einige der Männer hantierten hektisch am Feuerwehrauto herum. Der Gärtner Robert, also ORF 2, drehte den riesenhaften Quader auf seinen Schultern, für den sich doch tatsächlich ein annähernd passender Helm gefunden hatte, zu Edi um und hob hilflos die Arme.

«Jessas na», fasste sein Bruder die Sachlage sehr stringent zusammen. «Die bringen kein Wasser zusammen.»

Die kurze Ablenkung hatte die Nidetzky aber natürlich nicht ihr Anliegen vergessen lassen. «Suchanek! Wen hast du gesehen?»

«Ich weiß nicht», sagte Suchanek unsicher. «Da ist einer gestanden, wie es angefangen hat zu brennen. Da drüben, beim Wald. Und dann war er weg.»

Die Schaulustigen wurden langsam immer mehr. Und aus dem Halbdunkel beim Graben erschien jetzt im Laufschritt auch der Mann, der in Momenten wie diesen natürlich ganz besonders viel Last auf seinen Schultern trug: der Siebzehner-Stratzner. Der Ortsvorsteher.

«Was ist da los?», dröhnte er. «Warum löschen die nicht?»

Die Feuerwehrmänner droschen in der Zwischenzeit mit einem Vorschlaghammer auf ihr Auto ein.

«Jaja. Am Abend wird der Faule fleißig», kommentierte die Nidetzky diese Bemühungen eher kritisch.

«Bertl! Was ist denn los?», rief der Gärtner Poldi zu seinem Bruder hinüber.

«Die Scheiß-Pumpe!», schrie ORF 2.

«Die Scheiß-Pumpe», wiederholte ORF 1 pflichtschuldig.

«Das gibt's ja nicht. Das ist eine Katastrophe!», erkannte der Siebzehner messerscharf. Er war ja schließlich nicht Ortsvorsteher wegen nichts. «Und der Fünfer nicht da ... Und die Johanna! Weiß wer, wo die Johanna ist?»

«Eigentlich hat sie gesagt, sie fährt nicht mit auf Polen», antwortete die Dreier-Kanschitzin. «Aber vielleicht hat sie es sich überlegt, weil gesehen hab ich sie heute den ganzen Tag nicht. Und schlafen wird sie ja jetzt um Himmels willen auch nicht mehr.»

«Der kleine Suchanek hat den Brandstifter gesehen», brachte die Nidetzky den Ortsvorsteher auf den letzten Stand.

«Der kleine Suchanek!», sagte Stratzner verwundert. «Was machst denn du hier?»

«Meine Eltern sind auf Urlaub. Und ich pass auf das Haus auf.»

«Und dann bist du gleich ein Zeuge? So ein Zufall.»

«Ja», sagte auch der Kanschitz und schenkte Suchaneks Fuß einen weiteren eingehenden Blick. «So ein Zufall.»

«Es war auf jeden Fall ein Mann», konkretisierte Suchanek ungefragt und mit wachsendem Unwohlsein seine Aussage. «Für eine Frau war er mir irgendwie zu ... breit.»

Der Kanschitz hatte einen Verdacht. «Vielleicht hat ja der, der die Scheune angezündet hat, auch die Pumpe sabotiert. Oft einmal sind ja Feuerwehrmänner auch Brandstifter.»

Einige nickten und schauten verstohlen nach, ob jemand vielleicht gerade zusätzliche sachdienliche Hinweise lieferte, indem er etwa Benzin ins Feuer goss, ohne mit der Aufmerksamkeit der semiprofessionellen Ermittler vor Ort zu rechnen.

«Ich hab grad die Mantlerin angerufen», vermeldete Frau Kanschitz. «Da läuft aber nur das Band.»

«Was hat er angehabt?», wandte sich die Nidetzky wieder Suchanek zu. «Der Brandstifter?»

«Äh ... na ja», Suchanek merkte plötzlich, dass er möglicherweise jetzt doch lieber mit Papas Sensationsoptik auf seinem Balkon säße. «Was ... Dunkles?»

«In der Nacht sind alle Katzen schwarz», zückte die Alte ein weiteres Sprichwort.

«Was Dunkles!», höhnte der Kanschitz. «Also ich weiß nicht. Entweder, der hat gar nichts gesehen – oder er will es uns nicht verraten!»

«Oder es war ja überhaupt alles ganz anders», sagte der Siebzehner nachdenklich.

Bevor Suchanek dazu kam, auch nur im Ansatz einen Gedanken zu entwickeln, der ihm jetzt irgendwie weiterhalf, geschah es. Den leichten goldenen Schein, der den funkelnagelneuen Löschzug der Freiwilligen Feuerwehr Bernhardsau umfing, als dieser vorfuhr, bildete sich der Suchanek ja möglicherweise noch ein. Dass aber die Gesichter der Wulzendorfer wenn schon nicht zu Stein, so doch mindestens zu durch den jahrelangen Einsatz schwerer Landmaschinen solide verdichtetem niederösterreichischem Löss wurden, konnte keiner übersehen. Der Bernhardsauer Kommandant glitt geschmeidig aus dem Fahrzeug, warf einen Blick auf den brennenden Schuppen und dann auf die Wulzendorfer Feuerwehr in all ihrer Armseligkeit. Und dann rief er, wie in den Ami-Filmen, in denen irgendwann immer das FBI auftaucht, um den braven lokalen Bullen den Fall abzunehmen: «Wir übernehmen jetzt!»

Hei, war das ein flinkes Schläucheausrollen und Rohreverkuppeln! Da schien jeder Handgriff zu sitzen. Die Bernhardsauer Mannschaft funktionierte wie ein Räderwerk.

«Eh klar», presste der Dreier-Kanschitz hervor. «Um unser Geld können sich die leicht wichtigmachen.»

Jetzt muss man wissen, dass der kollektive Schmerz, den die Wulzendorfer empfanden, darauf fußte, dass ein vom Land als «Verwaltungsvereinfachung» getarnter Angriffskrieg sie schon in den siebziger Jahren in eine sogenannte Großgemeinde mit den Bernhardsauern gezwungen hatte. Nun war der Wulzendorfer als solcher natürlich klüger. Schöner. Einfach besser. Aber Bernhardsau hatte um 100 Einwohner mehr als Wulzendorf. Also kam der gemeinsame Bürgermeister immer aus Bernhardsau. Und den Wulzendorfern blieb nur ein subalterner Ortsvorsteher. Obwohl Wulzendorf noch dazu mehr Ackerland hatte, das verpachtet wurde, mithin mehr ins gemeinsame Budget einzahlte. Und aus diesem Budget stammte die Subvention, die erst kürzlich die Feuerwehr Bernhardsau in die Lage versetzt hatte, sich ein wunderschönes und vor allem, was man keinesfalls unterschätzen sollte, funktionstüchtiges Feuerwehrauto zu kaufen.

«Die haben wir noch gebraucht», murmelte der Siebzehner feindselig, einigermaßen die Tatsache außer Acht lassend, dass man die Bernhardsäue im Moment eigentlich tatsächlich ganz gut gebrauchen konnte. Aber wie hätte das der Führer der Wulzendorfer Separatisten, der mit einem Slogan in die letzte Wahl gezogen war, der die im politischen Normalfall eher ungünstige Kurzbezeichnung seiner «Überparteilichen Bürgerliste» genial zu seinem Vorteil genützt hatte («Bei uns wird Bernhardsau ÜBL»), das jetzt auch zugeben können?

Nicht einmal drei Minuten später waren die feindlichen Florianitruppen so weit. Und nach ihrem «Wasser marsch!» ergossen sich zwei prächtige Wasserstrahle auf den Stall. Die Scheune hatte durch das kleine Missgeschick mit der Wulzendorfer Pumpe genügend Zeit gehabt, in einen prächtigen Vollbrand zu geraten. Da war nichts mehr zu retten. Also galt es vorerst eher, die Nebengebäude zu sichern. Die Wulzendorfer Feuerwehrmänner lehnten indessen stumm an ihrem Versager von Auto, wissend, dass die Schmach, die sie ihrer stolzen Heimat zugefügt hatten, noch Generationen weiterwirken würde.

«Der Mantler dreht durch, wenn er das hört», sagte Kanschitz. «Hoffentlich ist er wenigstens ordentlich versichert.»

«Ja. Versichern beruhigt», befand die Nidetzky.

Suchanek, der jetzt doch schon einige Zeit auf der Suche nach einem guten Grund für einen Abgang war, hatte endlich die rettende Idee. «Verdammt!», rief er und schlug sich mit, wie allerdings ausschließlich er fand, wohldosierter Theatralik auf die Stirn. «Ich muss sofort nach Hause! Ich hab vergessen zuzusperren. Auf Wiederschauen!»

«Vielleicht fällt dir ja wieder ein, wen du gesehen hast», rief ihm die Nidetzky hinterher. Suchanek drehte sich nicht um. Er spürte Augen in seinem Rücken. Unangenehm schauende Augen.

Nachdem er auf dem Heimweg beim Graben eine längere, erfolglose Search and Rescue-Operation für seinen verschollenen Schuh abgehalten hatte, ging er zu Hause gerade rechtzeitig auf den Balkon, um den Einsturz des Scheunendaches mitzuerleben. Wild stoben die Funken nach allen Seiten, und die Meute der Schaulustigen wich ein paar Meter zurück. Aber der Bernhardsauer Kommandant machte eine beruhigende Geste. Euch kann nichts passieren. Wir sind ja da. So etwa.

Auch wenn sich Suchanek den nächtlichen Ausflug angesichts seines ausbaufähigen Verlaufs im Nachhinein lieber gespart hätte, so stand doch zumindest fest, dass der Grasel morgen sehr zufrieden sein würde. Ein Feuer beim Feuerwehrhauptmann. Seine Leute versagen. Der gemeinsame Außenfeind kommt und löscht. Das ist eine gute Geschichte, dachte Suchanek noch, bevor er in einen komatösen Schlaf fiel. Eine wirklich gute Geschichte. Und dabei wusste er da noch gar nicht, dass mit dem Schuppen nicht nur Mantlers Ehre verkohlt war.

Sondern auch seine Frau.

4

«Was?»

«Ich schwör's», sagte Suchanek. «Er schaut aus wie Hitler.»

Er saß am Boden, vor einem der insgesamt neun praktischen Einbaukästen, die seine Mutter mehr liebte als ihre Kinder – oder zumindest, man sollte da jetzt nicht über Gebühr ungerecht sein: eines ihrer Kinder – und die die Dachschrägen im Obergeschoss dermaßen sinnvoll ausnützten, dass sich Suchanek in voller Länge in ihnen ausstrecken konnte. Das Wort «praktisch» wäre ja für seine Mutter an sich das perfekte Synonym für «erotisch» gewesen. Wenn sie die Worte «Synonym» und «erotisch» gekannt hätte.

«Der Mörder schaut aus wie Hitler?» Grasels Wiehern brachte das Handy zum Zittern. «Das ist ja der Hammer! Wir müssen jetzt klaren Kopf bewahren! Ich ruf das Fernsehen an – und du die Grünen.»

«Nicht der Mörder. Mein Teddybär.»

Suchanek hatte auf der Suche nach dem Fernglas seines Vaters, das er angesichts der neuen Entwicklungen nun doch nicht länger missen wollte, aus den dunklen Kastenschluchten, in denen man sich ähnlich fühlen musste wie in den engen Gängen dieser unmenschlichen Silbermine am Cerro Rico in Bolivien, über die er einmal eine Dokumentation gesehen hatte, weil ihm die Fernbedienung in den Spalt zwischen Sofa und Wand gerutscht und er zu faul zum Aufstehen gewesen war, schon durchaus phantastische Dinge zutage gefördert. Einmal einen Stapel Liebesbriefe, den sich seine Eltern in ihren Anfängen in den frühen siebziger Jahren geschrieben hatten.

Seine! Eltern!

Unter normalen Umständen hätte sich Suchanek die natürlich von eisigen Rückenschauern gebeutelt sofort en bloc reingezogen. Aber jetzt gab es Wichtigeres zu tun. Die Mantlerin verbrannte schließlich nicht alle Tage.

Als Nächstes fand Suchanek seine unfassbar coolen Stiefeletten, die er mit sechzehn getragen hatte; bedrohlich zugespitzte Lederdolche, die eine Art Gamasche aufgenäht hatten und die Lächerlichkeit, welche Suchanek einst – wobei manche sagten, einst sei noch nicht zu Ende – als Aura-Ersatz gedient hatte, auf eindrucksvolle Weise unterstrichen haben mussten. Suchanek war eigentlich davon ausgegangen, dass seine Mutter die damals als Revanchefoul für eine selbst für seine Verhältnisse außergewöhnlich hartnäckige Niederlagenserie am Schularbeitensektor weggeworfen hatte. Aber, schau. Sie war ja gar nicht so.

Dann ein Pessar, bei dessen Anblick ihm einfiel, dass er es als Kind beim Stierlen im Nachttisch seiner Mutter schon einmal gefunden, für einen etwas eigenartigen Luftballon gehalten und auch versucht hatte, ihn aufzublasen. Und jetzt eben seinen alten Teddybären, den er einst schon alt übernommen hatte. So alt, dass er wohl eher Fourthhand gewesen war als Second. Und obwohl er ihn vom Kaiszer geschenkt bekommen hatte, war es sicher nur ein blöder Zufall, dass die aus einem dicken, schwarzen Zwirnsfaden bestehenden Lippen abgerissen waren und die nunmehr einsam zurückgebliebene Nase des an sich nicht unsympathischen, wenngleich immer schon ein wenig kratzig gewesenen Tieres tatsächlich stark an ein Hitlerbärtchen gemahnte.

«Dein Teddybär», wiederholte Grasel.

«Ja. Der Gröbaz praktisch. Ist mir früher nie aufgefallen.»

«Ehrlich jetzt, Suchanek: Mir ist früher auch so manches an dir nicht aufgefallen.»

Es hatte eine Weile gedauert, bis die Kunde, dass die heilige Johanna verbrannt war, zu Suchanek vorgedrungen war. Also, jetzt weniger die Jungfrau von Orleans, obzwar es bei der noch viel länger gedauert hatte, was aber in ihrem Fall natürlich an der auch dem Suchanek zuteilgewordenen Gnade der späten Geburt lag. Bei der heiligen Mantler Johanna hatte es hingegen mehr damit zu tun gehabt, dass er nach seinem anstrengenden nächtlichen Ausflug vom Schlaf dermaßen übermannt worden war, dass der Grasel sieben, acht Mal angerufen hatte, bis der Suchanek irgendwas gehört hatte. Und danach noch vier Mal, bis er auch hingegangen war.

Und es war angesichts der Tatsache, dass es dann schon früher Nachmittag war, auch nicht mehr so, dass der Grasel, wie ursprünglich ausgemacht, etwas vom Suchanek erzählt haben wollte, sondern dass er umgekehrt Neuigkeiten für ihn hatte. Natürlich hatten sich die Nachbarn vom Fünfer-Mantler und langsam überhaupt das ganze Dorf Gedanken gemacht, wo denn die heilige Johanna stecken könnte. Überhaupt, nachdem sich herausgestellt hatte, dass sie nicht nach Polen mitgefahren war, um den Buben bei der Ziehung der perfekten Furche moralisch zu unterstützen. Der Kanschitz hatte ja noch in der Nacht den alten Mantler angerufen, und der war vor Zorn fast durch das Handy gekommen, als er gehört hatte, was passiert war, und vor allem, welche Rolle die Feuerwehr dabei gespielt hatte. Aber wie der Kanschitz die Frage vom Mantler, warum ihm das alles eigentlich nicht seine Frau erzähle, mit «Ich hab mir gedacht, die ist bei dir!» beantwortet hatte, da war der Fünfer dann dem Vernehmen nach recht schnell leiser geworden.

Als der Bernhardsauer Kommandant endlich «Brand aus»

gegeben und den Wulzendorfer Kameraden großherzig die Beseitigung der restlichen Glutnester überlassen hatte, war es schon zehn Uhr Vormittag gewesen. Und dann hatte die frustrierte Heimmannschaft sicher noch eine Stunde, wenn nicht länger, die qualmenden Trümmer auseinandergeräumt, bis schließlich der Urban Ernstl, als er mit der kleinen Kübelspritze auf ein besonders hartnäckiges Glutnest draufhielt, mit einiger Verwunderung feststellen musste, dass das Glutnest Zähne hatte.

Jetzt haben zwar verbrannte Leichen in den Augen von uns alten Europäern insofern ganz viel mit Japanern oder Chinesern gemeinsam, als sie ebenso wie diese stark dazu tendieren, eine wie die andere auszusehen. Aber erstens: Wer sollte denn die Leiche bitte sonst sein, wenn nicht die Mantlerin? Und zweitens: Auch wenn die kriminaltechnische Ausrüstung von CSI Wulzendorf zu wünschen übrig ließ, war da immer noch die Nidetzky. Und die brauchte wirklich kein Zahnvergleichsröntgen, um den schiefen Zweier links unten, den sie sich mit dem Geld von der Mantlerin schon längst hätte richten lassen – aber man kannte das ja, die Reichsten waren immer die Sierigsten –, mit einem Blick zu identifizieren.

Wobei, vielleicht war es der heiligen Johanna ja gar nicht nur ums Geld gegangen, vielleicht hatte sie einfach nicht mehr groß einen Grund für ein schnurgerades, perlendes Lächeln gesehen, nachdem sie für den einzigen Mann, der eine herausragend brave Katholikin wie sie, die Chefin der kampfbetenden Legio Mariae, wirklich ernsthaft geil machen konnte, jetzt eh schon zu alt war. Noch dazu war ja der Pfarrer in der Zwischenzeit ein anderer als vor dreißig Jahren. Und, was die Sache noch uninteressanter machte: aus Nigeria. Wobei, manche mochten das ja angeblich auch wieder.

«Du hast also wirklich nichts erkennen können?», fragte Grasel dann zum hundertsten Mal. Er senkte die Stimme und gab den Kommissar: «Jetzt denken Sie doch nach, Herr Suchanek! Jede auf den ersten Blick noch so unbedeutende Kleinigkeit kann wichtig für uns sein!»

«Das hätte auch ein Alien sein können. In der Nacht und so weit weg. Und außerdem hab ich ihn vielleicht fünf Sekunden lang gesehen.»

«Und man muss natürlich auch einkalkulieren, dass du bekifft warst wie vor dir nur David Crosby im ganzen 68er-Jahr.»

«Und wenn du mich nicht in meinem Zustand da rübergehetzt hättest, wär's ja auch egal gewesen. Aber so habe ich, fürchte ich, einen ziemlich bedenklichen Auftritt hingelegt.»

«Ja, hab ich schon gehört. Der Dreier-Kanschitz hat in der Früh bei mir getankt. Was war das für eine Geschichte mit deinem Schuh?»

«Ich bin in den Graben gefallen und hab ihn verloren.»

«Man kann sagen, was man will: Du verstehst zu leben.»

«Wahnsinnig komisch. Krieg ich jetzt wenigstens noch was zu rauchen, nach diesem ganzen Scheiß?»

«Jaja. Komm einfach vorbei und hol's dir. Ich bin sowieso immer da.»

Suchanek ging wieder im Kasten auf Tauchstation und kehrte mit einer kleinen Kiste zurück. Die musste er so ungefähr in der zweiten Klasse Gymnasium gebastelt haben. Das Ding war aus Holz, nicht ganz astrein dunkelgraubraun furniert und einmal als Schmuckkassette gedacht gewesen. Aber seine Mutter hatte nie irgendwelchen Schmuck besessen, den man nicht nach einmal Tragen ohne große Seelenqualen wegwerfen konnte. Oder auch davor. Er hatte aber damals Monate an dem Ding herumgebastelt. In «Werken», also jenem unverzichtbaren Teil des Lehrplans, der wie kein anderer geeignet ist, ansonsten in jeder Beziehung gescheiterten Existenzen ein Leben auf der Straße zu ersparen. Stattdessen dürfen sie unterrichten.

Außerdem erinnerte sich Suchanek genau, wie er das unförmige Ding zweimal pro Woche, zusätzlich zu einer ohnehin schon riesenhaften Schultasche, um drei viertel sieben Uhr früh in den eiskalten Bus geschleppt hatte, der eh nur eine Stunde bis nach Gantersburg brauchte, dort dann zwei Kilometer von der Schule entfernt stehen blieb ... Na ja. Man hatte halt nichts gehabt nach dem Krieg. Die Kinder heutzutage können sich das ja gar nicht mehr vorstellen.

Aber die Sache mit der Schmuckkassette hatte ja schließlich doch einem tieferen Sinn gedient. Auch wenn sich der erst Jahrzehnte später erweisen sollte: In dem Ding war das Fernglas!

«Was meinst du?», sagte Suchanek, während er umständlicher aufstand, als das selbst für einen nach dem Vorbild eines nassen Sacks Gebauten wie ihn nötig war. «Wer könnte das gewesen sein?»

«Nun ja. Was spricht gegen den Palenak?»

«Nur weil die Waschweiber im Dorf ihm das damals umgehängt haben, war er's noch lange nicht. Und selbst wenn: Warum sollte er genau dieselbe Nummer zwanzig Jahre später noch einmal veranstalten?»

«Vielleicht wollte er das Jubiläum standesgemäß feiern?»

«Und wenn er schon so frech wäre, die Versicherung noch einmal auf dieselbe Art zu betrügen – dann killt er im Vorbeigehen auch noch schnell die Johanna?»

«Vielleicht war es ein Unfall. Vielleicht ist sie reingerannt zum Löschen.»

«In einen blöden Schuppen, in dem praktisch nur Stroh ist? Geh. Außerdem hätte ich das eigentlich sehen müssen.»

«Vielleicht hat sie ihn überrascht, er kriegt die Panik, bumm und aus.»

«Das könnte ich mir schon eher vorstellen», sagte Suchanek und schüttelte mit schmerzverzerrtem Gesicht seine eingeschlafenen Beine aus. «Aber ich glaube nicht an den Palenak. Was ist mit dem Naheliegendsten?»

«Und was wäre das?»

«Na, ein Feuerwehrmann! Brandstifter sind irrsinnig oft Feuerwehrmänner.»

«Stimmt. Ich hab einmal von einem gelesen irgendwo in Salzburg oder Tirol, was weiß ich. Ein ganz junger, so sechzehn oder was, der hat zehn oder fünfzehn Stadeln angezündet. Und gekriegt haben sie ihn am Ende mit der DNA – weil er immer neben seine Feuer hingeschissen hat.» Grasel lachte schallend. «Kannst du dir das vorstellen? Markiert auch noch sein Revier, der Trottel.»

«Vielleicht war es eher ein nervöser Darm. Wenn ich ein Pyromane wär, würd ich mich vor lauter Aufregung wahrscheinlich auch anscheißen.»

Suchanek war in der Zwischenzeit beim Balkon angekommen und führte sich, nicht ohne Ehrfurcht, Papas Feldstecher vor Augen. Stellenweise qualmte es drüben immer noch ein wenig. Einige uniformierte Polizisten standen herum, wohl um eine Art Absperrung zu bilden. Als ob nicht schon ohnehin mindestens das halbe Dorf die Heilige-Johanna-Sightseeingtour absolviert gehabt hätte, bevor sie gekommen waren.

«Ich kenn die Dorfjugend ja nicht mehr», sagte Suchanek. «Sind da irgendwelche Psychos dabei, die in Frage kämen und die auch bei der Feuerwehr sind?»

«Die Dorfjugend als solche verändert sich nie», dozierte Grasel. «Also ist die Frage eher: Wer von denen ist kein Psycho? Aber Pyromanen fallen doch normalerweise vorher sowieso nicht auf, oder? Sind das nicht eher stille Narren?»

«Ja. Eher schon.»

In der Ruine der Scheune, aus der das schwarze Gitterskelett eines Heuwagens hervorstach, hockten drei Figuren in weißen Overalls um einen Haufen ... irgendwas herum. Das mussten die Spurensicherer sein. Und der Haufen war dann wohl die Johanna. Aber Genaueres war selbst mit dem besten Ferngucker der Welt nicht auszumachen.

Ein Stück abseits stand ein offener, leerer Blechsarg. Die hatten sich seit dem Abgang vom alten Kaiszer nicht wirklich verändert. Und dann waren da noch ein paar ernste Herren in noch ernsteren Sakkos, die sich mit den Einser-Neuholds unterhielten.

«Die Kripo ist schon da», meldete Suchanek.

«Hat eh gedauert. Zuerst sind die vom Posten in Bernhardsau gekommen, aber die haben bald gemerkt, dass ihnen das ein paar Nummern zu groß ist. Und bis dann die anderen Koffer endlich da waren ...»

Grasels Sympathie für die Exekutive verfügte nicht eben über einen soliden Unterbau.

«Ich sollte denen vielleicht erzählen, was ich gesehen hab», sagte Suchanek. «Oder?»

«Du sagst doch, du hast nichts gesehen. Also wozu anstreifen? Wer sich mit Hunden hinlegt, steht mit Flöhen auf. Außerdem: So, wie deine Pupillen momentan wahrscheinlich aussehen, würde ich schon allein deswegen jeden Kieberer großräumig umfahren.»

«Ich denk drüber nach», sagte Suchanek, wissend, dass er

angesichts seiner weiteren Pläne mit den Früchten aus Grasels Erde dessen doch sehr überzeugender Argumentation wohl Folge leisten würde.

«Es gibt aber etwas, das gegen einen Brandstifter spricht, der zum Zufallsmörder geworden ist», ging Grasel wieder zu seiner Ermittlertätigkeit über. «Ein Indiz, dass da einer ganz gezielt darauf aus gewesen sein könnte, die Mantlerin zu killen.»

«Welchen?»

«Überleg doch mal: Christi Himmelfahrt. Die heilige Johanna. Und die wird quasi am Scheiterhaufen hingerichtet. Will uns damit vielleicht jemand etwas sagen?»

«Sehr scharfsinnig, Grasel. Warum haben sie noch einmal die echte heilige Johanna verbrannt?»

«Ketzerei, glaub ich. War das nicht immer irgendwie der Grund, wenn die damals wen verheizt haben?»

Drüben hoben sie gerade einen schwarzen Plastiksack in den Sarg.

«Und eines muss man natürlich auch noch ins Kalkül ziehen», fuhr der Grasel fort.

«Was?»

«Die Alte war einfach die Pest.»

Eine Stunde später stellte Suchanek fest, dass das Volksfest an der unerwarteten Konkurrenz durch die Mantlerin ganz schön zu knabbern hatte. Er hatte dem Grasel gesagt, er wolle lieber jetzt gleich zu ihm kommen, weil man ja doch nie wissen konnte, ob dem Grasel später nicht dann vielleicht doch etwas dazwischenkomme, und erledigt sei halt erledigt, da lasse sich gerade er ungern auf etwas ein. Und auch wenn die Gefahr, dass Grasel sämtliche Vorräte, die er noch hatte, innert des angebrochenen Nachmittages selbst in Rauch aufgehen lassen würde, objektiv betrachtet bei plus/minus null lag, so durfte man sich in dermaßen wichtigen Angelegenheiten nicht spielen und musste jede Eventualität einkalkulieren.

Suchanek riss sich also von der Tatortbeobachtung los, auch weil jetzt nicht so höllisch viel zu sehen war. In diesen Serien war das doch immer um ein Eckhaus interessanter. Er gab dem Hund zu fressen, der ja daran gewöhnt war, sofort nach dem Aufstehen gefüttert zu werden, an dieser Gewohnheit wollte der Suchanek jetzt gar nicht viel ändern, auch wenn sein Vater um gute acht Stunden früher aufstand als Suchanek heute. Dann wollte er sich einen Kakao machen und zerknüllte den Zettel, den er auf der Milchpackung gefunden hatte und auf dem stand «Milch hält länger als bis zum Ablaufdatum», nachdem ihm die saure Milch klumpenweise in die Tasse geklatscht war.

Suchanek putzte sich die Zähne und hätte sich auch gerne rasiert, musste aber feststellen, dass sein Vater immer noch jenen Rasierapparat benutzte, den ihm wohl einst der Großvater anlässlich des ersten Barthaares aus der Sperrmüllsammlung geholt hatte. Und Suchanek hatte bei seinem überstürzten Aufbruch am Vormorgen nun wirklich nicht auch noch daran gedacht, einen Einwegrasierer mitzunehmen. Er zog sich an, scheuchte den Hund in den Garten und fuhr los.

Es war warm. Sehr warm. Eigentlich war noch Frühling, aber da konnte man ja fragen, wen man wollte, vorzugsweise natürlich alte Leute wie ihn, die sich noch an ganz andere Zeiten erinnern konnten: Es gab ja keine Übergangszeit mehr. Gerade waren noch die Eisblumen auf den Scheiben gewachsen, wobei, was heißt Eisblumen, so was gab's ja heute auch nicht mehr mit dem Isolierglas und allem, und auf einmal: Peng! Sommer. Im Mai. Man müsste halt dringend auch einmal wieder die Jahreszeiten entschleunigen, dachte Suchanek. Entschleunigung war ja generell ein großes Anliegen von ihm.

Er kurbelte die Seitenscheibe des Autos herunter und legte den Kopf in den Wind. Bei der Lacke stank es noch erbärmlicher als gestern. Unten am Wasser saß wieder der Schneckerl. Suchanek winkte aus dem Fenster, aber der trinkfeste Fischer schaute nur verdutzt; er schien ihn nicht zu erkennen. Und dann kam immer noch der Bahnübergang. Suchanek blieb stehen. Er schaute links, er schaute rechts.

Himmel, Suchanek. Aufgelassen. Auf-ge-las-sen!

Dann rollte er ganz langsam den Fußballplatz entlang und kam zum Volksfest. Und man konnte es nicht beschönigen. Das Gelände tat im Wesentlichen eigentlich nur eines: erwartungsvoll daliegen.

Jetzt war der Freitag natürlich sowieso immer ein bisschen problematisch, weil er zwar ein Fenstertag war, aber eben trotz des hervorragenden Rufs, den Fenstertage verdientermaßen österreichweit genießen, nicht automatisch arbeitsfrei. Sicher, so mancher, der den Eröffnungsabend zu Christi Himmelfahrt im Bierzelt genossen hatte, nahm sich vielleicht den nächsten Tag eh frei, weil er wusste, es war ja für einen guten Zweck und es galt, das große Ganze und vielleicht eine neue Pumpe, die dann auch tatsächlich pumpte, im Auge zu behalten, und nicht ausschließlich die Zahl der Urlaubstage, die dann vielleicht im August, wenn die Frau nach Jesolo will, ein wenig knapp werden konnten.

Wieder andere fühlten sich Freitagfrüh doch etwas schwach und boten der Ausbeuterklasse trotzig die Stirn, indem sie sich krankmeldeten. Aber es gab trotzdem immer noch genug arme Schweine, die arbeiten mussten. Da jetzt aber die Kinder ja auch schulfrei hatten, weil sich natürlich kaum ein Tag für die in einem modernen Bildungssystem unabdingbare Lehrerfortbildung dermaßen heftig aufdrängt wie ein Fenstertag, hatte der alte Mantler, der ja auch ganz gute Beziehungen zum Land hatte, schon vor Jahrzehnten einmal oben nachgefragt, ob man diesen Tag nicht irgendwie zumindest zu einem Bezirksfeiertag machen könnte. Aber, was sollte man sagen: Die hatten abgelehnt. Typisch. Wenn die Bernhardsäue angefragt hätten, wäre das sicher anders ausgegangen.

Darum war also der Freitag schon immer ein bisschen das Sorgenkind der Feuerwehr gewesen. Aber der heutige war eine Katastrophe. Gerade einmal ein Fahrzeug im Autodrom bewegte sich, das Tagada daneben stand überhaupt leer. Derselbe Schausteller wie gestern machte denselben brüllend komischen Witz: «Action, Spannung, Spaß! Treten Sie näher, steigen Sie ein! Drei Mal fahren – und nur vier Mal zahlen!»

Ein paar Männer, die er nicht kannte, wohl auch alle Schausteller, standen vor der Grillhendlstation, in der sich leere Spieße sinnlos drehten, diskutierten lautstark in irgendeiner Balkansprache und fuchtelten sich gegenseitig sichtlich erregt mit den Händen vor den Gesichtern herum. Auf einer Bank ein Stück entfernt saßen zwei Buben. Einer bohrte in der Nase. Eigentlich, dachte der Suchanek, war das wenigstens eine kleine Rache für die Mantlerin. Nicht, dass sie die jetzt noch groß genießen konnte. Wobei, was wusste man. So brav, wie sie dem Herrn gedient hatte, saß sie jetzt ja vielleicht wirklich gemeinsam mit ein paar anderen katholischen Taliban auf der Wolke und freute sich darüber, dass sie der Feuerwehr, die sie verbrennen hatte lassen, wenigstens ordentlich das Geschäft versaute.

Am Hauptplatz parkte sich Suchanek gegenüber der Kirche und dem früheren Gasthaus Ziehrer ein. Die Post daneben hatten sie auch vor ein paar Jahren zugesperrt. Nur das Geschäft gab es noch, das ganz früher einmal, in Suchaneks Kindheit, als Handwerk noch goldenen Boden und der Kleinhandel nicht nur eine Vergangenheit gehabt hatte, eine Bäckerei gewesen war. Jetzt war es halt so ein Mini-Supermarkt.

Kaum dass der Suchanek ausgestiegen war, passierte es: Zum einen fuhr, vom Oberort kommend, wo Mantlers Hof lag, langsam der Wulzendorfer Feuerwehrwagen vorbei, in Richtung Bernhardsau. Offenbar war der Einsatz, der nie so richtig begonnen hatte, jetzt endgültig aus. Das allein wäre ja noch nicht so schlimm gewesen, aber gleichzeitig kamen der Heimeder Kurtl und der Einundzwanziger-Wantuschka aus dem Geschäft. Sie schauten dem Feuerwehrwagen missbilligend nach. Suchanek überlegte kurz, ob er auf dem Absatz kehrtmachen und so tun sollte, als suchte er ganz dringend etwas im Handschuhfach.

«Wo fahren die denn hin, die Nieten?», rief Heimeder laut.

Der Wagen war jetzt schließlich schon zu weit weg, als dass die Nieten ihn selbst bei offenem Fenster hätten hören und sein nächstjähriges Engagement überdenken können. Dennoch war das ganz schön mutig für einen Künstler, der außer am Wulzendorfer Volksfest nur noch beim Langegger Kinderfasching auftreten durfte. Und im nächsten Jahr wahrscheinlich nicht einmal mehr dort, seit ein paar empörte Achtjährige nach seinem letzten Gig die Facebook-Gruppe «Kurt stinkt» ins Leben gerufen hatten.

«Vielleicht fahren sie ja auf Bernhardsau», höhnte jetzt auch der Einundzwanziger. «Nachhilfe nehmen.»

Dann fiel ihnen der Suchanek auf, der immer noch unschlüssig neben seinem Auto herumstand.

«'n Tag», sagte Suchanek artig.

«Oha», sagte Wantuschka. «Der Zeuge!»

Heimeder war aber zum Glück noch lange nicht fertig mit der Feuerwehr. «Ich mein, dass sie mit den Bernhardsäuen bei der Unfallbergung nicht mithalten können, das wissen wir ja eh. Schließlich haben die die Bundesstraße vor der Tür, und da sind halt die viel gschmackigeren Unfälle. Aber dass sie jetzt auch nicht mehr löschen können ...»

Suchanek gab sich einen Ruck und ging auf die beiden zu, die den Eingang zum Geschäft immer noch versperrten.

«Aber es sind ja alle Feuerwehren rundherum besser als unsere!», meckerte der Kurtl weiter. «Die Haindorfer bitte? So klein sie sind, die haben halt wiederum die Donau. Die haben einmal beim Landesfeuerwehrwettkampf den dritten Platz gemacht mit ihren Tauchern. Und kannst du dich erinnern, wie sie voriges Jahr die Selbstmörderin aus der Au geholt haben?»

«Ja, sicher», antwortete der Einundzwanziger. «Das arme Mädel, das ins Wasser gegangen ist, weil sie ihr im Fernsehen bei diesem Model-Wettbewerb gesagt haben, sie ist zu fett. Wobei, ich mein, sie hat mir ja auch leidgetan und alles. Aber ich hab das zufällig einmal gesehen: Die war wirklich zu fett.»

Suchanek versuchte jetzt, sich an den beiden vorbeizudrücken.

«Und die haben die Haindorfer gefunden, weißt noch?», fuhr Heimeder mit seiner Suada fort. «Der Mantler wollte ja daraufhin sogar, dass einer von seinen Burschen den Feuerwehrtaucher macht. Aber dann hat der Trottel allein in der Lacke geübt, und der Mantler hat einen Anfall gekriegt, weil der ihm ja ersaufen hätte können. Aber wozu bitte brauchen wir überhaupt einen Taucher? Liegen wir seit neuestem an der Donau? Dafür haben wir ein Geld? Und für eine gescheite Pumpe haben wir dann keines? Was sagst du, Suchanek? Ist das nicht ein Wahnsinn?»

Suchanek nickte erschrocken. Dann sagte Wantuschka zu ihm: «Die Nidetzky sagt, du hast den Feuerteufel gesehen.»

«Ich ... Na ja, ja. Von der Weite. Und nur ganz kurz.»

«Und?»

«Was und?»

«Kann man wenigstens ein Phantombild machen oder was?»

«Äh, na ja ...»

«Schade, dass ich ihn nicht gesehen hab», warf der Heimeder ein. «Ich hab nämlich ein fotografisches Gedächtnis. Ich schau mir die Noten von einem neuen Stück einmal an, und schon sind sie gespeichert.»

«Das hört man bei deinen Auftritten aber nicht gleich heraus», sagte der Einundzwanziger ungerührt.

Suchanek war jetzt endgültig an ihnen vorbei. Mit gerunzelter Stirn stand er vor dem Eingang des Geschäfts. Es war ja so: Milch hätte er sich eventuell vom Grasel schnorren können, das wäre angesichts der anderen Sachen, mit denen er von ihm so versorgt wurde, auch schon wurscht gewesen. Aber Rasieren musste halt auch sein. Weil der Suchanek nämlich sofort eine mindere Form der Schuppenflechte bekam, wenn er sich zwei Tage nicht rasierte. Und obwohl ihm sonst eigentlich vor nicht so viel grauste, bedeutete «mindere Form» in diesem Fall, dass man am besten alle Spiegel verhängte. Also musste der Suchanek einkaufen gehen. Obwohl er sich so überhaupt nicht sicher war, ob das denn auch gescheit war.

Denn einkaufen bedeutete: Susi.

5

Mit der Susi hätte Suchanek ja ohne weiteres gehen können, als er fünfzehn war. Nicht, dass sie ihn jemals gefragt hätte. Und auch nicht, dass sonst einmal irgendetwas vorgefallen wäre, das den Schluss zugelassen hätte, in ihrem nicht nur, aber auch wegen der völligen Abwesenheit schützenden Busens eigentlich wie ein offenes Buch daliegenden Herzen schlummere dieser unbändige Wunsch. Aber geschaut hatte sie immer so.

Wenn er noch einmal fünfzehn wäre, aber schon ausstaffiert mit der enormen Lebenserfahrung von heute, dachte Suchanek, während er sich hingebungsvoll dem Vergleich der ausgeklügelten Gleitstreifensysteme zweier Packungen Einwegrasierer widmete, dann würde er susimäßig durchaus fünf gerade sein lassen und nicht mehr finden, dass sie zu schiach für ihn sei.

Denn seine Lebenserfahrung, die er allerdings nur um ihre Meinung fragte, wenn es gar nicht mehr anders ging, weil die sich nämlich fortgesetzt weigerte, den Unterschied zwischen Offenheit und Brutalität zu kapieren, hätte den Fünfzehnjährigen, von einem strapazierfähigen Netz eitriger Pusteln zusammengehaltenen Suchanek angebrüllt: «Zu schiach? Für dich? Rate mal, wer mit 33 die Zahl der Frauen, mit denen er im Bett war, immer noch an der einen Hand abzählen können wird, mit der er sich gerade keinen runterholt!»

Das war jetzt noch dazu ein Spruch von seiner Mutter. Der mit der Lebenserfahrung. «Einmal noch dreißig sein – aber so gescheit wie heute.» Suchanek hatte das eigentlich immer recht bescheiden von ihr gefunden. Nicht den Teil mit den dreißig. Und jetzt konnte er mit Stolz vermelden, dass ihm die Fußstapfen seiner Altvorderen diesbezüglich nicht zu groß waren.

Sie hatten sich ja eigentlich auch immer gut verstanden, die Susi und er. Genau genommen war sie sogar sein bester Freund gewesen. Aber so viel hieß das jetzt auch wieder nicht, denn die Massenschlägereien, bei denen sich alles um seine Gunst prügelte, hatten sich immer schon in eher engen Grenzen gehalten.

Es gab Tage, an denen störte den Suchanek seine soziale Verwahrlosung sogar. Und dann sah er auch ein, dass es mitunter doch recht nützlich sein kann abzuheben, wenn das Telefon läutet. Und dass sich, sofern man dazu gerade keine Kraft hat, weil sie einem von diesem ungeheuer ereignisreichen Leben zwischen Couch, Pizzaschachteln und Couch wieder einmal völlig ausgesaugt wurde, ein Rückruf als Alternative geradezu aufdrängt. Er hatte die Susi kein einziges Mal angerufen, seit er aus Wulzendorf weggezogen war. Und bald hatte sie dann überraschenderweise auch damit aufgehört. Und als dann ihr Mann den Unfall hatte, es also einen wirklich guten Grund gegeben hätte, sie anzurufen, war schon so viel Zeit vergangen, dass sich Suchanek nicht mehr traute.

Das musste jetzt fünf oder sechs Jahre her sein, dass der Kanschitz Martin in der Marterlkurve zwischen der «Tenne» in Langegg und dem «Check In» in Tiefenbrunn geradeaus gefahren war, obwohl links die wesentlich bessere Wahl gewesen wäre. Und wenn der Hannes, der Mann von der Susi, am Beifahrersitz angeschnallt gewesen wäre oder wenn wenigstens die Muttergottes in dem Marterl auf der anderen Straßenseite ihrer Schutzfunktion etwas enthusiastischer nachgekommen wäre – dann hätte der Hannes eventuell auch die

Geschichte von dem auffälligen Auto mit den vier aufgeblendeten Zusatzscheinwerfern, das ihnen in der Kurve auf ihrer Seite entgegengekommen sei und den Martin zum Verreißen gezwungen hätte, bestätigen können.

Aber so war er halt tot. Und die Susi allein mit zwei kleinen Kindern. Und einem Rohbau in der Sackgasse vom Suchanek.

Die alten Kanschitz hatten der Susi dann zwar eh geholfen, mit dem Haus und so. Und sie waren ja auch gestraft, mit dem Buben im Rollstuhl, der in dem Zustand die Wirtschaft natürlich nie übernehmen können würde. Weil dem Kanschitz Martin halt die vielen Überschläge, bis das Auto endlich in einem Acker auf dem Dach und auf dem Hannes zu liegen gekommen war, das Kreuz gebrochen hatten. Aber trotzdem. Die Susi wäre sicher froh, wenn sie den Hannes zumindest noch in der Gegend hätte herumschieben können, statt verblühte Stiefmütterchen über ihm abzuschneiden.

Obwohl der Suchanek ja zugeben musste, dass er den Hannes nie wirklich hatte leiden können. Er war genauso ein versoffener Depp gewesen wie die meisten anderen Burschen im Ort. Die Susi hätte wirklich was Besseres verdient gehabt. Aber wenn man so aussah wie sie, machte das Bessere halt gleich automatisch einen Bogen.

Wobei, so schiach war sie ja jetzt gar nicht mehr. Weil auch, wenn er seit fünfzehn Jahren nicht mit ihr gesprochen hatte, gesehen hatte Suchanek die Susi vor einer Weile doch einmal. Sie war in einem Fernsehspot dieser Ladenkette aufgetreten, die vor allem am Land langsam die ganzen Greißler übernahm, aber irgendwie so, dass die trotzdem in ihren Geschäften bleiben konnten. Suchanek fand das ja unerklärlich, aber so war das Abenteuer Wirtschaft für ihn sowieso immer. In diesem Kleinod postindustrieller Konsumstimulierung hielten jedenfalls hochambitionierte Nahversorger ein tieftrauriges Appetitbrot oder ein rechtsdrehendes Motoröl oder eine dauerpreisgesenkte Tellermine in die Kamera und sagten dann im volkskulturell wertvollen Dialekt von St. Vinzenz am Autobahnzubringer: «Des is mei Extra!»

Suchanek konnte sich nicht mehr erinnern, was Susis Extra gewesen war. Er wusste allerdings noch ganz genau, dass sie wesentlich besser ausgesehen hatte als mit fünfzehn. Die Zähne waren gerade, das früher knochige Gesicht fülliger, und die Haare sahen auch nicht mehr aus wie ein geschreddertes Geheimdokument. Den Busen hatten sie nicht hergezeigt.

Susi hatte ihn nicht bemerkt, als er ins Geschäft gekommen war. Sie war gerade an der Kassa mit zwei Kundinnen beschäftigt gewesen, und Suchanek bog sofort in den ersten Gang zwischen den Regalen ab, weil er die erwartbare Peinlichkeit der Begrüßungsszene nicht auch noch vor Zeugen zelebrieren wollte. Sie würden sich steif die Hände geben, hölzern nach dem Befinden des anderen fragen, vielleicht sogar zwei in ihrer Fremdheit heftig schmerzende Wangenküsse austauschen. Dann würden sie nicht wissen, was sie sagen sollten, bis sich einer von ihnen – und die Chancen standen gut, dass es er sein würde – für ein ausdrucksstarkes «Und?» entscheiden würde. Man sollte sich ja in Wirklichkeit schon allein wegen des Wiedersehens nicht wiedersehen, fand Suchanek.

In der Hoffnung, dass die störende Kundschaft in der Zwischenzeit verschwinden würde, ließ er sich bei den Rasierern so lange Zeit wie nur irgendwie möglich. Wobei man jetzt einwenden könnte, dass er im Supermarkt in der Hygieneabteilung sowieso immer ewig brauchte. Und das nicht etwa, weil er in Sachen Hygiene irgendwie übertrieben hätte. Nein, eigentlich nicht. Eigentlich überhaupt nicht. Aber was ihn doch sehr beunruhigte und zum ganz genauen Hinsehen motivierte, war die Tatsache, dass in diesen Konsumtempeln die Abteilung für Körperhygiene ja immer quasi fließend in jene für Raum- und Sanitärhygiene überging.

Das war nichts für den Suchanek.

Ihn verfolgte die Angst, er könnte einmal etwa auf der Suche nach einem sympathischen Mundwasser eine ebenso anheimelnd bunte Dose mit, sagen wir, Rohrreiniger erwischen. Und dann nach dem ersten Gurgeln zu Hause erst einmal seine Zähne im Maschinengewehrstakkato auswerfen und anschließend eines ebenso einsamen wie grässlichen Todes sterben. Wobei man jetzt nicht den Eindruck gewinnen sollte, dass der Suchanek irgendwie neurotisch gewesen wäre oder was.

Endlich warf er eine Packung Rasierer in seinen Korb und schlenderte weiter. Er steuerte die Milch an, erlegte zwei Packungen und sammelte dann nach dem Zufallsprinzip noch Brot, Wurst, Käse, Fruchtsaft und eine Flasche Wodka ein. Dann ließ er sich, bewusster Konsument, der er war, seine Kaufentscheidung noch einmal durch den Kopf gehen, kam zu dem Ergebnis, dass sie verbesserungswürdig war, machte kehrt, stellte den Fruchtsaft wieder ins Regal und holte sich noch eine Flasche Wodka.

Vor der letzten Kurve, an deren Ausgang Susis Kassa war, blieb er stehen und lauschte. Die waren ja immer noch da. Na geh. Zwei alte Weiber, den Stimmen nach zu schließen.

«Und das schöne Kreuz mit den grünen Steinen, das sie sich damals bei unserer Fußwallfahrt nach Maria Dreieichen gekauft hat, weißt du noch?»

«Ja, freilich weiß ich das noch. Mir wär's zu teuer gewesen. Aber die Maßstäbe von der Johanna waren da ja immer schon andere.»

«Das ist so richtig mit ihrem Fleisch verschmolzen durch die Hitze. Die Dreier-Kanschitzin hat es selbst gesehen.»

«Das ist so grauslich, das kann man ja gar keinem sagen! So was sieht man doch sonst nur im Fernsehen – und jetzt hat man das auf einmal mitten im eigenen Dorf! Da traut man sich ja gar nicht mehr auf die Straße!»

«Ich sag so: Dass das gerade dann passiert, wenn das ganze Dorf voll ist mit Zigeunern, kann kein Zufall sein.»

«Was denn für Zigeuner?»

«Warst du schon beim Volksfest? Schau dir die einmal alle an dort, die von den Schießbuden und dem Autodrom und alles. Lauter so Schwarze.»

«Du meinst so Schwarze wie der Pater Akwuegbu?»

«Nein, nicht *so* schwarz schwarz. Dunkel halt. Mein Gott, jetzt stell dich halt nicht so an! Wie Zigeuner eben ausschauen!»

«Wenn früher was passiert ist, waren es bei dir immer gleich die Slowaken.» Das war jetzt die weiche Stimme von Susi. «Und jetzt sind's die Zigeuner? Geh, Zwölferin!»

Die Zwölfer-Leitnerin war also die eine von den zwei Frauen. Die Zwölferin hatte der Suchanek in nicht lückenlos guter Erinnerung. Er hatte früher in der Kirche vor allem an hohen Feiertagen mit seiner singenden Mutter auf den Chor mitgehen dürfen. Das hatte der kleine Suchanek meist sehr spannend gefunden, weil dort oben an der Orgel zog vermutlich auch heute noch der Achter-Hiefler seine Show ab. Der Achter war der Jerry Lee Lewis unter den Kirchenorganisten. Er turnte mit begeisterndem Ganzkörpereinsatz auf seiner Bank herum, als wäre «Gro-ßer Go-hott wir lo-ho-ho-ben dich» – Suchaneks persönlicher sakraler Tophit – eine Coverversion von «Great Balls Of Fire». Und es hätte Suchanek damals überhaupt nicht gewundert, wenn die altersschwache Orgel unter den erstaunlich flinken Händen dieses vermutlich aufgrund einer Kombination aus leichter Herzinsuffizienz und mittelschwerem Alkoholmissbrauch stets blaugesichtigen Schwergewichts zu Bruch gegangen wäre, so, wie er sie traktierte.

Eines Tages allerdings, mit vielleicht sieben oder acht Jahren, wurde der Suchanek auf dem Chor von heftigen Bauchschmerzen ereilt, und weil man natürlich wegen so was nicht während der Messe stört, weil die doch heilig ist, hatte er schließlich nach schrecklichen sowohl körperlichen wie auch psychischen Krämpfen einfach in die Hose geschissen. Und die Zwölferin, die das als Erste gerochen hatte, hatte gefunden, dass hier eindeutig eine Erziehungsmaßnahme vonnöten sei, und ihm auch noch eine ordentliche Watschen verpasst. Wenn das heute jemand bei einem fremden Kind im Beisein von dessen Mutter macht, muss er davon ausgehen, sich Sekunden später mit durchgebissener Gurgel auf dem gewaltfreien Kindergruppen-Flokati in seinem Blute zu wälzen. Suchaneks Mutter hatte das damals aber weitaus lockerer gesehen und ihm nach Verlassen der Kirche auch noch eine runtergehaut.

«Ich sag so», sagte die Zwölferin so, «der Eiserne Vorhang war nicht nur schlecht. Vor allem nicht für unsere Seite.»

«Ist eigentlich irgendwas gestohlen worden auch?», mischte sich die andere wieder ein.

«Angeblich schaut im Haus drin alles so weit normal aus.»

«Das spricht aber dann gegen deinen Verdacht mit den Zigeunern. Die hätten das Haus ja wohl auf den Kopf gestellt. Weil bei den Mantlern gibt's ja sicherlich genug zu holen.»

«Das sagt noch gar nichts. Vielleicht wollten sie ja den Heuwagen aus dem Stadl stehlen.»

«Zwölferin», meldete sich mit Susi wiederum die Stimme der Vernunft. «Was in aller Welt macht ein Zigeuner, der erstens wahrscheinlich gar keiner ist und zweitens hier bei uns am Volksfest arbeitet, mit einem depperten Heuwagen?»

«Mein Gott, bist du naiv! Ich sag so: Der Zigeuner als solcher kann im Prinzip alles brauchen. Solange er es nicht zahlen muss. Außerdem: Wer bitte soll es denn sonst gewesen sein? Die Johanna hat doch nie mit jemandem Probleme gehabt!»

Zehn Sekunden Stille. Dann sagte die andere Frau: «Na ja.»

«Was heißt ‹Na ja›?»

«Eine Einfache war sie nicht gerade. So ehrlich muss man schon sein.»

«Also, das ist doch ... Die Mantlerin ist noch nicht einmal kalt und du ...»

Die Zwölfer-Leitnerin verstummte. Offenbar war ihr selbst aufgefallen, dass ihre Formulierung angesichts einer Feuerleiche doch ziemlich hübsch klang. Dann fing sie sich wieder und giftete: «Du bist doch nur beleidigt.»

«Wieso sollte ich beleidigt sein?»

«Na, wegen der Legio. Weil du auch die Vorsitzende werden wolltest.»

«Das hat damit überhaupt nichts zu tun! Die Wahrheit wird man ja wohl noch sagen dürfen. Und die Wahrheit ist nun einmal, dass sich die Johanna mit ihrer Art nicht nur Freunde gemacht hat.»

«So, jetzt ist es aber genug», sagte Susi ebenso begütigend wie erfolglos.

«Eine Kampfabstimmung haben wir damals machen müssen! Eine Kampfabstimmung! In der Legio! Wann hat man so was schon gehört?», redete sich die Zwölferin jetzt voll in

Rage. «Weil du einfach keine Ruhe gegeben hast. Unbedingt wolltest du der Johanna den Vorsitz wegnehmen, obwohl sie ihn doch schon jahrelang gehabt hat!»

«Wenn sie sich nicht so aufgeführt hätte, dann hätte ich ja gar nicht kandidiert. Aber sie hat ihren Spitznamen schon zu Recht bekommen, so heilig, wie sie war. Oder soll ich sagen: scheinheilig? Außerdem ist das ja wohl mein gutes Recht, auch zu kandidieren. Wir leben schließlich in einer Demokratie. Auch wenn ihr Großbauern glaubt's, alle anderen sind automatisch eure Diener.»

«Na, das wird ja immer besser!», höhnte die Großbäuerin zurück. «Ausgerechnet die Frau Gerstmeier sagt so was? Die ihr Lebtag so getan hat, als ob sie die Bürgermeisterin wäre? Die sich so furchtbar gescheit vorkommt? Susi, weißt du, was sie damals gesagt hat? Na komm schon, sag der Susi, was du damals gesagt hast, nachdem du verloren gehabt hast! Los!»

«Nein, bitte. Ich will es gar nicht hören. Schluss jetzt», sagte Susi schwach.

Die Gerstmeierin war also die andere. Vor der Pension war sie die Gemeindesekretärin in Bernhardsau gewesen. Und die Zwölferin hatte sicher nicht unrecht. Funktioneller Analphabetismus war schon immer das liebste Hobby der Bernhardsauer Bürgermeister gewesen. Also hatte eine Sekretärin, die klüger war, eine ziemliche Machtposition inne. Die Gerstmeierin war wirklich die heimliche Chefin gewesen. Und dass sie mit der Johanna nicht gekonnt hatte, war keine große Sensation. Zwei Alphawölfinnen, beide randvoll mit Sendungsbewusstsein und noch mehr Geltungsdrang.

«Mir reicht's jetzt», hyperventilierte die Gerstmeierin. «Ich bin es nicht gewöhnt, auf so einem Niveau zu diskutieren. Ich gehe!»

Suchanek hörte einige empörte Schritte und dann die Tür auf- und zugehen.

«Weißt du, was sie nachher gesagt hat?», keppelte die Zwölferin weiter. «Der Herr gibt's, der Herr nimmt's – und manchmal irrt sich auch er. Aber er wird das schon noch reparieren. Na ja – jetzt ist es ja repariert. Aber der Herr hat die Johanna sicher nicht angezündet!»

«Zwölferin, jetzt gib doch eine Ruh. Ich hab immer geglaubt, bei euch in der Legio geht's ums Beten und um Nächstenliebe und so.»

«Ja. Eh», sagte die Zwölferin nach einer kleinen Pause.

«Also was soll dann das ganze Theater?»

Wieder zögerte die Leitnerin einen Moment. «Tut mir leid, dass ich mich so aufgeregt habe», sagte sie dann, merklich leiser. «Aber wenn man nicht einmal den Anstand hat, dass man eine Tote in Ruhe lässt.»

«Eh. Aber wenn ihr schon unbedingt streiten müsst, dann bitte das nächste Mal nicht bei mir.»

Die Zwölferin ging erstaunlich kleinlaut ab. Jetzt war es also so weit. Jetzt konnte Suchanek endlich beweisen, dass er, auch wenn es ihm vielleicht nicht jeder rückhaltlos zutraute, in außergewöhnlichen Situationen sehr wohl zu berühmten ersten Worten fähig war. Er holte tief Luft und ging dann auf Susis Pult zu.

«Servus, Susi.»

Wui, Suchanek. Könnte in die Geschichte eingehen.

Susi kniff die Augen zusammen und schaute eine Weile ziemlich blöd. Dann teilten sich ihre schmalen Lippen zu einem warmen Lächeln. «Suchanek», sagte sie. «Mein Gott, der Suchanek.»

Sie kam auf seine Seite des Pultes und schlang ihre Arme

um ihn. Als Suchanek dasselbe tat, roch er, dass er hätte duschen sollen.

Die Umarmung dauerte länger, als es die vertrocknete Emotionalität Suchaneks ertragen konnte. Endlos lange. Eine gefühlte Viertelminute. Susi ließ ihn erst los, als die Lengauer Milli bei der Tür hereinkam.

«Hallo, Milli», sagte Susi. Die Lengauerin nickte wortlos, spendierte Suchanek einen misstrauischen Blick und verschwand dann hinter den Regalen. Susi strahlte ihn an. Es war Jahre her, dass sich jemand dermaßen offensichtlich gefreut hatte, Suchanek zu sehen. Wenn er so genau nachdachte ... Ja. Das musste in etwa bei seiner Geburt gewesen sein.

Er überlegte, «Und?» zu sagen, aber Susi kam ihm zuvor: «Hab schon gehört, dass du hier bist.»

«So? Von wem?»

«So ungefähr vom halben Dorf. Der Mann, von dem man spricht!» Das war ja nun genau das, das Suchanek immer schon sein hatte wollen. Spätestens, seit er sich beim Gruppenfoto nach der Erstkommunion hinter dem Pfarrer versteckt hatte. Er verzog das Gesicht. «Ich. Ausgerechnet.»

«Na ja. Sonst hat ja keiner den Mörder gesehen.»

«Ach, ich hab da in der Nacht vielleicht ein bisschen blöd dahergeredet. In Wirklichkeit hab ich einen Schmarren gesehen», murmelte Suchanek missmutig.

«Da erzählt die Nidetzky aber was anderes.»

«Die Nidetzky. Na dann. Der Kerl war so weit weg. Und es war finster. Das könnte echt ein jeder gewesen sein.»

«Ja», sagte Susi. «Das ist ja auch irgendwie das Schlimme, oder? Man sitzt da in dem Dorf, in dem man sein ganzes Leben gesessen ist. Man kennt einen jeden. Und ein jeder könnte es gewesen sein.»

«Ich war's jedenfalls nicht. Ehrlich.»

«Da bin ich aber froh. Ich übrigens auch nicht.»

«Aber ich hab schon gewusst, warum ich aus Wulzendorf weg bin. Gefährliches Pflaster.»

«Ich hab ja manchmal deine Mutter gefragt, aber die wollte mir, glaub ich, nicht so richtig was erzählen. Also, jetzt sag einmal: Was hast du denn getrieben die ganze Zeit?»

Suchanek entschied sich wie am Vortag bei Grasel wieder für die Wahrheit. «Nichts.»

«Fünfzehn Jahre lang nichts?»

«Na ja. Du musst bedenken, dass ich schon allein ein gutes Drittel von der Zeit geschlafen hab.»

Susi lachte. «Dann war's ja gut, dass du in die große weite Welt gegangen bist. So ein ambitioniertes Programm hättest du in Wulzendorf natürlich nicht durchziehen können.»

Suchanek grinste verlegen. «Jetzt weißt du, warum meine Mutter da nicht so gesprächig war. Und wie geht's dir so?»

«Ach.» Susi zuckte mit den Schultern. «Siehst eh. Nicht sehr aufregend, mein Leben. In Wulzendorf picken geblieben, das Geschäft von den Eltern übernommen, Haus gebaut.» Sie stockte kurz. «Das mit dem Hannes hast du gehört?»

Suchanek nickte stumm. Jetzt würde sie ihm gleich vorhalten, dass er sich nicht einmal damals gerührt hatte. Und sie würde so was von recht damit haben.

«Aber das ist ja auch schon wieder so lang her, dass es mir vorkommt wie in einem anderen Leben. Nur mit den Kindern ist es manchmal nicht so einfach.»

«Wie alt sind sie denn jetzt?»

«Der David ist neun und der Stefan sieben. Und Buben in dem Alter ... Ich geb mir ja Mühe, aber Fußball und Fischen sind nicht unbedingt meine Kernkompetenzen.»

«Oh Gott, Fußball. Der Grasel hat mich dazu verdonnert, dass ich morgen beim Hansi-Burli-Gedenkmatch mitmache. Wobei ... Wahrscheinlich findet das jetzt ja eh nicht statt.»

«Du als Fußballer? Aber hallo! Da hat sich ja einiges geändert. Du willst nicht zufällig den Job bei meinen Buben haben?»

Das war jetzt ein Scherz. War das jetzt ein Scherz?

Susi grinste. «Huh! Jetzt hat's ihn aber gerissen! Keine Angst! Als Fußballtrainer, hab ich gemeint. Nicht als Ersatzpapa. Andererseits ... Wie lange bleibst du denn hier?»

«Bis Sonntagabend. Dann kommen meine Eltern vom Urlaub zurück.»

«Na ja, schade. Dann geht sich das sowieso nicht aus. Da dauert die Einschulung schon ein bisschen länger», sagte Susi und zwinkerte.

Die Lengauer Milli hatte es in der Zwischenzeit so gemacht wie der Suchanek vorher: Sie hatte sich in den Gängen herumgedrückt, weil sie wohl auch erst zur Kassa gehen wollte, wenn die Susi wieder allein war. Aber nachdem sich der Suchanek nicht und nicht putzen wollte, kam sie nunmehr mit verkniffenem Gesicht zum Pult und stellte ihren Korb ab. Während Susi ihn ausräumte und die Rechnung zu schreiben begann, musterte die Milli den Suchanek ungeniert. Schließlich gelangte sie zu einer beinharten Erkenntnis: «Der wird sich nicht freuen.»

Suchanek war im Prinzip ja auch felsenfest davon überzeugt, dass dem so war. Auch wenn er keine Ahnung hatte, wer und warum nicht.

«Wer denn, Milli?», fragte Susi sanft.

«Na, der Mörder. Wenn ihn der da gesehen hat.»

Suchanek wurde von einem Gefühl befallen, das er von

diesen Jännernächten kannte. Wenn es draußen minus zehn Grad hatte und ihm gerade die Zigaretten ausgegangen waren. «Ich hab überhaupt nichts gesehen», knurrte er.

«Aber geh!», sagte Milli spitz. «Da erzählt die Nidetzky aber was anderes.»

Zum Glück sprang jetzt die Susi Suchanek zur Seite. «So, Milli», sagte sie gütig. «Und jetzt die Jacke.»

Milli wirkte mit einem Mal hochgradig unerfreut. «Ich hab aber heute nichts drin. Ehrlich nicht!»

«Die Jacke, Milli.»

Milli machte einen Schritt näher zum Pult und hob mit beleidigtem Gesicht ihre Arme. Susi begann, die Taschen der Jacke zu durchstöbern, und förderte einen Alleskleber, ein Duschgel, eine Packung Batterien, einen Nagelzwicker und einen in rotes Wachs eingelassenen Laib Butterkäse zutage. Ungerührt schrieb sie die Preise auf die Liste.

«Den Kleber und den Nagelzwicker brauch ich aber gar nicht», protestierte Milli.

Susi riss den Zettel von ihrem Block ab und hielt ihn Milli entgegen. «23 Euro 40», sagte sie freundlich.

Milli zahlte ohne weiteres Murren, packte die Sachen in ein Plastiksackerl und wandte sich dann noch einmal Suchanek zu. «Das eine sag ich dir: Das war kein Fremder! Und er wird sich gar nicht freuen.»

Dann drehte sie sich um und verließ grußlos das Geschäft. Hinten im Bund ihres Rocks steckte ein Korkenzieher.

«Mit irgendwas lass ich sie jedes Mal davonkommen», sagte Susi und lächelte.

«Wie? Die macht das immer?»

«Ach, die ist eine arme Haut. Zuerst hat sich ihr Bub mit dem Auto erschlagen, und zwei Jahre später ist ihr der Mann auch noch gestorben, an seinem gebrochenen Herz wahrscheinlich. Da ist bei ihr dann irgendwie der Film gerissen.»

«Und deswegen klaut sie jetzt?»

«Nicht nur. Die macht alle möglichen durchgeknallten Sachen. Aber sie tut keinem was, und ich kann ja gut nachvollziehen, wie es ihr geht. Außerdem muss sie schließlich irgendwo einkaufen. Sonst darf sie ja eh schon in kein Geschäft mehr rein in der Gegend.»

Suchanek ertappte sich dabei, dass er Susi am liebsten noch einmal umarmt hätte, war aber nach Sekundenbruchteilen der Entwurzelung zum Glück gleich wieder ganz Suchanek.

«Bis Sonntagabend, sagst du ...», sinnierte Susi. «Na ja, da die Chance groß ist, dass ich dich dann wieder fünfzehn Jahre lang nicht sehe: Magst du nicht zu mir zum Abendessen kommen? Morgen vielleicht?»

Diesmal freute sich der Suchanek ganz ehrlich. Schon wieder so ein ungewohntes Gefühl. «Sehr gern.»

Wieder kamen zwei Kunden herein, die Pregesbauer Trude und der Einser-Neuhold. Das konnte der Suchanek jetzt aber gar nicht brauchen.

«Hallo, Susi!», rief der Einser. Und die Trude erkannte Suchanek und sagte, bevor sie in den ersten Gang abbog: «Ah, der kleine Suchanek! Lang nicht gesehen! Ich muss dich dann unbedingt was fragen. Wegen dem Feuer gestern!»

30 Sekunden später war Suchanek draußen bei der Tür, sprang ins Auto und fuhr los.

6

Zwanzig Feuerwehrmänner mit erhobenen Händen. Hatten sie sich ergeben? In die Enge getrieben vom Spitzencop des niederösterreichischen Landeskriminalkommandos, einem grimmigen Gruppeninspektor mit Toupet und Prostataproblemen, der in seiner Freizeit gerne eigenhändig Dumdumgeschosse ohne Narkose aus seinem Abdomen wieder zutage förderte und die Wunde anschließend lächelnd mit rostigem Draht verschloss? Waren die zwanzig unter seinem gekonnten Waterboarding zusammengebrochen? Hatten sie gestanden, kollektiv den Schuppen ihres Kommandanten während dessen Abwesenheit angesteckt zu haben, weil sie ihm mittels eines wie am Schnürchen ablaufenden Löscheinsatzes beweisen wollten, aus welchem Holz sie geschnitzt waren – wobei die zweite Hälfte des Plans halt leider eher mangelhaft funktioniert hatte?

Suchanek war von dem Bild, das sich ihm beim Betreten des Route 66b bot, dermaßen überrascht, dass er sofort das Gehen einstellte. Was wiederum zur unangenehmen Folge hatte, dass ihm die wahrscheinlich aus der Konkursmasse irgendwelcher Karl-May-Festspiele im Steinfeld stammende doppelte Saloon-Schwingtür, von der der Grasel fand, dass sie das insgesamt an ein irisches Pub in der Ostukraine erinnernde restliche Interieur des konkurrenzlosen, weil einzigen Lokals in Wulzendorf hervorragend ergänzte, hart in den Rücken knallte.

«Und jetzt die Gegenprobe!», sagte der Spakowitsch Edi. Alle Hände fuhren wieder nach unten. «Danke. Der Antrag ist also einstimmig angenommen.»

Suchanek nickte einen flüchtigen Gruß in die Hälfte des Cafés, in der sich die angesichts des Versagens der letzten Nacht viel zu sauberen Feuerwerker in direkter Demokratie übten, und ging zur Bar, hinter der Grasel gerade jeden zumindest annähernd freien Fleck mit Toastscheiben und Pressschinken dekorierte. Da hatte wohl jemand Hunger. Und außer Toast stand auf der Speisekarte des Route 66 b noch Toast.

«Was ist denn da los?», fragte Suchanek.

«Sie haben abgestimmt, ob das Volksfest abgebrochen werden soll.»

«Und?»

«Der Edi hat ihnen vorgerechnet, wie viel allein die Miete für das Bierzelt kostet. Und was sie den Schaustellern an Standgebühren zurückzahlen müssten. Und dass die wahrscheinlich auch noch auf Verdienstentgang oder was klagen würden. Und dass sie zwar eine Feuerversicherung haben, aber leider nicht daran gedacht haben, die Frau des Kommandanten als Schadensfall reinzuschreiben. Er sagt, wenn sie jetzt abbrechen, machen sie locker 50 000 Miese. Also geht's weiter.»

«Ich bin vorhin beim Fußballplatz vorbeigefahren. Tote Hose ist ein Hilfsausdruck.»

«Ach, das wird schon wieder. Nach dem ersten Schock werden sie alle weitersaufen. Guter Zweck, Bürgerpflicht und so.»

«Gibt's irgendwas Neues? Verdächtige? Ein Geständnis?»

«Nicht wirklich. Aber die Nidetzky scheint überall zu verbreiten, dass du der Schlüssel zur Lösung dieses Falles bist», sagte Grasel vergnügt.

«Das ist überhaupt nicht lustig. Ich hab bei der Susi den Einundzwanziger, den Heimeder und die Lengauerin getroffen. Und alle wollten von mir wissen, wer es gewesen ist.»

«Na, dann sag's ihnen halt endlich, damit eine Ruhe ist. Was du dich immer zierst!»

Aus der Feuerwehrecke war jetzt wieder Edis Stimme zu hören. «Und mir ist schon klar, dass da wahrscheinlich manche finden werden, dass das irgendwie pietätlos ist oder was. Aber wie ich vorhin mit dem Kommandanten geredet habe, hat der auch gesagt, dass es seine Frau sicher so gewollt hätte!», dekretierte er hölzern.

«Er hat mit dem Mantler telefoniert?», fragte Suchanek leise. «Weiß man eigentlich schon, wann die zwei zurückkommen?»

Grasel schob sich eine überzählige Schmelzkäsescheibe in den Mund. «Nicht telefoniert. Die sind längst da. Ewig schade für den aufstrebenden österreichischen Pflügersport. Der Gregor hat nach den ersten zwei Durchgängen geführt.»

«So schnell sind die zurück? Aus Polen?»

Grasel zuckte mit den Schultern. «Na ja. Sie sind ganz zeitig in der Früh losgefahren. Und der Gregor ist bekanntlich nicht nur mit dem Traktor schnell.»

«Und außerdem lässt er euch ausrichten», fuhr Spakowitsch fort, «dass wir uns keinen Kopf machen sollen. Er sagt, wir hätten die Johanna so und so nicht mehr retten können.»

Dankbar zustimmendes Gemurmel breitete sich aus. Und der Vizekommandant war erst froh! Er durfte sich das ja nicht anmerken lassen, aber die ganze Geschichte war ihm mehr als eine Nummer zu groß. Der Edi war ein kreuzbraver Bursch, eine hervorragende, fast schon nervtötend pflichtbewusste Nummer zwei. Aber halt kein Einser. Und das wusste er. Auch im Raiffeisen-Lagerhaus in Bernhardsau hatte er sich entschieden, lieber stellvertretender Leiter der Baustoffabteilung zu bleiben.

«Ich kann mir das nicht erklären mit der Pumpe», sagte jetzt aber der Neuner-Ranreiter ketzerisch in den gerade gestillten Schmerz hinein. «Ich habe sie erst bei der letzten technischen Überprüfung vor einem Monat zerlegt und gereinigt. Wie es sich gehört. Und sie hat nachher funktioniert wie ein Einser.»

Man sah dem Edi an, dass er nicht unbedingt vorhatte, dieses Thema groß zu vertiefen. «Na ja. Materialermüdung halt. So was kommt vor», sagte er. «Alex? Bringst mir noch ein Krügerl?»

Der Neuner blieb renitent. «Das kann doch eigentlich nicht sein. Ich hab das Ventil erst vor einem halben Jahr neu eingebaut. Und jetzt auf einmal bricht die Klappe? Einfach so? Das ist mir noch nie untergekommen.»

Edis Zunge schoss aus dem rechten Mundwinkel und spielte nervös mit dem Ende seines Schnauzers. «Neuner, worauf willst du hinaus?», fragte er.

«Na, worauf schon! Mit dem Schraubenzieher rein beim Entlüftungsloch, einmal kurz draufhauen – und die Klappe ist hin. Das dauert zehn Sekunden. Und keinem fällt was auf», lautete die Expertise vom Pfarrhofer René, die er mit einer naiven Unschuld vorbrachte, welche weder zu seinem Körper passte, der sich durch die seit 25 Jahren mit Verve ausgeführte Tätigkeit des Landmaschinenreparierens mit besonderem Schwerpunkt auf dem Traktorreifenwechsel doch ziemlich in die Richtung des Zuges entwickelt hatte, der den Suchanek als Kind fast niedergeführt hätte, noch zu der Schwere des hier ausgesprochenen Verdachts.

Wobei: Jetzt sagte es halt einer laut. Gedacht hatten sie es sich sowieso schon alle.

Betretenes Schweigen. Dann, nach einer Weile, sagte ORF 2:

«Aber die Klappe kann doch auch genauso gut von selber gebrochen sein. Es muss überhaupt nicht sein, dass da einer ...» Er stockte kurz und fügte dann heiser hinzu: «Von uns ...»

Suchanek hielt den Atem an. Grasel riss hinter seiner Bar die Augen weit auf, zog die Mundwinkel tief nach unten und grimassierte sich so ein betroffenes Stummfilmgesicht zusammen.

«He, Suchanek!», rief da auf einmal der Pfarrhofer René, der jetzt, wo er kapiert hatte, dass er eine kollektive Depression ausgelöst hatte, wieder einen Ausweg suchte. «Du hast doch den Feuerteufel gesehen. Wie hat er ausgeschaut?»

Schon wieder.

«Also ich ... ich hab nicht wirklich ...», stammelte Suchanek. «Eigentlich hab ich gar nichts gesehen. Es war ja finster und alles.»

Der Pfarrhofer, heilfroh, nicht mehr selbst im Zentrum des Interesses zu stehen, insistierte: «Hat da das Feuer schon gebrannt?»

«Ja, es hat gerade ...»

«Dann war es doch gar nicht mehr finster!»

«Aber er war ja gleich wieder verschwunden.»

«Warum erzählt dann die Nidetzky, dass du ihm praktisch in die Augen geschaut hast?»

«Das weiß ich auch nicht», erwiderte Suchanek genervt. «Wen interessiert denn, was das alte Tratschweib daherredet, wenn der Tag lang ist? Als Nächstes behauptet sie wahrscheinlich eh, dass es einer von euch war.»

So. Jetzt waren sie wieder deprimiert.

«Leute, wir müssen echt aufhören, uns fertigzumachen», sagte der Edi beschwörend. «Da war nichts mehr zu löschen! Die Bernhardsäue haben sich doch auch nur mehr wichtiggemacht. Selbst wenn unsere Pumpe funktioniert hätte – es hätte nichts mehr geändert.»

Grasel stellte den letzten Toast seiner Lieferung vor dem Urban Ernstl ab und sagte dann unvermittelt: «Außer natürlich für die Bernhardsäue.»

Na ja.

Ja.

Dass die Bernhardsäue, und zwar ein jeder von denen, prinzipiell dazu fähig waren, die heilige Johanna zu verbrennen, stand ja wohl völlig außer Zweifel. Und dass sie darüber hinaus sogar so ruchlos sein könnten, sich mittels Sabotage auch noch auf der Asche von der armen Mantlerin einen triumphalen Auftritt herauszuschlagen, war ihnen genauso zuzutrauen. Aber natürlich, so fair musste man jetzt auch sein: Die Idee, irgendein Fremder habe die Pumpe ruiniert, besaß so oder so ihren Charme. Da konnte man sogar mit einer kleinen Restunsicherheit leben. Es musste also nicht einmal unbedingt eine Bernhardsau gewesen sein – wiewohl die Wahrscheinlichkeit natürlich überwältigend hoch war.

«Aber wie soll denn wer in unser Feuerwehrhaus hineingekommen sein? Das hätten wir doch bemerkt, wenn da einer eingebrochen hätte», sagte der Spakowitsch dann.

Das war jetzt natürlich schade. Gerade, wo die Ermittlungen begonnen hatten, sich wirklich vielversprechend zu entwickeln. Also weg von allen Anwesenden.

«Vielleicht sollte sich die Polizei unsere Schlösser einmal anschauen, wenn wir sie schon im Ort haben», schlug der Neuner vor. «Die können doch mit den modernen Methoden, die sie heute haben, sicher feststellen, ob da einer irgendwie herumgetan hat.»

Uh. Da hatte beim Grasel wieder einmal einer auf den richtigen Knopf gedrückt. «Die Bullen?», höhnte er. «Na freilich! Die haben doch ihre Schädeln nur, damit es oben nicht reinregnet. Wollen wir wetten, dass sie bei der Johanna auch nichts zusammenbringen? Die Pfeifen haben doch nicht einmal das Auto vom Hiefler Andi gefunden.»

Da hatte sich der Grasel jetzt nicht völlig korrekt ausgedrückt. Aber es verstand auch so ein jeder: Das Auto vom jungen Achter-Hiefler, das hatte die Polizei damals natürlich schon gefunden. Das war selbst für Polizisten nicht allzu schwer gewesen, weil schließlich war der Bolide ja bei der Ortstafel von Langegg stehen geblieben, nachdem es den braven Gesetzeshütern vom Posten Bernhardsau endlich einmal geglückt war, dem wahrscheinlich berühmtesten Raser in der ganzen Gegend den Führerschein abzunehmen. Natürlich war das hochgradig ungerecht gewesen. Weil der Andi mit seinen 1,8 Promille in dieser Nacht auch nicht mehr gehabt hatte als sonst immer. Und er war nicht nur jedes Mal mit diesem Spiegel heimgekommen, ohne bei dem Unfall zu krepieren, den ihm immer alle prophezeit hatten, nein: Er hatte in diesem Zustand auch noch mit 17 Minuten und 26 Sekunden den bis heute ungebrochenen Rekord von Langegg nach Wulzendorf aufgestellt.

Das Auto, das die Polizei dann nicht gefunden hatte, war jenes gewesen, das den Andi auf seinem Heimweg zu Fuß im Finsteren zur Kühlerfigur gemacht und eineinhalb Kilometer mitgeschleift hatte. Im ganzen Bezirk hatten sie sich damals alle anthrazitgrauen Autos angeschaut. Und das waren nicht wenige gewesen. Alleine in Wulzendorf acht und in Bernhardsau angeblich sogar zwölf. Ergebnis: keines. Und das war schon eine unglaubliche Niederlage gewesen. Wo doch das, was vom Andi nach seinen letzten eineinhalb Kilometern übrig geblieben war, auch unübersehbare Schäden an dem Auto hinterlassen haben musste, nicht nur umgekehrt.

«17 Minuten 26», sagte der Urban Ernstl mit brüchiger Stimme und hob sein Bier. «Unvergessen!»

«Auf den Andi», sagten zwei, drei andere, und alle hoben ihre Gläser. Auch der Suchanek. Er hatte als Kind ab und zu mit dem Andi gespielt, der ungefähr in seinem Alter gewesen war. Begünstigt worden war dieser nahezu unglaublich enge Kontakt – Suchanek konnte sich nämlich nicht erinnern, dass seine Mutter sonst irgendein Kind in seine Nähe gelassen hätte – dadurch, dass er bei den Hieflern immer die Milch geholt hatte. Jeden Tag einen Liter, frisch vom Euter. Und zu dem Liter hatte er auch, gratis immerhin, eine Textmenge von der Achterin dazubekommen, mit der normale Menschen eine Woche ausgekommen wären. Als die Hieflers dann, wie fast alle Bauern im Ort, beschlossen, die Kühe abzuschaffen, weil Kühe Arbeit machen und Subventionen nicht, hätte Suchanek beinahe einen Dankesbrief an den EU-Landwirtschaftskommissar geschrieben. Aber dann war ihm wohl irgendwas Wichtiges dazwischengekommen. Und die Achterin war eh bald darauf gestorben. Das fiel dem Suchanek heute noch ein, wenn er nach einem Beispiel für schlechtes Timing suchte.

Nach diesem schönen Moment des Gedenkens an eine Legende fühlte Suchanek mit dem ihm einfach ureigenen Instinkt, dass die Gelegenheit günstig war, eine andere Legende anzusprechen. «Sag einmal, Edi», leitete er geschickt ein. «Das Hansi-Burli-Match morgen ... Das machen wir jetzt eh nicht, oder?»

«Was?» Edis Empörung über diesen versuchten Denkmalsturm war mit Händen zu greifen. «Und wie wir das machen! Wir haben doch gerade beschlossen, dass das Volksfest weitergeht. Hast du eine Ahnung, was wir allein bei dem Match immer einnehmen?»

«Ach so, na ja. Ich hab mir nur gedacht, dass das jetzt nicht so günstig ist. Und dass ihr vielleicht alle eine Weile mehr auf Tauchstation gehen wollt.»

«Und wieso sollten wir das bitte machen?», antwortete der Pfarrhofer empört. «Wir tragen diese Uniform mit Stolz!»

Oh mein Gott. Der Zauber der Montur, das hatte jetzt gerade noch gefehlt.

«Und dass uns da jetzt einmal ein kleiner Lapsus passiert ist, ändert daran überhaupt nichts.»

René schaute Suchanek verächtlich an. Und dann verhängte er die Höchststrafe: «Aber das versteht einer aus der Stadt halt nicht.»

Grasel rettete Suchanek aus dieser peinlichen Lage. Er gab ihm mit einem Kopfnicken zu verstehen, dass er mit nach hinten ins Lager kommen solle.

«Da hast», sagte er und drückte ihm ein Säckchen mit Gras in die Hand. «Als kleinen Trost dafür, dass du morgen doch spielen musst.»

«Na ja. Mein Heimaturlaub verläuft ja bis jetzt überhaupt grandios. Das hab ich mir ein bisschen anders vorgestellt.»

Er drückte sich an die Wand neben dem Durchgang zum Lokal und spähte um die Ecke. «Was meinst du? War es einer von denen?»

«Na ja. Kann leicht sein. Sie scheinen es ja selber fast zu glauben.»

«Und welcher am ehesten?»

«Keine Ahnung. Es ist ja dann eh immer der, dem man es nie zugetraut hätte.»

Grasel stellte sich auch zu dem Durchgang und schaute

hinaus. «Der Urban Ernstl ist so dämlich, der würde sicher selber verbrennen, weil er den Stadl innen anzünden würde und dann nicht mehr rauskäme. Der Spakowitsch ... also nein. Der täte das nie. Der Pfarrhofer ... na ja. Möglich. Der ORF 2 ... auch möglich. Ist zwar eigentlich ein Netter, würde aber das Täterprofil des stillen Wassers erfüllen.»

«Wer ist eigentlich der da?», fragte Suchanek. «Der ... Vierte von links?»

Der Vierte von links war ein ausnehmend bleicher Jüngling, der ein wenig wie der Murnau-Nosferatu aussah. Nur mit Haaren. Wenn man die dünnen schwarz gefärbten Strähnen, die fett an seiner Stirn klebten, so nennen wollte.

«Das ist der Keller Gerry. Ja, stimmt eigentlich. Der wäre auch ein Kandidat. Aber den würden sie doch gleich kriegen, weil der hätte wahrscheinlich auch neben das Feuer geschissen.»

«Wieso?»

«Schau ihn dir doch an. Das ist ein richtiger Nerd, der von seinen Computerspielen nicht wegkommt. Und angeblich ist der auch ein Ritzer. Schneidet an seinen Armen herum und so. Gegen den bist du normal.»

«Na ja», sagte Suchanek. «Wenigstens gegen einen.»

Draußen hatte der Spakowitsch gerade eine Idee. «Bis wann könnten wir denn eigentlich die Pumpe repariert haben?»

«Ich brauch nur ein neues Ventil», sagte der Neuner-Ranreiter. «Wenn wir im Feuerwehrhaus eines haben, dann ist das in einer Stunde erledigt.»

«Gut. Schauen wir einmal. Wenn wir das zusammenbringen, dann haben wir morgen einen Einsatz.»

Suchanek war heilfroh, als er sich endlich wieder auf den Heimweg machen konnte. In seiner Tasche hatte er alles, was er brauchte. Und um Irritationen wie zum Beispiel unerwünschte Zeugenschaften zu vermeiden, nahm er sich fest vor, nur mehr mit geschlossenen Augen zu kiffen.

Als er aus der zweiten Schikanen-Kurve, die die Sackgasse zu bieten hatte, auf die letzte Gerade vor dem Haus seiner Eltern kam, sah er neben der Einfahrt ein Auto stehen. Ein BMW irgendwas, mit Heckspoiler, Bodenschürzen, breiten Reifen, das volle Programm, das man als junger Mann von Geschmack hierorts so haben musste. Auf der Heckscheibe stand in roter Heavy-Metal-Frakturschrift: «Powerbauer». Suchanek rollte langsam an dem Wagen vorbei und blieb stehen, um das Gartentor zu öffnen. Zwei Männer stiegen aus und gingen auf ihn zu.

Die Mantlers.

Suchanek war ja nun nicht so der Gefühlsmensch. Aber jetzt hatte er eines. Und das sagte ihm ziemlich laut, dass diese Unterhaltung nicht so angenehm werden würde. Er steckte seine linke Hand in die Hosentasche, um wenigstens nur mehr eine zu haben, mit der er nichts anzufangen wusste. Dort umkrampfte sie das Sackerl vom Grasel. In schwierigen Situationen brauchte jeder ein wenig Halt.

«Grüß Gott», sagte er dann. Sonst grüßte er eigentlich nie so klassisch katholisch. Aber er stand ja auch selten Menschen gegenüber, denen jemand gerade die Ehefrau und Mutter verbrannt hatte.

«Hallo», sagte Gregor. Seine Augen waren gerötet. Wahrscheinlich hatte er geweint. Der alte Mantler nickte Suchanek zu. «'n Abend.»

«Mein Beileid», sagte Suchanek hastig, weil man das halt so sagte und weil es ihm angebracht erschien, den Mantlers nicht völlig die Initiative zu überlassen.

«Danke», sagte der alte Mantler. «Du kannst dir ja wohl denken, warum wir hier sind.»

Suchanek nickte. «Wegen der Nidetzky. Oder dem Dreier. Oder sonst irgendwem, der euch erzählt hat, dass ich den Mörder ganz genau gesehen habe.»

«Und?», fragte Gregor. «Hast du?»

«Nein, hab ich nicht. Ich hab ihn nur ganz kurz gesehen. Und auf die Entfernung ...»

Gregor schloss die Augen und fuhr sich mit der flachen Hand über die Haare. «Wie war denn das genau? Was hat er gemacht?»

Suchanek schüttelte den Kopf. «Nichts. Also, nichts mehr. Es hat gerade angefangen so richtig zu brennen, und er ist einfach nur am Rand von dem Pappelwald gestanden. Und dann war er weg.»

Suchanek kannte den alten Mantler als einen Mann, der gewohnt war, dass man tat, was er sagte. Ein Herrenbauer vom alten Schlag, dessen Selbstbewusstsein die solideste Basis hatte, die sich ein Bauer vorstellen konnte: Besitz. Aber jetzt war er einfach nur ein alter, müder Mann.

«Hast du sie eigentlich auch gesehen? Also, meine Frau?», fragte er.

«Nein. Ich sag ja, es hat schon gebrannt. Die heilige Johanna muss wohl schon vorher ...»

Suchanek wusste ja, warum er das Reden nicht so ungemein schätzte. Wenn sich alle Leute immer nur freundlich, aber konsequent anschweigen würden, käme viel weniger Blödsinn heraus.

«Wie nennst du meine Frau?», fragte der Fünfer gedehnt.

«Tut mir leid. Das ist mir so rausgerutscht.»

Gregor legte dem Alten die Hand auf den Arm. «Reg dich

nicht auf. Das hat er nicht so gemeint. Du weißt doch, dass sie so zu ihr gesagt haben.»

Der alte Mantler schaute Suchanek mit schmalen Augen an und sagte nichts mehr.

«Was machst du überhaupt hier?», fragte Gregor. «Ich meine, du bist ... Wie lang bist du schon weg von Wulzendorf?»

«Fünfzehn Jahre. Meine Eltern sind auf Urlaub, und ich hab das Haus und den Hund.»

«Und dann siehst ausgerechnet du mitten in der Nacht den Feuerteufel.»

Suchanek versuchte rasch, das Thema zu wechseln. «Wisst ihr eigentlich irgendwas Neues? Hat die Polizei schon etwas rausgefunden?»

«Nicht wirklich. Im Stadl gibt es offenbar keine Spuren», sagte Gregor. «Und im Haus haben sie auch nichts gefunden.»

«Der Kerl war im Haus?»

«Ja. Ein Fenster war aufgebrochen. Sag, was meint denn eigentlich die Polizei zu dem, was du gesehen hast?»

Jetzt wurde es richtig peinlich.

«Ich war nicht bei der Polizei», nuschelte Suchanek schuldbewusst. «Also ... noch nicht.»

Hinter Gregors Auto blieb jetzt ein weißer Kastenwagen stehen. Ein Mann sprang mit einer Vehemenz heraus, die auf große Eile schließen ließ.

«Was? Warum nicht?»

«Weil ... weil ich mir gedacht habe, dass das eh nichts bringt.»

Jetzt wurde der alte Mantler aber richtig wütend. «Hast du einen Vogel? Das können doch wohl die Krimineser besser beurteilen, oder? Was ist zum Beispiel, wenn der Mörder dort, wo du ihn gesehen hast, irgendwelche Spuren hinterlassen hat? Einen Fußabdruck, einen Tschick, was weiß ich?»

Jetzt hatte der andere Mann sie erreicht. Wie viele Leute, die sich dem gesunden Leben verschrieben haben, sah er irgendwie ausgezehrt und krank aus. Und ohne irgendeinen der Anwesenden zu grüßen, sagte der Palenak zum alten Mantler: «Ich hab gehört, dass ihr hier seid. Kann ich mit dir reden?»

Der Fünfer richtete sich kerzengerade auf. Zu behaupten, dass zwischen den beiden keine große Herzlichkeit zu spüren war, hätte dem Begriff Euphemismus eine völlig neue Dimension verliehen.

«Red.»

«Unter vier Augen.»

«So geheim wird's ja auch wieder nicht sein, oder?», sagte Mantler kühl.

Palenak schaute Suchanek an und überlegte kurz. Dann entschied er, dass Suchanek unwichtig genug war.

«Ich wollte dir nur persönlich sagen, dass ich mit dieser Sache nichts zu tun habe.»

«Aha.» Das verhärtete Gesicht vom Fünfer nahm einen leicht spöttischen Zug an. «Komisch. Du bist der Einzige im ganzen Ort, der das Gefühl hat, er muss mir das extra sagen.»

Der Palenak wurde lauter. «Ich bin ja nicht deppert. Ich weiß, was die Leute damals geredet haben, und ich kann mir schon denken, was sie jetzt reden werden. Aber ich sag dir eins: Nur weil einer kein Großbauer ist und sich nicht alle drei Jahre einen neuen Mercedes kaufen kann und dann mit dem alten aufs Feld fährt und schaut, ob die Frucht eh gut steht, deswegen zündet er noch lange keine Stadeln an, um die Versicherung zu betrügen.»

Unter anderen Umständen hätte der Mantler die Sache mit

dem Mercedes jetzt schon ausdiskutiert. Seiner war schließlich schon vier Jahre alt war, und den neuen würde er wegen der langen Lieferzeit, die eh ein Witz war, das hatte er dem Händler auch klipp und klar gesagt, erst in einem halben Jahr bekommen. Aber jetzt wäre das selbst ihm komisch vorgekommen. Jetzt sagte er nur: «Wird schon so sein.»

«Du hast den Kerl doch gesehen.» Palenak tippte dem Suchanek mit dem Zeigefinger auf die Brust. «Sag dem Fünfer, dass es nicht ich war.»

«Der sagt der Polizei nicht einmal, dass er überhaupt wen gesehen hat», knurrte Mantler.

«Was? Wieso nicht?»

Palenak schien ehrlich fassungslos. Entweder war er ein brillanter Schauspieler, oder er war wirklich unschuldig.

Suchanek senkte den Kopf. «Gleich morgen in der Früh rede ich mit denen. Versprochen.»

«Ich habe 10 000 Euro Belohnung ausgesetzt», antwortete der alte Mantler. «Vielleicht hilft das ja was.»

«Noch einmal, Fünfer: Ich hab deinen Stadl nicht angezündet. Gestern nicht und vor zwanzig Jahren auch nicht. Und jeder, der was anderes behauptet, kann sich warm anziehen», sagte Palenak mit Nachdruck. Dann drehte er sich um und ging.

«Ich behaupte gar nichts», sagte der Fünfer leise. «Noch nicht.»

7

Da war ein Geräusch.

Das war doch ... War das nicht?

Nein, das konnte nicht sein. Unmöglich.

Suchanek kannte sich nicht recht aus. Aber er verspürte auch absolut keine Lust, den Dämmerzustand, in den ihn das Geräusch getrieben hatte, in Richtung eines völligen und zweifelsohne freudlosen Aufwachens zu beenden. Es war mitten in der Nacht, so viel stand fest. Er wollte weiterschlafen, und zwar dringend.

In gewisser Weise war der Suchanek ja ein schlafender Vulkan. Im Traum war nämlich praktisch keine vor ihm sicher. Wobei: eigentlich dann auch wieder doch. Denn noch nie, wirklich kein einziges Mal, war es in seinen sich zumindest zu Beginn geschickt als erotisch ausgebenden Träumen zu etwas gekommen, das einem Vollzug wenigstens entfernt geähnelt hätte. Immer, immer, immer kam etwas dazwischen. Suchanek, an sich wenn schon nicht aus Überzeugung, so doch aus Denkfaulheit Atheist, stand nach knapp zwei Jahrzehnten zumindest theoretisch möglicher sexueller Aktivität nunmehr sogar schon knapp davor, seine mit der Zuverlässigkeit eines Autobahnstaus zu Pfingsten wiederkehrenden Interruptus-Träume als Gottesbeweis anzuerkennen. Denn wer, wenn nicht ein zorniger alter Mann mit einem wehenden weißen Bart und Sexualneurose, sollte ihn schließlich sonst dermaßen quälen?

Aber auch wenn man Suchanek ansonsten nicht eben als Kämpfer bezeichnen konnte, der, um ein Ziel zu erreichen, auch einmal dorthin ging, wo es weh tat – beim Träumen kannte er da nichts. Voller unsuchanekscher Verbissenheit rannte er im Traum unablässig gegen diese Wand der Unbefriedigung an. Auch jetzt gerade versuchte er hurtig, sich wieder zu seiner früheren Physiklehrerin zurückzuschlafen, einer Frau mit einem mittelschweren Anflug von Damenbart und den Oberschenkeln einer bulgarischen Kugelstoßerin aus Zeiten, in denen bulgarische Kugelstoßerinnen noch zuverlässig täglich Anabolika brunchten. Zugegeben, die Pädagogin war nicht gerade Salma Hayek, aber vielleicht würde sie gerade das dazu bewegen, nicht durch das Klofenster abzuhauen. Und außerdem würde sie da ohnehin ganz schlecht durchpassen, also ...

Das Geräusch.

Da war es schon wieder.

Jetzt hatte der Suchanek natürlich schon einmal einen Hund bellen gehört in seinem Leben. Weil es war ja nun nicht so, dass er in seinen 33 Jahren auf Gottes schönem Erdenrund überhaupt nichts erlebt gehabt hätte. Aber diesen Hund hier, so viel wurde ihm jetzt durch den Nebel aus Schläfrigkeit und vom Kiffen befeuerter Geilheit doch langsam immer klarer, den hatte er sicher noch nie bellen gehört. Es war nämlich Fritzi. Oder Franzi. Ferdi. Fredi?

Der Hund hatte nicht einen Ton von sich gegeben, seit ihn ein mitleidloses Schicksal an Suchanek gekettet hatte. Er schmatzte nicht beim Fressen, erledigte seine Flatulenzen vollkommen lautlos, er hatte nicht gejault, als ihm der Suchanek gänzlich unabsichtlich eine volle Mineralwasserflasche auf den Hinterlauf hatte fallen lassen – zwar aus Plastik, denn erstens war er ja kein Unmensch, und zweitens war Glasflaschenrecycling was für Soziologiestudenten und nicht für so lebenstüchtige Zupacker wie den Suchanek – aber immerhin.

Eineinhalb Liter Wasser waren auch ohne Glas rundherum immer noch ... dings Kilo. Seine Physiklehrerin hätte das zweifellos genauso schnell ausrechnen können, wie sie sich ihren BH-Träger von der strammen Schulter schnippte – obwohl der in Suchaneks langsam, aber sicher endgültig verpatztem Traum starke Ähnlichkeit mit einem bordeauxroten Klaviertragegurt aufgewiesen hatte.

Jedenfalls, vor allem ein bestimmtes Geräusch hatte der Hund bisher auch nicht hervorgerufen, obwohl man es durchaus als sortentypisch ansehen musste: Er hatte bisher kein einziges Mal gebellt. Jetzt tat er das aber schon. Und es war auch nicht bloß ein vereinzeltes Kläffen, das da aus dem Kellerverlies heraufwehte, in das Suchanek den besten Freund anderer Menschen heute Nacht gesperrt hatte, weil er es zugegebenermaßen schon auch ein wenig genoss, einmal einen Untergebenen zu haben, den er drangsalieren konnte, ohne irgendwelche Zeugen dafür zu haben, die das eventuell moralisch leicht bedenklich finden mochten. Also so ein kurzes, gehustetes «Röff!», wie es Hunde nachts manchmal hören lassen, wenn sie träumen oder in der Ferne einen anderen Hund vereinzelt röffen hören.

Nein. Der Hund war eine akustische Stalinorgel. Er regte sich über irgendetwas ganz fürchterlich auf, und das war ja nun nicht unbedingt seine Art.

Suchanek öffnete missmutig die Augen und blinzelte zu Vaters Radiowecker hinüber. Es war knapp vor drei. Selbstredend bewegte sich seine Bereitschaft, jetzt aufzustehen und den Köter in die Schranken zu weisen, in relativ überschaubaren Grenzen. Zum Ersten würde er dazu zwei Stockwerke hinabsteigen müssen, also ungefähr so weit, wie es sich Jules Verne bei der Reise zum Mittelpunkt der Erde ausgemalt hatte. Und: dann auch wieder hinauf. Außerdem würde es wahrscheinlich sowieso nichts nützen, bei der Tiefe dieser speziellen Mensch-Tier-Beziehung hier. Wahrscheinlich würde der Hund sogar noch hysterischer werden, wenn er merkte, dass Suchanek immer noch unbefugt in seinem Revier aufhältig war. Wahrscheinlich würde er ja eh bald wieder von selbst aufhören. Und vielleicht könnte man in den Traum ja doch noch genau dort wieder ...

Dann knarrte es.

Es war in der Phase der mittleren Adoleszenz gewesen, als Suchanek damit begonnen hatte, sich näher mit einem Teil des elterlichen Hauses zu befassen, der ihm bis dahin genauso intensiv wurscht gewesen war wie der ganze Rest. Denn die Treppe hinauf in den ersten Stock, in dem sich die Schlafzimmer befanden, war aus Holz. An sich solide niederösterreichische Fichte, vom Borkenkäfer noch unberührt. Nicht hingegen vom Bachleitner Karl, dem in der Zwischenzeit auch schon längst nichts mehr weh tat, der aber einst die Bretter in nicht restlos unbezahlter Nachbarschaftshilfe sinnstiftend zusammengenagelt und danach mit schmuckem dunkelgrünen Filz beklebt hatte. Dieser wiederum kam dem jungen Suchanek aufgrund seiner schalldämpfenden Eigenschaft beim Raufschleichen in sein Zimmer vor allem dann zupass, wenn es bei der nächtlichen Rückkehr vom Freigang, der im Jugendstrafvollzug der Anstalt Suchanek zwar nicht gern, aber zähneknirschend mitunter doch gewährt wurde, wieder einmal noch etwas später als deutlich zu spät geworden war.

Doch trotz des überaus nützlichen Filzes waren da immer noch die Stufen sieben, dreizehn und zweiundzwanzig. Suchanek hatte im Lauf zahlreicher nächtlicher Begehungen nun wirklich alles ausprobiert. Doch egal, ob er die feindlichen Lautgeber mehr links, mehr rechts oder schlicht zentral betrat – sie waren vom Bachleitner Karl dergestalt ins große Ganze eingefügt worden, dass sie knarrten. Suchanek war darum bald dazu übergegangen, behände über sie drüberzusteigen, eine Taktik, die allerdings klarerweise nur dann funktionierte, wenn man noch nüchtern genug zum fehlerfreien Stufenzählen war. Wobei: Selbst wenn diese Taktik funktionierte, schlug sich der Erfolg eigentlich statistisch auch nicht wahnsinnig signifikant nieder, gelang es doch Suchaneks Mutter seit der Zeit, in der sie schon dem Vater das Fortgehen erfolgreich abgewöhnt hatte, ohnehin locker in der Hälfte aller Fälle bereits aufzuwachen, sowie sich ein Schlüssel im Schloss drehte.

Jetzt wusste aber sogar der Suchanek, dass Holz arbeitet. Holz bleibt ja auch dann der lebendigste aller Werkstoffe, wenn das Kettensägenmassaker, bei dem Bruder Baum ermordet worden ist, schon Jahrzehnte her ist. Also ächzt und stöhnt der Untote immer weiter vor sich hin, als erinnerte er sich wehmütig an die Zeit, in der er noch forsch himmelwärts strebte und sich elegant im Winde wiegte.

Und das musste jetzt auch überhaupt nichts mit Stufe sieben zu tun haben, dachte Suchanek dann, es konnte schließlich ganz woanders geknarrt haben, im Geländer etwa, das war ja zeit seiner Anwesenheit hier wirklich zur Genüge strapaziert worden, oder auch in der Seitenverkleidung, die vielleicht vom Bachleitner Karl ein wenig ungenau eingepasst worden war, weil er es an jenem Abend schon ein bisschen eilig gehabt hatte, zum Wirten zu kommen, und die deshalb bis heute unter Verspannungen litt, ach, da gab es ja Möglichkeiten noch und nöcher, und als Suchanek diesen Gedanken zu einem, wie er fand, doch beeindruckend schlüssigen Ende gebracht hatte, knarrte Stufe dreizehn.

Mit einem Mal fühlte sich der Suchanek doch merklich frischer. Der Hund im Keller tobte immer noch. Sieben und dreizehn hatten geknarrt. Suchanek gewann langsam den Eindruck, dass er ein Problem hatte. Eines, das gerade die Stiege hinaufkam.

Was sollte er jetzt bloß machen? Da war wer im Haus, verdammt! Suchanek fühlte Panik in sich aufsteigen. Jemand sollte die Polizei verständigen. Und dem Suchanek fiel sogar bedeutend schneller als in der Vornacht ein, dass dieser Jemand nach Lage der Dinge eigentlich nur er selbst sein konnte. Wobei – was wählte man da? Dasselbe wie in der Stadt, also ... keine Ahnung was? Rief man da nicht besser den Kommandanten der örtlichen Polizeiwache an? Das war ja das Schöne am Dorfleben, dass man einander kannte und dem Chefkieberer viel schonender als irgendeine anonyme Notrufzentrale mitteilen konnte, dass ...

Es gab ja überhaupt keine Scheiß-Polizeiwache in Wulzendorf. Die nächste war in Bernhardsau. Und wer auch immer da die Treppe hinaufkam, war innert der nächsten zehn Sekunden oben. Das würde selbst die sicherlich überaus alerte schnelle Eingreiftruppe der Bernhardsäue schwerlich unterbieten können.

Was also sonst tun? Aufspringen, die Tür aufreißen und sofort in den Angriffsmodus übergehen? Nun ja. Nachdem bei der Prozentrate aller erwachsenen Männer weltweit, die Suchanek körperlich überlegen waren, von hundert nicht viel abging und er die Chance, dass eine durchsichtige Bulimikerin, ein schlafwandelnder Volksschüler oder ein keine Kampfsportart beherrschender Pygmäe in das Haus eingebrochen hatten, eher gering einschätzte, war das nicht unbedingt eine zielführende Option.

Andererseits ist es ja Allgemeingut, dass es der Einbrecher als solcher gemeinhin eher weniger schätzt, wenn sich im Zielobjekt noch ein Subjekt befindet. Denn das gibt ja dann oft einmal Brösel, wenn sich so ein renitenter Kleinbürger nicht und nicht von seinem vier Quadratmeter großen Fernseher trennen will und kurz einmal die Pumpgun durchlädt und so.

Also würde es vielleicht reichen, wenn Suchanek, sowie der zum Eigentumsdelikt Entschlossene durch die Tür kam, aus dem Bett spränge und ihm den Haka vortanzte. Und zwar im T-Shirt. Nur im T-Shirt.

Man konnte nicht einschätzen, was denn den Maori-Kriegstanz, den die neuseeländischen Rugbyspieler vor jedem Spiel vollführen, um den Gegner einzuschüchtern, in diesem speziellen Fall potenziell noch gefährlicher aussehen lassen würde: dass Suchanek untenrum nichts anhatte – oder dass sein Leibchen ein zwar verwaschenes, aber eben doch als solches erkennbares T-Shirt von Bananarama war.

Als dem Suchanek aber gleich im Anschluss daran einfiel, dass zwei im Garten geparkte Autos auch von einem Einbrecher, der sein Diplom nicht in Oxford gemacht hatte, als sachdienlicher Hinweis darauf verstanden werden könnten, dass hier möglicherweise jemand zu Hause war, und ihm weiters mit größtmöglicher Wucht bewusst wurde, dass letzte Nacht ein paar hundert Meter entfernt von hier schon die Mantlerin unangenehmen Besuch bekommen hatte und dass er seither in der zwar irregeleiteten, aber eben doch öffentlichen Meinung zum zuverlässigsten Belastungszeugen seit Monica Lewinsky geworden war – als also beim besten Willen nicht mehr zu leugnen war, dass sich der, der hier gerade raufkam, wohl nicht auf der Suche nach einem prallen Sparstrumpf befand, knarrte Stufe zweiundzwanzig.

Dies war ausgesprochen unerfreulich. Denn nach zweiundzwanzig kam nur mehr dreiundzwanzig.

Nun hatte der Eindringling drei Türen zur Auswahl. Die linke führte ins Schlafzimmer der Eltern und hatte den bestechenden Vorteil, dass sich Suchanek, der es nach dem ersten Nachmittagsnickerchen nicht mehr riskieren wollte, sich unter das Bild dieser Madonna mit den zwei fetten Barockengeln zu legen, nicht hinter ihr befand.

Die mittlere führte in das frühere Bubenzimmer Suchaneks, also ins Klo. Suchanek war hinter der rechten Tür, in dem Zimmer, das früher seiner Schwester gehört hatte. Es war größer und angenehmer, nicht zuletzt deshalb, weil man hier nicht in einem Bidet schlafen musste.

Nach den Gesetzen der Wahrscheinlichkeitsrechnung sah es also für Suchanek zumindest kurzfristig gar nicht schlecht aus. Er hatte eine Zweidrittelchance. Die würde ihm noch etwas Zeit dazu verschaffen, seine überlegene Ortskenntnis zu nutzen und sich möglichst lautlos und vollkommen unauffindbar zu verstecken. Außer natürlich, er würde jetzt gleich hören, wie die Klinke der richtigen Tür hinuntergedrückt würde.

Dann hörte er, wie die Klinke der richtigen Tür hinuntergedrückt wurde.

Suchanek hatte also keine Zeit mehr. Das hinderte ihn aber nicht daran, dennoch geistesgegenwärtig seine überlegene Ortskenntnis zu nützen: Er zog sich die Decke über den Kopf und stellte das Atmen ein.

Die Tür schwang langsam auf. Suchanek hörte, wie der Eindringling zwei vorsichtige Schritte ins Zimmer hinein machte und dann stehen blieb. Und trotz der Decke über seinem Gesicht konnte Suchanek den Lichtstrahl einer Taschenlampe erkennen, der zuerst suchend im Zimmer umherschwankte, sich dann aber bald aufs Bett vortastete und schließlich genau auf seinem bedeckten Gesicht hängen blieb.

Seine Tarnung war überraschenderweise aufgeflogen.

Einundzwanzig.

Einundzwanzig.

Einundzwanzig.

Drei tagelange Sekunden Stillstand.

Dann sprang Suchanek brüllend auf und stürzte sich, die Decke als Schutzschild vor sich haltend, auf den Mann. Überrascht von der plötzlichen Attacke, taumelte der rückwärts, verlor die Lampe, stolperte über einen Sessel und fiel hin. Suchanek warf sich samt der Decke über ihn, kniete sich auf die solcherart entstandene, im Vergleich zu ihren vorbildhaft ruhigen ägyptischen Vorfahren allerdings unangemessen wild strampelnde Mumie und begann unkontrolliert auf sie einzudreschen.

Der Mann unter ihm stöhnte und grunzte erstickt. Er versuchte, Suchanek abzuwerfen, doch in der Einwicklung konnte er sich nicht wirklich wehren. Allerdings dämpfte die Daunendecke die ohnehin nicht unbedingt klitschkoeske Wirkung von Suchaneks Schlägen noch weiter. Und da ein Punktesieg in den heutigen Regeln ja eher nicht vorgesehen ist, lief das Ganze im Moment auf ein Unentschieden hinaus, mit dem beide Kontrahenten nur bedingt glücklich sein konnten. Allerdings hatte Suchanek gerade nicht den Kopf, großartige taktische Überlegungen über den Fortgang dieser Auseinandersetzung anzustellen. Er drosch einfach immer weiter. Und so blieb es dem anderen vorbehalten, dem

Kampf, den unbeteiligte Zuschauer in der Zwischenzeit wohl schon als etwas langatmig angesehen hätten, eine entscheidende Wende zu geben.

Das von der glänzenden weißen Kunststoffbeschichtung des Einbaukastens flächig zurückgestreute Licht der Taschenlampe reichte Suchanek durchaus, um zu erkennen, dass das Reißgeräusch, welches sich mit einem Mal an der Innenseite seines linken Oberschenkels bemerkbar machte und sich zielstrebig in Richtung seiner Eier fortbewegte, von einem beachtlich großen Messer stammte, das sich von unten durch die Decke bohrte.

Daunen tanzten lustig in der Luft. Suchanek ließ sich davon aber klugerweise nicht weiter beeindrucken und entschied, nicht darauf zu warten, bis sich der Hirschfänger an einer Stelle seines Körpers einparkte, die zwar objektiv betrachtet nicht so wichtig war wie die meisten anderen, aber: dennoch. Er sprang auf, rannte hinaus und die Treppe hinunter. Unten angekommen, stand er vor der Wahl, entweder in Richtung Küche abzubiegen und seinerseits mit einem Messer aufzurüsten – oder vielleicht mit einer Käsereibe, mit der man dem Aggressor sicher einen extrem langsamen, qualvollen Tod bescheren könnte – oder zu flüchten.

Sein Gegner hatte sich in der Zwischenzeit auch aufgerappelt und nahm gerade polternd die Treppe in Angriff. Suchanek rannte zur Eingangstür und zerrte wild an der Klinke. Zugesperrt. Und kein Schlüssel. Wo auch immer der Kerl hereingekommen war – hier jedenfalls nicht.

Suchanek machte kehrt. Sein Gegner war fast schon unten. Suchanek rannte auf den Kellerabgang zu, der neben der Treppe war, und schaffte es gerade noch hinein, bevor der andere nach ihm greifen konnte. In drei großen Sätzen sprang Suchanek die dunkle Kellerstiege hinunter und riss die Tür zum Heizraum auf.

Ein flacher wurstförmiger Schatten schoss an seinen Beinen vorbei. Mit sich vor Wut überschlagendem Gekläff stürmte der Hund auf den Einbrecher zu, der durch den Angriff auf seine Beine das Gleichgewicht verlor und von einem ungläubigen Schrei begleitet die halbe Treppe hinunterrollte. Suchanek rannte weiter in den Heizraum und entriegelte das kleine Fenster, durch das er in der Prä-Heizöl-Ära immer tonnenweise Koks hatte schaufeln dürfen.

«Hilfe!», brüllte er in die Nacht und begann sich nach draußen zu zwängen. «Der Mörder! Hilfe!»

Hinter ihm hörte er plötzlich den Hund laut aufjaulen. Suchanek quetschte das letzte Stück von sich nach draußen, schürfte sich dabei an irgendeinem Metalldings, das aus dem Fensterbrett stand, bös den linken Oberschenkel auf, fiel dann aus dem Fenster, das aber eh nur einen Meter über dem Boden war, rappelte sich auf und begann zu rennen, unablässig weiter nach Hilfe brüllend.

Er lief durch den Garten, sprang mit einer astreinen Flanke, die er früher im Turnunterricht niemals so zusammengebracht hatte, über das niedrige Tor auf die Straße und bog immer weiter schreiend nach rechts ab. Er schaute sich nicht um, ob ihn der Angreifer immer noch verfolgte, lief an einem Nachbarhaus vorbei, an noch einem, weiter zu dem einzigen Ort, von dem er sich im Moment wirkliche Sicherheit versprach.

Endlich war er da. Er lief die Stufen hinauf und trommelte schreiend an die Tür, lehnte sich an die Klingel, trat mit den Beinen. Sie hatte ihn zwar erst für morgen erwartet, aber darauf konnte Suchanek jetzt wirklich keine Rücksicht nehmen. «Susi! Susi, hilf mir! Mach auf! Der will mich umbringen!»

Suchanek schaute sich panisch um. Es war niemand zu sehen. Er bearbeitete die Tür weiter mit den Fäusten. «Susi, bitte! Schnell! Ich bin's!»

Auf die Idee, dass die Angabe «Ich» um drei Uhr früh und in Verbindung mit einem solchen Spektakel eventuell ein wenig zu wenig sein könnte, kam er nicht.

Im Haus ging trotzdem endlich ein Licht an. Und jemand nestelte am Vorhang an dem Fenster neben der Tür.

«Gott sei Dank!», schrie Suchanek. «Mach bitte auf, Susi. Hilfe! Bitte, lass mich rein!»

Die Tür öffnete sich einen kleinen Spalt. Susi hatte wohl nicht vorgehabt, sie sofort ganz aufzureißen. Suchanek hingegen schon. Er drückte die Tür auf, drängte sich hinein und schaute dann noch einmal gehetzt hinaus. Da war zum Glück immer noch niemand. Suchanek warf die Tür zu, versperrte sie, drehte sich um und lehnte sich mit einem lauten Seufzer der Erleichterung an die Wand.

Anschließend erkannte er sofort messerscharf, dass er hier nicht der Einzige war, der nur im T-Shirt schlief.

8

Der Mann war ein Virtuose. Und das war ja nun alles andere als selbstverständlich. Jeden hätte man in Wulzendorf fragen können. Jeden. Und jeder wäre natürlich davon ausgegangen, dass in Bernhardsau so etwas wie Virtuosität nicht einmal in Spurenelementen anzutreffen war. Entweder lag's am Wasser oder an der vermutlich schon seit Jahrhunderten anhaltenden, mehr als verständlichen Weigerung von Auswärtigen, sich mit Bernhardsäuen zu kreuzen, man wusste es nicht. Es wäre sicher einmal lohnend gewesen, da ein Forschungsprojekt zu machen. Da waren die Wulzendorfer nicht so. Der Mensch forschte schließlich auch an Eintagsfliegen oder Blutegeln herum. Warum also nicht auch an Bernhardsäuen?

Aber was der Bernhardsauer, dem Suchanek gerade auf die Finger schaute, aufführte, warf jegliche Wulzendorfer Theorie über den Haufen. Er wäre nämlich selbst in einem Hinterhof-Sweatshop in Bangladesh, in dem minderjährige Leibeigene in Lichtgeschwindigkeit coole Markenkleidung für konsumkritische Westler nähen, Mitarbeiter des Monats geworden. Er hatte gerade erst angefangen, die Wunde zusammenzuflicken, und war schon beim vierten Stich.

«Au», sagte Suchanek.

Der Arzt sah ihn über den Rand seiner goldenen Halbmond-Brille hinweg verständnislos an. «Aber geh!», sagte er dann. «So schlimm ist das jetzt echt nicht. Der Muskel ist nicht durchtrennt, dazu war der Schnitt nicht tief genug. Und außerdem muss man immer bedenken: zehn Zentimeter weiter vorne – und es wäre alles aus gewesen.»

Der Kommissar schaute gedankenverloren in die immer kleiner werdende Wunde und stellte dann die Frage, vor der sich Suchanek schon die ganze Zeit gefürchtet hatte: «Wie heißt er?»

Suchanek räusperte sich und sagte dann: «Ich weiß es nicht.»

«Was heißt, Sie wissen es nicht?»

«Ich hab's vergessen.»

«Sie sind gelungen! Wie kann man so was vergessen?»

Das Verhör begann ungemütlich zu werden. Wenn sich Suchanek noch weiter in Widersprüche verwickelte, würde er sich garantiert bald in Beugehaft im klassisch österreichischen Maßnahmenstrafvollzug wiederfinden. Also in einem lichtlosen, schimmeligen Kotter in St. Pölten, in dem man ihn dann gänzlich unbeabsichtigt ein, zwei Wochen lang vergäße und in dem er mit knapper Not nur deshalb überlebte, weil er seinen Gürtel aufäße und seinen Urin tränke.

«Ich bin erst seit zwei Tagen hier und hab ihn vorher praktisch noch nie gesehen.»

Der Kommissar schüttelte tadelnd den Kopf. «Dann hat das arme Vieh ja eigentlich gar keinen Grund gehabt, Sie zu retten», sagte er spöttisch.

Der Tierarzt war mittlerweile fertig und kappte schwungvoll den Faden. Dann klebte er ein großes Verbandspflaster auf den blank rasierten Hintern des schlaff daliegenden Hundes. «In einer Viertelstunde sollte er wieder wach sein. Ich setze ihm gleich einen Trichter auf, damit er nicht an der Wunde herumtut», sagte er.

Suchanek hatte sich in der vergangenen Nacht dann doch entschlossen, seine Zusammenarbeit mit der Polizei zu intensivieren und seine mittlerweile schon zwei Aussagen lieber früher als später zu machen. Der Notruf hatte natürlich zuerst eine Funkstreife aus Bernhardsau geschickt. Ein Beamter kurz vor der Pension und ein noch ganz junger, dem man aber sofort ansah, dass er sich für die klassisch österreichische Karriere entschieden hatte – und sich also die nächsten vierzig Jahre täglich nach der Pension sehnen würde.

Die beiden Supercops erklärten sofort die Konservierung möglicherweise vom Täter hinterlassener Spuren zum Gebot der Stunde und agierten unter dieser zweifellos richtigen Prämisse dermaßen umsichtig, dass es eine reine kriminaltechnische Freude war: Sie gingen gar nicht erst ins Haus hinein. Und darüber hinaus war ja das Schlimme an unberechenbaren Mördern zuvorderst einmal ihre Unberechenbarkeit. Und wer sagte, dass sich dieser hier nicht den Topf mit Krautfleisch aufgewärmt – oder, wenn ihm der Zettel von Suchaneks Mutter rechtzeitig ins Auge gesprungen war, nur einen Teil davon – und nunmehr satt und zufrieden auf die Nachspeise in Form von zwei Dienstkapperln harrte? Im Übrigen wird man sowieso sicher nicht Landpolizist, weil man zu viele Actionfilme gesehen hat.

Immerhin ließen sich Lieutenant Stone und Inspector Heller aber zu einem in aller gebotenen Vorsicht und mit gezückten Dienstwaffen absolvierten Rundgang um das Haus bewegen. Dabei war zumindest zu erkennen, dass sich der Einbrecher die Leiter, die beim Komposthaufen gelegen war, ausgeborgt und dann das Küchenfenster aus den Angeln gehebelt hatte. Das schien erstaunlich leicht gegangen zu sein, aber eben wiederum doch nicht so leise, dass es der Hund nicht gehört hätte.

Die Kriminalbeamten, die nach einer halben Ewigkeit daherkamen, grantig, weil sie ja gerade erst weggefahren waren und sie sich ihren Samstagmorgen doch ein wenig wulzendorfloser vorgestellt hatten, die gingen bei dem Kellerfenster hinein, durch das Suchanek geflüchtet war. Und sie fanden drinnen zuerst einmal die Blutspur, die schließlich unter der Wohnzimmercouch direkt bei dem wimmernden Hund endete. Sonst gab es zwar auf den ersten Blick keine Spuren, die irgendwie ins Auge gesprungen wären, doch vor allem die aufgeschlitzte Bettdecke, in die Suchanek den Angreifer eingepackt hatte, machte Hoffnung. Da könnte durchaus DNA drauf sein, meinten die Polizisten. Suchanek gab sich, nachdem er höchst widerwillig zu Vergleichszwecken ein Wattestäbchen eingespeichelt hatte, der Hoffnung hin, dass von ihm selbst wenigstens keine einschlägige drauf sein möge. Gerade im Bett ging ja gern einmal Erbgut verloren.

Und dann war da ja immer noch der wichtigste Punkt guter, altmodischer Polizeiarbeit: der menschliche Faktor. Der Zeuge.

«Kommen Sie, jetzt denken Sie doch nach, Herr Suchanek! War er groß? Klein? Dick? Dünn? Haarfarbe? Ir-gend-was!»

Suchanek strengte sich wirklich an. Aber das Ergebnis war wie so oft unbefriedigend. Nicht zuletzt deshalb hatte er ja schon vor Jahrzehnten beschlossen, dass Anstrengen eigentlich nichts für ihn war.

«Tut mir leid. Keine Ahnung. Zuerst habe ich das Licht von der Taschenlampe im Gesicht gehabt und nichts gesehen. Und dann hatte er ja die Decke über dem Kopf. Und nachdem ich die Stiegen runter bin, habe ich ihn ja eigentlich überhaupt nicht mehr gesehen.»

«Hat er vielleicht nach was Bestimmtem gerochen? Ein Parfüm? Oder von mir aus nach Kuhstall?»

«Hmm. Nach Schweiß vielleicht? Wobei ... Das könnte ehrlich gesagt auch ich gewesen sein.»

«Hören Sie, Herr Suchanek: Beim Brand haben Sie als Einziger den Täter gesehen und können uns trotz dieser Beobachtung keinen sachdienlichen Hinweis geben. Und jetzt haben Sie sogar mit ihm gerauft – und wieder erfahren wir nichts, überhaupt nichts, was uns irgendwie weiterbringt. Wissen Sie, Herr Suchanek, wir sind es ja gewöhnt, dass es mit Zeugen Probleme gibt. Aber eines muss man Ihnen lassen: So ein absoluter Ausfall wie Sie ist nicht bald einer.»

Der Kommissar musste so Anfang fünfzig sein. Er war mehr breit als hoch, hatte einen strengen, grauen Bürstenhaarschnitt und erinnerte stark an Bernd, das Brot. In seinem Nacken hatte er eine tiefe Speckfalte. Suchanek stellte sich eine Verfolgungsjagd vor, bei der sich der kleine Dicke nach ungefähr vier Schritten vor einem einen Meter hohen Lattenzaun einbremste und dann schnaufend in sein Funkgerät brüllte: «Hubschrauber! Ich brauch sofort den Hubschrauber!»

Bernhard Wimmer, Chefinspektor des Landeskriminalamtes Niederösterreich, hatte Suchanek und den Hund zum Tierarzt nach Bernhardsau gebracht, um keine Zeit bei der Aussageerhebung zu verlieren. Man musste nicht zwingend Psychologie studiert haben, um zu erkennen, dass er Suchanek nicht leiden konnte. Wobei Suchanek ja ohnehin der Ansicht war, dass man Psychologie für gar nichts studiert haben musste. Am allerwenigsten für Psychologie.

Das Adrenalin der letzten Nacht konnte bei Suchanek jedenfalls noch nicht versiegt sein. Anders war seine Reaktion nicht zu erklären. «Sich auf mich ausreden?», plusterte er sich empört auf. «Auf mich? Auf das Opfer, das Todesangst gehabt hat? Das ist ja wohl das Letzte! Ich bin also schuld, wenn Sie den nicht finden? Na, sehr schön. Haben Sie eigentlich sonst schon irgendwas rausbekommen? Oder sind Sie nur wegen der guten Luft hier und machen um mein Geld ein bisschen Urlaub am Bauernhof?»

Wie gesagt. Man musste das ja nun wirklich nicht studiert haben. Der Blick des Kommissars kippte etwas schwerer als leicht ins Verkniffene. Er hatte plötzlich nur mehr eine Augenbraue. «Um Ihr Geld? Was war noch einmal Ihr Beruf? Wollen Sie mir etwa erzählen, Sie zahlen Steuern?»

«Nur weiter so!», warf der Tierarzt vergnügt ein. «Ich habe alles da, was ich brauche. Und ob ich einen Menschen oder einen Hund zusammenflicke, macht für mich keinen Unterschied.»

Wimmer sah den Doktor irritiert an. Das war ganz offensichtlich nicht seine Art von Humor. Wobei es ohnehin höchst fraglich war, ob es seine Art von Humor überhaupt gab.

«Haben Sie einen Verdacht? Ein mögliches Motiv? Ir-gendwas?», blieb Suchanek renitent.

Der Kommissar musste sich sichtlich beherrschen, nicht völlig die Fassung zu verlieren. «Wir ermitteln in alle Richtungen», sagte er und ließ keinen Zweifel daran, dass auch in diesem Raum jeder außer ihm verdächtig war. «Im Moment erscheint es am plausibelsten, dass ein Brandstifter von Frau Mantler überrascht wurde, dann in Panik geraten ist und sie getötet hat, um unerkannt bleiben zu können.»

«Aber geh», sagte Suchanek. «So ein Blödsinn.»

Wimmer schnaufte. «Wie bitte?»

«Und derselbe panische Brandstifter geht in der nächsten Nacht wieder los, bricht kaltblütig in ein Haus ein und versucht, mich auch noch umzubringen? Das soll zusammenpassen?»

«Ich werde jetzt sicherlich nicht mit Ihnen über meine Schlüsse aus den bisherigen Ermittlungen disku...»

«Und das aufgebrochene Fenster? Welcher Brandstifter, der einfach nur die Scheune anzünden will, bricht zuerst ins Haus ein, ha?»

Wimmer beugte sich zu Suchanek vor. «Woher wissen Sie das mit dem Fenster? Ich kann mich nicht erinnern, das erwähnt zu haben!», triumphierte er.

Suchanek verdrehte die Augen. «Herr Inspektor! Bitte! Sie schauen zu viele Fernsehkrimis! Vom Herrn Mantler weiß ich das. Er hat es mir gestern Abend erzählt.»

Wimmer sank enttäuscht in sich zusammen. Wäre ja auch zu schön gewesen.

«Er hat was gesagt», fiel es Suchanek mit einem Mal ein.

«Wer?», fragte der Inspektor und wandte seinen Blick wieder dem vorwitzigen Tierarzt zu. Das hatte er in «Verhörtechnik 1» gelernt. Die Bösen nie zu lange aus den Augen lassen.

«Der Mörder. Wie er die Decke über dem Schädel gehabt hat.»

«Das fällt Ihnen *jetzt* ein? Was hat er gesagt?»

«Es war sehr schwer zu verstehen, aber es hat geklungen wie ... wie ...»

«Heute noch, Herr Suchanek!»

«Wie: Geh scheißen.»

«Geh scheißen.»

«Ja.»

«Nun, das kann man ihm ja nicht verdenken.»

«Was?»

«Wenn ich er gewesen wäre, hätte ich das vermutlich auch gesagt. Würden Sie vielleicht die Stimme wiedererkennen?»

«Na ja ...»

«Na ja ...?»

«Nein.»

Der Kommissar seufzte. «Warum frag ich überhaupt? Also, danke für das aufschlussreiche Gespräch. Fahren wir zurück.»

Bei dem Gedanken an «zurück» verspürte Suchanek ein leichtes Unwohlsein aufkeimen.

«Wie geht denn das jetzt weiter? Ich meine, bekomme ich jetzt einen Leibwächter oder so?»

«Also bitte! Wir haben es hier zwar offensichtlich mit einem Täter zu tun, der zu allem entschlossen scheint – andererseits war die Motivation, Sie anzugreifen, eindeutig darin begründet, dass Sie sich zwar im Dorf groß als Zeuge aufgespielt haben, aber nicht zu uns gekommen sind.»

«Ich habe mich überhaupt nicht groß als Zeuge aufgespielt.»

Der Tierarzt versuchte jetzt bei Wimmer wieder ein paar Punkte gutzumachen und mischte sich ein. Die Sau.

«Das hab sogar ich gehört. Wie ich gestern in Wulzendorf Ferkel kastrieren war, hat mir der Herr Kanschitz erzählt, dass der kleine Suchanek den Brandstifter gesehen hat.»

Zu diesem unverzichtbaren Diskussionsbeitrag nickte der Doktor des lieben Viehs eifrig wie ein Hutablagenhund.

«Der Täter musste also ursprünglich zwar befürchten, durch Sie eventuell enttarnt zu werden. Aber das fällt ja jetzt weg, weil Sie Ihre sogenannte Aussage ja nun endlich gemacht haben», fuhr der Kommissar fort. Und dann zog er genießerisch seine Trumpfkarte: «Also ist aus meiner Sicht Personenschutz nicht mehr nötig.»

Suchanek war entsetzt. «Sie können mich dem Kerl doch nicht einfach zum Fraß vorwerfen!»

Wimmer schien an der Ärmelnaht seines Sakkos einen vorwitzig hervorstehenden Faden entdeckt zu haben, der jetzt seine ganze Aufmerksamkeit erforderte.

«Schauen Sie, Herr Suchanek», sagte er gedehnt und zupfte, ohne Suchanek anzusehen, mit spitzen Fingern an dem Zwirn. «So leid es mir tut, aber die Sparmaßnahmen machen auch vor uns nicht halt. Wissen Sie, ich bin in meiner Dienststelle auch in der Personalvertretung. Und ich kann Ihnen sagen, den Kollegen steht es bis *hier* ...», – Wimmer ließ kurz von dem Faden ab und knallte sich die Handkante zackig an die Stirn, als habe er sich beim Salutieren verschätzt – «... sich immer von allen Seiten anhören zu müssen, dass es zu viele Beamte gibt und wir alle viel zu viel verdienen und und und. Ich sag dann immer, Kollegen, sag ich immer, dann müssen die Leute eben am eigenen Leib spüren, was es heißt, wenn der Staatsdiener als solcher gezwungen ist, seine Dienstleistung einzuschränken.»

Suchanek hätte nie gedacht, einmal in eine Lage zu geraten, in der ihn die Aussicht auf zu wenig Polizei in seiner unmittelbaren Nähe zu einer derartigen Selbstdemütigung zwingen würde. «Gut. In Ordnung.» Er schluckte. «Ich entschuldige mich in aller Form für meinen Ausbruch vorhin. Ich, ich ... Ich bin in einer psychischen Ausnahmesituation. Und ich schwöre Ihnen, ich hab noch nie schlecht über Beamte gesprochen.»

Keine Reaktion.

«Und mir ist auch völlig klar, was für einen schweren und undankbaren Job Sie haben.»

Okay. Einer ging noch.

«Und was mich betrifft, können Sie gar nicht genug verdienen.»

War da ein Zucken? Da war ein Zucken, oder?

«Bitte, Herr Inspektor!»

Eine Viertelstunde später stand Suchanek vor dem Gartentor seiner Eltern, im Arm den immer noch schwer zugedröhnten Hund, dessen Kopf in einem weißen Grammophon-Lautsprecher steckte, und schaute zu, wie der dicke Bulle seinen kurzen Oberkörper über den Beifahrersitz wälzte und mit stummem Grinsen die von Suchanek in einem letzten Versuch, so etwas wie Mitgefühl zu erregen, offen gelassene Autotür zuschlug. Wahrscheinlich verfügten sich diese 110 Kilo pure Verantwortungslosigkeit jetzt in einen schattigen Wirtshausgarten und verzehrten dort seelenruhig eine ganze Kuh, während Suchanek hier alleine sein Leben verteidigen musste.

Drinnen legte Suchanek den Hund vorsichtig auf das Sofa, stöberte aus dem Vorzimmerkasten eine Decke zutage, mit der er ihm, nachdem er den darauf klebenden Zettel («Papas Fernsehdecke – nicht missbräuchlich verwenden!») entfernt hatte, eine Art Nest baute, und ließ sich dann erschöpft neben ihn fallen. Weil außergewöhnliche Situationen nun einmal außergewöhnliche Handlungen erfordern, steckte er beherzt die Hand in den Trichter und tätschelte dem Tier den Kopf. Der Hund versuchte matt, ihm im Gegenzug die Hand zu lecken, fand das aber schlussendlich wohl doch zu anstrengend und schlief wieder ein.

Zum ersten Mal, seit er in der Nacht davor in einem aussichtlosen Versuch, es zu verlängern, an seinem T-Shirt zerrend in Susis Flur gestanden war, hatte Suchanek jetzt den Kopf, gründlich über seine Situation nachzudenken. Sein erster Reflex war natürlich, sich ins Auto zu setzen, die Wulzendorf City Limits schnell hinter sich zu lassen und in die große Stadt zu flüchten. In seiner Wohnung hätte er sich fraglos am sichersten gefühlt. Kein Fenster, durch das im dritten Stock jemand hereinkommen könnte. Nur eine einzige Tür zu bewachen. Auch Nacktmulle, Grottenolme und ähnliche mit Suchanek verwandte Tiere hätten in seiner Situation so gehandelt. Aber ab und zu musste selbst ein an sich auf wochenlanges Sauerstoffdefizit und Astronautennahrung in Form von Lieferpizza trainierter Hardcore-Stubenhocker wie Suchanek seinen Bunker verlassen. Und da er aufgrund seiner sich jetzt natürlich schrecklich rächenden Nachlässigkeit im Telefonbuch stand, war ja das allein schon hochgradig gefährlich.

Und dann war da natürlich auch noch der Hund. Den konnte er jetzt unmöglich in die Stadt schleppen. Das hatte er echt nicht verdient. Nicht mehr. Und wahrscheinlich hatte dieser unnötige Kieberer ja recht. Wahrscheinlich war er wirklich nicht mehr in Gefahr. Der Mörder konnte ja in der Zwischenzeit davon ausgehen, dass Suchanek der Polizei nichts Erhellendes zu erzählen hatte.

Suchanek nestelte sein Handy aus der Tasche der Jogginghose, die er immer noch trug. Warum Susi von allen Sachen, die ihrem Mann gehört hatten, ausgerechnet eine verbeulte, mintgrüne Scheußlichkeit aufgehoben hatte, war interessant, ging ihn aber nun wirklich nichts an. In der Nacht war er jedenfalls ziemlich froh darüber gewesen, auch wenn ihm das schöne Stück doch entschieden zu kurz war. Und als er den blutenden Hund gesehen hatte, hatte er nicht daran gedacht, sich jetzt auch noch umzuziehen.

Susi war ziemlich außer Atem, als sie sich meldete. «Ich hab nicht viel Zeit», keuchte sie. «Ich mach gerade den Umsatz meines Lebens.»

«Wieso? Hat die Lengauer Milli ein paar Freundinnen mitgebracht?»

«Die Leute rennen mir die Bude ein, weil sie alle die Geschichte von letzter Nacht erzählt haben wollen.»

«Ich hoffe, du lässt ein paar Details aus.»

«Nur die unwichtigen. Also, mein nackter Arsch kommt nicht vor. Deiner schon.»

«Beim nächsten Überfall flüchte ich in die andere Richtung.»

«Untersteh dich. Sag, wie geht es dem Hund?»

«Der Hund hat sieben Nähte und einen Trichter am Kopf. Und auch einen nackten Arsch. Wegen der Familientradition.»

«Manche Traditionen sind es halt wirklich wert, dass man sie pflegt. Und wie geht es dir? Hast du dich schon erfangen?»

Suchanek war in der Zwischenzeit aufgestanden und in die Küche gegangen. Das Fenster war überraschenderweise immer noch kaputt.

«So einigermaßen. Ich werd mich dann ein bisschen hinlegen. Was sagt eigentlich der Dorftratsch? Neue Verdächtige oder was?»

«Nicht wirklich. Aber wenigstens bist jetzt du einigermaßen aus dem Schneider.»

«Es wird doch wohl niemand ernsthaft geglaubt haben, dass ich das war.»

«Der Kanschitz war sich nicht sicher.»

«Na schau. So hat eben alles sein Gutes», lächelte Suchanek.

«Du, ich muss hier jetzt weitertun. Ja, ich komm eh schon, Erna. Was? Ja, das ist er. Gut, sag ich ihm. Ich soll dich von der Nidetzky Erna schön grüßen lassen.»

«Fein. Sag der alten Dreckschleuder, sie soll sich über die Häuser hauen.»

«Er lässt dich auch schön grüßen, Erna. Also dann ...»

«Susi?»

«Was ist noch?»

«Warum haben wir eigentlich damals nichts miteinander angefangen?»

«Jetzt komm, Suchanek. Du hast noch einen Schock und bist ein bissl anlehnungsbedürftig.»

«Nein, im Ernst. Warum nicht?»

«Ich war dir zu schiach.»

«Also nein, das habe ich nie ...»

«Und du warst mir zu blöd. Und jetzt aus!»

Nachdem er aus der Leitung geschmissen worden war, wählte Suchanek sofort wieder. Diesmal aber Grasels Nummer. Der hob wie schon gewohnt nach dem ersten Klingeln ab. «Ja, natürlich», sagte er anstelle eines Grußes. «Ich hab dir schon eine Ration hergerichtet. Wann, wenn nicht jetzt?»

«Ach so. Ja. Aber deswegen ruf ich gar nicht an.»

«Du rufst nicht deswegen an? Dann ist es wohl schlimmer, als ich gedacht hab. Die Susi hat mir eh schon alles erzählt. Wie geht's dir? Bist du halbwegs beieinander?»

«Na ja. Ich hab mich vor einem Polizisten in den Staub geworfen und ihn angefleht, mir Bruce Willis als Gorilla zu schicken. Geht das noch als halbwegs durch?»

«Unter normalen Umständen keinesfalls. Aber heute kann ich ein Auge zudrücken. Und was tut Bruce jetzt? Im Garten Sprengfallen zwischen die Stiefmütterchen pflanzen?»

«Es gibt keinen Bruce. Der Krimineser konnte mich nicht leiden und hat beschlossen, dass ich nicht mehr in Gefahr bin. Weil ich ja jetzt sowieso schon mit der Polizei geredet habe. Und weil der Mörder jetzt weiß, dass ich nichts weiß.»

«Das klingt eigentlich hochgradig vernünftig dafür, dass es von einem Schergen des Systems kommt.»

«Findest du echt? Im Ernst jetzt.»

«Ja, im Ernst», sagte Grasel. «Ich meine, es ist ja klar, dass du mit den Nerven am Ende bist. Ich wäre an deiner Stelle vor Angst gestorben. Aber denk doch einmal nach: Was hätte der Typ denn davon, wenn er dich jetzt noch umbringt?»

«Stimmt schon. Außer, er ist ein Serienkiller am Anfang seiner Karriere, dem es nur um den Spaß an der Freud geht.»

«Dann kann er sich aber irgendwen holen. Da muss er nicht wieder den nehmen, mit dem es schon einmal Probleme gegeben hat und der jetzt wahrscheinlich bewacht wird auch noch.»

«Ich werde aber nicht bewacht!»

«Und woher soll er das wissen?»

«Von ... der Nidetzky?»

«Ach, komm! Wenn es was Persönliches wäre, warum dich der verfolgt, na gut. Aber es ist ja nichts Persönliches. Ich sage dir: Du hast es überstanden. Dir kann nichts mehr passieren.»

«Beruhigt mich, dass du das auch so siehst.»

«Und sag, du hast wieder keine Ahnung, wer es gewesen sein könnte?»

«Nein. Ich hab sein Gesicht nicht gesehen.»

Suchanek hatte in der Zwischenzeit seine schmucke Hose ausgezogen und befühlte jetzt vorsichtig den langen Kratzer an seinem Oberschenkel. Dann fiel ihm wieder ein, was er eigentlich vom Grasel gewollt hatte.

«Der Typ hat mein Küchenfenster ruiniert. Und ich würde mich deutlich wohler fühlen, wenn ich es wieder zumachen könnte. Weißt du wen, der das schnell repariert?»

«Hmm ... Schwierig am Samstag. Aber ich überleg mir was. Jetzt, wo du ein Star bist, wird sich sicher jemand finden.»

«Ich geb aber keine Autogramme.»

«Nicht einmal auf nackte Brüste? Du weißt, wozu Groupies fähig sind.»

«Wenn sie in dem Aufzug das Fenster auch noch hinkriegen, dann können wir drüber reden.»

«Apropos Aufzug: Die Susi hat mir erzählt, dass ihr beide bei eurem nächtlichen Rendezvous sehr ... nun ja, sehr leger angezogen wart. Aber was ich nicht weiß: Was ist danach passiert?»

«Sitzt du eh gut? Also: Sie hat für uns beide Jogginghosen geholt.»

«Das übersteigt meine dreckigsten Phantasien.»

«Und das will bei dir was heißen», gähnte Suchanek. «So. Ich glaub, ich leg mich jetzt hin. Ich hab letzte Nacht nicht so viel Schlaf bekommen.»

«Gut so. Ruh dich aus. Damit du dann fit bist.»

«Fit? Wofür?»

«Na, für das Match. Wir spielen um zwei. Und eine Stunde vorher treffen wir uns bei mir im Route zum Umziehen. Am Fußballplatz gibt's ja keine Garderobe.»

«Nach allem, was mir passiert ist, soll ich heute bei deinem blöden Match mitspielen? Hast du sie noch alle?»

«Herr Suchanek! Wo, glauben Sie, sind Sie jetzt am sichersten? Alleine zu Hause – oder unter hundert anderen Leuten?»

Selten in der Menschheitsgeschichte war ein Argument auf fruchtbareren Boden gefallen.

Als er knapp vor dem Einnicken war, schreckte Suchanek noch einmal hoch. Dann ging er in die Küche, sammelte ein paar Töpfe und leere Flaschen zusammen und stellte alles auf das Brett des kaputten Fensters. Wer da jetzt vorbeiwollte, würde das nie ohne Lärm schaffen. Suchanek goss sich wieder neben den Hund auf das Sofa, legte ihm die Hand auf den Rücken und schloss die Augen.

Was hatte der Grasel noch einmal gesagt? «Es ist nichts Persönliches.»

Nun ja. Jetzt schon.

9 Da war ein Geräusch.

Das war doch ... War das nicht?

Ja. Eindeutig.

Suchanek fuhr hoch. Sein Herz spielte Drum 'n' Bass. Und den konnte er schon nicht leiden, wenn er sich außerhalb seines Körpers zutrug. Auch der Hund schreckte aus dem Schlaf, war aber immer noch zu beeinträchtigt, um weitere Veranlassungen zu unternehmen. Der Lärm, der sie beide geweckt hatte, ließ keinen Raum für Interpretationen.

Auf den Küchenfliesen war eben eine Flasche klirrend zerschellt. Die Fensterfalle! Der Mörder kam tatsächlich zurück! Panisch riss Suchanek sein Handy vom Couchtisch und – wusste die Notrufnummer immer noch nicht, weil ja hinter jedem erfolgreichen Mann eine Frau steht und also letzte Nacht Susi angerufen hatte.

Eine Waffe! Er brauchte eine Waffe. Ein Messer! Die waren alle in der Küche, und die war ja jetzt besetzt. Irgendeinen Holzprügel zum ... Prügeln! Oder schwere Bleikristallgläser zum Werfen! Oder wenigstens das Gemälde mit dem röhrenden Hirsch. Zum Totlachen.

«Geh bitte, Alter!», sagte eine dünne, aber doch Männerstimme in der Küche. «So ein Schas!»

Es war nur eine Flasche runtergefallen. Das hieß, der Eindringling hatte das Fenster nicht ganz geöffnet und stand noch draußen auf der Leiter. Und das bedeutete ganz klar: Vorteil Suchanek.

Eine Woge wütender Entschlossenheit durchflutete ihn. Es reichte. Noch einmal würde er nicht davonlaufen. Diese Geschichte endete hier und jetzt! Er packte ein riesiges Kissen, auf dessen Überzug er damals, als der Werkunterricht gerade frisch zur genderneutralen Zone erklärt worden war, eigenhändig etwas hatte einsticken müssen. Diesen bulligen Beweis beeindruckend progressiver Schulpolitik würde er dem Mörder brutal ins Gesicht rammen; der würde sodann von der Leiter fallen und sich hoffentlich das Genick brechen.

«So, du Arsch!», rief er. «Jetzt spielt's Granada!»

Er lief in die Küche und ...

«'n Tag», sagte der Keller Gerry durch den offenen Fensterspalt und kratzte sich verlegen am Ohr. «Ich käme wegen dem Fenster.»

Suchanek starrte ihn wortlos an, immer noch das Kissen im Anschlag, auf dem stand: «Mama ist die Beste».

«Der Wimberger Alex schickt mich. Zum ... Reparieren?»

Langsam setzte die Sauerstoffversorgung von Suchaneks Hirn wieder ein.

«Der Grasel?», fragte er.

«Wer?»

Offenbar verkaufte Grasel der Dorfjugend jetzt nur mehr legale Drogen.

«Tut mir leid wegen den Scherben», sagte Gerry. «Aber warum hast du Flaschen auf dem Fensterbrett?»

Suchanek ließ das Kissen sinken.

«Damit niemand auf eine Leiter steigt und einfach reinkommt», antwortete er säuerlich.

Nun konnte man dem Keller Gerry viel nachsagen. Aber so eigenartig, wie ihn der Grasel hingestellt hatte, war er offenbar gar nicht. Er merkte zum Beispiel sofort, dass Suchanek damit zum Beispiel ihn gemeint hatte.

«Damit meinst du jetzt zum Beispiel mich, oder?», sagte er.

«Gehst du in fremden Häusern immer durchs Fenster? Warum läutest du nicht an, zum Teufel?»

«Aber draußen bei der Glocke steht doch, dass sie nicht funktioniert.»

Na gut. Dem war jetzt nicht so viel entgegenzuhalten.

«Und weil der Alex gesagt hat, es ist dringend, und ich nur jetzt Zeit hab wegen dem Match nachher, hab ich mir gedacht, ich schau es mir halt einmal an.»

Sein Gesichtsausdruck glitt ins leicht Trotzige ab. «Ich kann aber auch wieder gehen.»

«Nein», sagte Suchanek, schaute auf das Kissen und warf es dann schnell weg. «Nein. Komm zur Tür, ich sperr dir auf.»

Er ließ ihn rein, ging dann ins Wohnzimmer und drehte sein Handy auf. Drei unbeantwortete Anrufe und ein SMS vom Grasel, das ankündigte, der Keller Gerry werde vorbeikommen, um das Fenster zu reparieren. Die Kavallerie konnte also wieder einrücken. Fürs Erste.

«Das muss schon arg sein», griente der bleiche Bub, nachdem ihm der Suchanek gleich einmal ein Bier hingestellt hatte. Schließlich war es ja schon knapp nach zwölf.

«Was denn?»

«Wenn einen einer umbringen will.»

Suchanek runzelte die Stirn. Es hätte ihn nicht gewundert, wenn jetzt gleich ein Kübel Spucke von Kellers hervorspringenden Schneidezähnen geronnen wäre, so lüstern schien den Bleichen dieser Gedanke zu machen.

«Ja», antwortete er unwillig. «Das ist arg.»

Es war Gerry deutlich anzumerken, dass ihn diese aus Suchaneks Sicht durchaus erschöpfende Schilderung seiner Gefühle eher unbefriedigt zurückließ. Das musste doch bunter gehen! «Ich mein, wenn man dann kapiert: Da geht's jetzt um Leben oder Tod!», versuchte er es noch einmal. «Er oder ich!»

«Da ging's überhaupt nicht um: er oder ich. Da ging's nur um: ich oder ich nicht.»

«Beim Bundesheer hab ich mir immer vorgestellt bei den Übungen, wie das wär, wenn das jetzt echt wär. Voll der Kick, Alter!»

Gut. Grasel hatte ausnahmsweise recht. Keller hatte tatsächlich einen ziemlichen Pecker. Exzellente Idee eigentlich, dass er ihm für die Reparatur des Fensters ausgerechnet diesen Freak geschickt hatte.

«Auf so einen Kick kann ich gern verzichten. Aber weißt du was? Wenn dir das so taugt, dann häng doch eine Nachricht ans Schwarze Brett bei der Susi im Geschäft: ‹Lieber Mörder! Meine Tür steht dir immer offen. Schau doch mal vorbei. Dein Gerry.›»

Keller verzog das Gesicht zu einer schrecklichen Fratze und machte ein ersticktes Geräusch.

«Gngngngngnahahu! Hu!» Ein Schlaganfall? Ach so, nein. Er lachte.

Suchanek verspürte den dringenden Wunsch, diese Unterhaltung in irgendwie fruchtbringendere Bahnen zu lenken. «Und du kannst also mein Fenster reparieren?»

Gerry stellte die Absonderung von Todeskampfgeräuschen ein und antwortete: «Ich denke schon. Ich lern Tischler, heuer hab ich die Gesellenprüfung. Und in meiner Bude machen wir auch Fenster. Also, wenn's der Typ nicht gesprengt hat, bring ich es sicher wieder hin.»

Er sprang eilfertig auf und begann, an dem Fenster herumzufummeln. «Aha, also hier ist er reingefahren, mit einem Schraubenzieher oder was, und hat dann angedrückt ...»

«Geht das so leicht?»

«Wenn es keinen Extra-Einbruchsschutz hat – überhaupt kein Problem. Das Fenster da knack ich dir auch in null Komma nichts.»

«Aha. Na, ist doch schön, wenn man was Ordentliches gelernt hat. Die Nidetzky würde jetzt sagen: Handwerk hat goldenen Boden.»

Keller bekam den nächsten Schlaganfall. Suchanek leistete einen stillen, aber deshalb nicht weniger heiligen Eid, keine Witze mehr zu machen.

«Der eine Schließbolzen ist abgebrochen», sagte Gerry, als er sich wieder erholt hatte. «Und der hier ist verbogen. Wenn ich den gerade biege, sollte das Fenster zumindest wieder schließen.»

Das war so ziemlich die erste erfreuliche Nachricht, seit Susi in der Nacht gesagt hatte: «Ich hab da eine Hose für dich.»

Keller holte eine Zange aus seinem Werkzeugkasten und betrachtete sie gedankenverloren. «Und du hast keine Ahnung, wer das gewesen sein könnte?», fragte er dann.

Suchanek schnappte sich den Besen, der in der Ecke neben dem Kühlschrank lehnte, und begann, die Scherben zusammenzukehren. «Nein. Du?»

«Ich? Wieso sollte ich?»

«Du kennst dich im Dorf besser aus. Wer könnte denn was gegen die Johanna gehabt haben?»

«Der war gut! Alter, wie lang bist du weg aus Wulzendorf? Muss ich bei Pontius und Pilatus anfangen?»

«Sind es leicht so viele?»

Keller zog ein paar Mal hintereinander durch die Nase auf,

wie ein Kreativer aus der Werbung nach einer arbeitsreichen Nacht.

«Na ja. Die Fünfer sind Großbauern. Und die Reichen glauben halt gern einmal, sie sind was Besonderes. Und außerdem können sie oft den Hals nicht vollkriegen, obwohl sie eh schon so ein fettes Konto haben.»

«Und die Fünfer konnten den Hals auch nicht vollkriegen?»

«Manche würden das sicher so sehen.»

«Wer denn zum Beispiel?»

Ein kleines Lächeln verbog Gerrys dünne Lippen. «Also, ich nenne da jetzt sicher keinen Namen. Dann heißt es ja gleich, ich beschuldige wen. Da muss man schon vorsichtig sein, gerade in einem kleinen Dorf. Und außerdem: Man hat ja bald einmal gegen wen was. Ich meine, ich kann auch einen Haufen Leute nicht leiden. Du ja sicher auch, oder?»

Das konnte gerade Suchanek nicht unbedingt in Abrede stellen.

«Aber, deswegen wen verbrennen», sinnierte Gerry weiter. «Da gehört echt was dazu.»

«Muss ein schlimmer Tod sein», sagte Suchanek.

«Ja. Wenn man von den Gasen nicht schnell ohnmächtig wird, kann sich das ziehen. Bei den Hexenverbrennungen früher war es eine Gnade, wenn sie feuchtes Holz genommen haben. Das macht mehr Rauch. Und man erstickt, bevor man verbrennt. Aber in so einem Stadl ... Da ist das Stroh ja ganz trocken.»

Der Keller Gerry konnte nicht nur Fenster knacken. Der war echt ein vielseitig talentierter Bursche.

«Was du alles weißt. Lernt man das heutzutage in der Berufsschule?»

Keller gab sich einen Ruck und ging wieder zum Fenster. «Ich interessier mich ein bisschen für Geschichte und alles. Und im Internet, da gibt es so Seiten mit den verschiedenen Hinrichtungsarten und Foltermethoden und so. Sehr interessant.»

«Interessant.»

«Ja.»

Suchanek stellte sich neben Gerry, der jetzt den Schließbolzen wieder gerade bog. Auf seinen Unterarmen waren ganz viele kleine weiße Striche. Narben.

«Glaubst du eigentlich, dass es einer von euch Feuerwehrmännern war?»

Keller schaute entsetzt auf. «Nein! Auf keinen Fall!»

«Aber die meisten Brandstifter sind Feuerwehrmänner. Zündeln halt gern.»

Keller richtete sich auf und warf beleidigt seine Zange wieder in den Werkzeugkasten. «Hör einmal, ich wollte dir einen Gefallen tun und komm in meiner Freizeit hierher, und dann kann ich mir von dir diesen Mist anhören? Von uns war das sicher keiner! Frag doch lieber den Sechser-Hartl, was er für ein Problem mit den Fünfern hat.»

«Was für ein Problem?»

«Ich hab gehört, dass er dem Gregor letztens bei der Bauerntankstelle eine runtergehaut hat. Weil ihm der Gregor einen Grenzstein eingeackert hat.»

Der Sechser-Hartl war schon immer bekannt dafür gewesen, seinen Gefühlen gern freien Lauf zu lassen. Bei seiner Frau, aber auch bei allen anderen.

«Deswegen legt er ihm gleich eine auf? Das kann doch sogar dem Pflügerweltmeister einmal passieren.»

«Einmal schon.»

«Also war es öfter?»

«Angeblich viel öfter. Sagen wir, du hast 50 Hektar. Wobei die Mantlers sicher mehr haben, aber egal. Ist ja nur ein Beispiel. Jeder von denen ist so ... 200 Meter lang. Und auf jeder Seite verpflügst du dich jetzt leider ein bisschen zum Nachbarn rüber. Eh nur ganz wenig. Um eine Pflugschare. Einen läppischen halben Meter. Wie viel mehr Grund hast du dann?»

Suchanek stöhnte. «Wenn ich rechnen könnte, wäre ich kein Loser, sondern Investmentbanker.» Er hob einen Zeigefinger. «Also eigentlich ein noch größerer Loser.»

«Auf die Art hast du im Handumdrehen um einen Hektar mehr. Weißt du, wie lange du arbeiten musst, dass du dir einen Hektar Acker kaufen kannst?»

Das wiederum konnte sich sogar der Suchanek leicht ausrechnen: ziemlich genau sieben Trillionen Jahre.

«Gut. Das ist ein Argument. Aber warum stört das nur den Sechser und sonst niemand?»

«Es stört eh alle. Die anderen lassen sich halt mehr gefallen. Aber der Sechser ist nicht so der Typ, der sich was gefallen lässt.»

Das Fenster war jetzt fertig repariert. Keller lehnte es ab, Geld zu nehmen. Bevor er ging, fragte er noch: «Soll ich dich mitnehmen zum Route?»

So schnell hatte Suchanek schon lange nicht mehr «Nein» gesagt.

Eine halbe Stunde später machte er eine interessante Erfahrung. An sich schätzte er Stille ja ungemein. Leider war es mit seiner höchstpersönlichen Stille vorbei, seit er einmal, um einen längeren Lieferengpass an der Grasfront nicht völlig ohne sinnvolle Freizeitgestaltung verstreichen zu lassen, so einen synthetischen Cannabisersatz gekauft hatte.

Das Zeug war vermutlich von einem chinesischen Massenmörder, der in seiner Freizeit gerne mit dem Chemiebaukasten spielte, hergestellt worden. Und es war legal. Es hatte ausgesehen wie gepresste, kleingeschnipselte, grüne Watte und gerochen wie Spiritus. Zwei Eigenschaften, die an sich jedem vernunftbegabten Menschen auf einem deutlich über Zimmerlautstärke liegenden Niveau mitgeteilt hätten: «Rauch! Mich! Nicht!»

Das hatte Suchanek irgendwie überhört. Aber zum Ausgleich hatte er seitdem wenigstens diesen gleißend hellen Dauerton links im Kopf. Er hatte einmal gelesen, dass Bono und The Edge von U2 ebenfalls beide Tinnitus hatten. Nun war er es den beiden zwar nicht neidig, dass sie die Jahrhundertidee gehabt hatten, ihr Leiden auf CDs für alle hörbar zu machen, und damit tonnenweise Geld scheffelten. Aber so richtig tröstlich fand er es dann auch wieder nicht.

Die Stille, die, von den paar Quadratzentimetern hinter seiner Schläfe einmal abgesehen, flächendeckend Platz griff, als er das Route 66 b betrat, schätzte Suchanek aber eher weniger. Ging sie doch Hand in Hand mit ungeteilter Aufmerksamkeit, die ihm zuteilwurde.

Ein paar der vielen Männer, die da standen, waren halb nackt. Vier ganz. Manche hatten schon gelb-schwarze Fußballtrikots an, manche rot-weiße. Einige hielten Stutzen in den Händen. Andere angejahrte Stoppelschuhe. Was sie aber alle – abgesehen von der in so gut wie allen Fällen gänzlich unerwiderten Liebe zum Fußballspiel – gemeinsam hatten, war Suchanek. Sie starrten ihn wortlos an, ebenso wie die meisten von ihnen tags zuvor die verbrannte Leiche von der Johanna angestarrt hatten – obwohl die zugegeben schon interessanter gewesen war als ein überlebender Suchanek.

«Hallo», sagte Suchanek zaghaft.

Immer noch Stille.

Dann stand der Spakowitsch Edi auf. Und er begann, weil er das einmal in einem Film gesehen hatte und heilfroh gewesen war, dass man sich im dunklen Kino die Rührungstränen unentdeckt von den Wangen wischen kann, langsam und kräftig in die Hände zu paschen. Und da offenbar alle anderen diesen Film auch gesehen hatten, stand als Nächster der Urban Ernstl auf und als Übernächster ORF 2, und dann einer nach dem anderen, und alle klatschen sie, zuerst im gleichen, trägen Hollywood-Rhythmus, der aber dann immer schneller wurde und schließlich in prasselndem Beifall endete.

Bildete sich Suchanek das jetzt nur ein, dass der Sechser-Hartl mit schwer genervtem Gesicht als Letzter aufgestanden war und bestenfalls ein bemühtes Applaus-Placebo ablieferte?

Als sie mit dieser unglaublichen Peinlichkeit endlich fertig waren, wischte sich der Spakowitsch verstohlen über die linke Wange. Und Suchanek sagte vollkommen wahrheitsgemäß: «Das wäre aber echt nicht nötig gewesen.»

«Und ob!», widersprach der stellvertretende Feuerwehrkommandant feierlich. «Dass du, nach allem, was dir passiert ist, dem Hansi-Burli trotzdem die Ehre erweist! Und die Feuerwehr nicht hängen lässt! Respekt!»

«Na ja, ist doch nichts Besonderes», murmelte Suchanek und wünschte sich, in Murmansk zu sein. Murmansk war im Mai sicher zauberhaft.

«Jetzt hängen wir dir noch die Ehrenbürgerschaft um, und dann musst du wieder hierherziehen», grinste Grasel.

«Ja, genau!», sagte ORF 2 begeistert und wackelte mit seinem riesigen Schädel. «Wir sollten das gleich dem Siebzehner sagen, der soll das organisieren. Und wenn die Bernhardsäue was dagegen haben, dann können sie was erleben!»

Edi konnte sich immer noch nicht einkriegen vor lauter Respekt. «Ohne dich hätten wir absagen müssen, und ich finde, gerade heute wäre das verheerend. Die Dorfgemeinschaft muss zeigen, dass sie sich nicht unterkriegen lässt – und da bist du für alle ein leuchtendes Vorbild!»

«Ach was, absagen. Hätte halt ein anderer gespielt.»

«Nein, da hat der Edi völlig recht», sagte Grasel. «Wir sind schon mit dir nur zehn Ledige. Nach all den Ausfällen, die wir sowieso schon haben, ist jetzt auch noch der Willi nicht aufgetaucht. Da!» Er hielt Suchanek ein knalloranges Leibchen hin. «Für unsere Nummer 1. Leider hat die Zeit nicht mehr gereicht, um deinen Namen auch noch draufdrucken zu lassen.»

Suchanek nahm den Dress zögerlich in Empfang und verzog das Gesicht zu etwas, von dem er hoffte, dass es dem Lächeln vom Keller Gerry nicht allzu ähnlich sah.

«Komm mal kurz mit», sagte Grasel dann und zog ihn am Arm nach hinten ins Lager. Dort schaute er sich noch einmal hektisch um, weil er sicherstellen wollte, dass kein Mitglied des neuen Suchanek-Fanclubs unvermutet zum Stalker wurde.

«Du bist ein Trottel, Grasel!»

«Ach, lass mich halt auch ein bisschen hohles Pathos verbreiten. Die Burschen stehen auf so etwas.»

«Nicht deswegen. Wegen dem Herzinfarkt, den ich bekommen habe, wie dieses Kellerkind bei mir eingebrochen ist.»

«Hä? Wieso eingebrochen?»

Suchanek erzählte ihm, was passiert war. Grasel schüttelte den Kopf. «Geht gleich durchs Fenster. So ein Depp.»

«Und warum schickst du mir ausgerechnet den, der dir als

Erster einfällt, wenn du darüber nachdenkst, welcher Feuerwehrmann der Brandstifter gewesen sein könnte?»

«Ach ... Jetzt reg dich nicht so auf. Du wolltest es doch schnell repariert haben. Und hat er es nun repariert oder nicht?»

«Ja, schon. Aber wer weiß, wie viel Überwindung es ihn gekostet hat, mich nicht stattdessen in kleine Streifen zu schneiden.»

«Himmel, Suchanek. Beruhig dich! Ich hab doch gewusst, dass er zu dir fährt. Und da wird er dich umbringen? Außerdem haben wir das doch schon vorher am Telefon besprochen: Du bist jetzt sicher.»

«Immerhin haben wir uns dann so blendend verstanden, dass er einen neuen Verdächtigen ausgespuckt hat.»

Suchanek erzählte die Geschichte vom Hartl und vom Gregor. Bis auf die genaue Rechnung mit dem zusätzlichen Hektar brachte er sie sogar zusammen.

«Nicht schlecht», sagte Grasel. «Das klingt durchaus nach einem Motiv. Nimm einem Bauern ein paar Quadratmeter weg, und du kannst was erleben. Vor allem vom Hartl.»

«Ich hab ihn gestern gesehen, wie er seine Tochter vom Volksfest abgeführt hat. War auch nicht gänzlich antiautoritär.»

«Und jetzt schließt sich gleich ein Kreis: Weißt du, mit wem die Kleine eine Zeitlang gegangen ist? Mit dem Gerry!»

«Jetzt hör aber auf! Die ist doch ganz hübsch! Was tut die mit diesem Untoten?»

Grasel schloss die Augen, legte sich eine Hand auf die Brust und begann leise im Falsett zu singen. «Die Liiiiiebe, die Liiiebe, üst oine Hüüüüümmelsmacht! Sind immer bei mir gesessen, die zwei. Und konnten die Hände nicht voneinander lassen. Sehr rührend. Aber dann! Papa ist dahintergekommen und war not amused. Und das schönste Paar seit Shrek und Fiona war Geschichte.»

«Also könnte er mir das auch nur deshalb erzählt haben, um sich zu rächen und den Verdacht von sich und seinen Feuerwehrfreunden abzulenken.»

Grasel legte den Kopf schief. «Na ja ... Aber das kann der Welt doch auf der anderen Seite wurscht sein, wen du verdächtigst. Ich meine, wer bist du schon?»

«Schönen Dank auch. Hast du vorhin am Telefon nicht gesagt, ich bin jetzt ein Star?»

«Ein richtiger Star bist du erst dann», sagte Grasel und sprang auf, «wenn du uns jetzt mit deinen übermenschlichen Paraden den Sieg sicherst! Komm schon, du musst dich umziehen. Sonst fangen wir ohne Tormann an.»

Suchanek ging zurück in den Mannschaftsraum und schaute sich, sein Trikot in den Händen, unsicher nach einem Platz um. Der Gärtner Bertl bemerkte das, schob eilfertig seine Sachen zusammen und machte eine einladende Handbewegung.

«Komm! Hier ist noch Platz!»

«Danke. Spielst du eh bei uns, oder willst du mich über unsere Taktik aushorchen? Das kannst du gleich vergessen. Ich hab keine Ahnung.»

Bertl grinste gemäß den Vorgaben seines Kopfes extrabreit.

«Keine Angst. Ich bin auch noch ledig.»

Weil ihn angesichts der Gärtner-Brüder immer das Gefühl befiel, er habe an ihnen etwas gutzumachen und müsse deshalb besonders nett zu ihnen sein, sagte Suchanek: «Aber geh! Dabei so ein fescher Bursch, an sich.»

«Bevor ich keinen Hof habe, gibt's kein Heiraten.»

«Grundvernünftig. Ist bei mir genauso. Und wann übernimmst du euren?»

ORF 2 schüttelte den Kopf. «Der gehört dem Poldi. Ich krieg einen anderen.»

«Aha. Na ja, auch gut», sagte Suchanek.

Als er sich die Hose auszog und der lange, tiefe Kratzer an der Innenseite seines Oberschenkels sichtbar wurde, machte der Urban Ernstl große Augen. «Pfah!», sagte er bewundernd. «Hat dich da der Mörder geschlitzt?»

«Nein», antwortete Suchanek, «das ist passiert, wie ich vor ihm geflohen bin. Beim Rausklettern aus dem Fenster.»

«Ach so», sagte das Milchgesicht. «Schade.»

Für die taktischen Besprechungen, die man angesichts der Bedeutung des Spiels ja doch besser getrennt abhielt, fuhren die Verheirateten schon einmal vor und zogen sich ins Bierzelt zurück, während die Ledigen im Café blieben. Spakowitsch ermahnte vorher noch alle Feuerwehrleute, nach dem Match nicht mehr als ein Bier zu trinken und sich schnell umzuziehen. Es sei nämlich gelungen, die defekte Pumpe zu reparieren. Damit stünde dem geheimen Geheimeinsatz der Feuerwehr nichts mehr im Wege. Der würde das Band zwischen der Bevölkerung und ihren Einsatzkräften wieder fester zurren, was vor dem traditionell umsatzstärksten Abend des Volksfestes sicherlich kein Fehler sei.

Als die Gegner weg waren, wurde deutlich, dass sich die Ledigen keine allzu großen Sorgen über den Ausgang des Spieles machten.

«Unsere Marschrichtung ist ja eh klar: Flach spielen – hoch gewinnen!», sagte der Grasel wie zum Beweis, dass ihm als Spielertrainer nun wirklich nichts zu blöd war. Ein paar lachten aber sogar.

Der allgemeine Optimismus fußte darauf, dass die Ledigen das Hansi-Burli-Match bisher nur einmal in seiner Geschichte verloren hatten. Und das auch nur, weil damals ausnahmsweise erst am Sonntag gespielt worden war und die Verheirateten beim Bierzelt-Abend am Samstag und dem darauffolgenden Frühschoppen am Sonntag doch deutlich mehr Disziplin an den Tag gelegt hatten. Am Samstag hatte es damals dermaßen geschüttet, dass das Match verschoben wurde. Man hätte ansonsten vom Gstettenstraßen-Tor aus gegen die Strömung spielen müssen.

Das war ja auch der Grund, warum es den SC Wulzendorf nicht mehr gab. Weil irgendwann ein besonderer Querulant von gegnerischem Trainer draufgekommen war, dass das Tor bei der Kläranlage wesentlich höher lag als das andere. Daraufhin hatte der Verband den Wulzendorfern die Auflage erteilt, ihren Platz zu begradigen. Die Bernhardsäue hatten dann aber im Gemeinderat geschlossen gegen die Subvention gestimmt. Sogar der Ladinger Heinz, dem es offenbar nicht genügte, nur den Hansi-Burli auf dem Gewissen zu haben. Er musste auch noch den SC Wulzendorf erledigen.

Was allerdings gegen die Fortsetzung der Erfolgsserie der Ledigen sprach, sprang zumindest Suchanek ins Auge, wenn er sich so umsah. Der ORF 2 war nicht gerade Messi – wobei der Kopf vielleicht als zwei Messis durchgegangen wäre. Den Urban Ernstl sah man von der Seite kaum, so dürr war er. Grasel wiederum wäre sogar beim Gegner einer der Ältesten gewesen, und er selber, der Schlussmann, hatte ohne Wenn und Aber als Niete zu gelten. Gut, wenigstens der Keller Gerry war irgendwie zum Fürchten.

«Also, Burschen: Macht's mir keine Schande. Als Prämie gibt's ein Fass!», sagte Grasel, als sie das Route verließen, und klatschte jeden Einzelnen ab. Bei Suchanek tat er das so heftig, dass dem der Matchball, den er in der anderen Hand hielt, runterfiel. Er rollte auf den Parkplatz und dort unter ein mit der üblichen Wulzendorfer Spoilerorgie aufgemotztes Auto.

«Lass nur, ich mach schon!», rief der Gärtner Bertl, als sich Suchanek umständlich anschickte, irgendwie unter diesen geschmacklichen Offenbarungseid zu gelangen. Suchanek richtete sich dankbar wieder auf und starrte das Auto an.

«Wahnsinn», sagte er.

Bertl strahlte: «Schon, oder? Das ist meiner!»

Weil ihn, wie man nicht oft genug erwähnen konnte, angesichts der Gärtner-Brüder immer das Gefühl befiel, er habe an ihnen etwas gutzumachen und müsse deshalb besonders nett zu ihnen sein, sagte Suchanek: «Ja. Ur. Voll. Tolles Auto.»

Dann wies er mit dem Kopf auf seine eigene Schüssel und sagte: «Ich hab auch einen Japaner.»

An sich wäre der Vergleich dieser beiden Autos, die so etwas von nicht in derselben Liga spielten, eine üble Beleidigung für den Bertl gewesen. Aber der Suchanek war ja jetzt schließlich ein Star. Also nickte ORF 2 stolz. «Man kann sagen, was man will: Nur ein Japaner ist ein Japaner.»

Es war ganz offensichtlich, dass Suchanek sein restliches Leben mit dem schrecklichen Wissen bestreiten müssen würde, an der Hervorrufung irreparabler Schäden an dem armen Kerl beteiligt gewesen zu sein. Obwohl die Nidetzky ja möglicherweise gefunden hätte: Was einen nicht umbringt, macht ihn nur härter.

10

Als Suchanek seinen ersten Ball hielt – er ging elastisch in die Knie, erreichte dabei nahezu mühelos mit den Händen den Boden und arretierte das Ledersubstitut, das ungefähr auf Höhe des Elfmeterpunkts in seine Richtung abgefeuert worden war, mit an Verhöhnung des Gegners grenzender Leichtigkeit, was allerdings, da es sich um einen Rückpass handelte und diese korrupte Funktionärsbande bei der FIFA offenbar kürzlich die Regeln geändert hatte, ohne es Suchanek zu sagen, dummerweise zu einem indirekten Freistoß in seinem Strafraum führte – als also Suchanek auf diese überzeugende Weise seinen ersten Ball hielt, stand es schon 2:0 für die anderen.

Das war natürlich pure Taktik. Denn solcherart wurde nicht nur dem Gegner das trügerische Gefühl haltloser Überlegenheit vermittelt. Sondern auch das Publikum, das ja – wenn man von den Ehefrauen der Verheirateten einmal absah, die natürlich von Anfang an zu den Ledigen gehalten hatten – ursprünglich beide Mannschaften angefeuert hatte, zur Gänze ins Lager des vermeintlich Schwächeren gezogen.

Für Suchanek hatte dies allerdings unangenehme Folgen. Zum einen steigerte sich der ohnehin schon beträchtliche Starrummel um ihn in neue Höhen. Der hatte schon dazu geführt, dass der Nummer eins der Ledigen auf dem Weg vom Auto aufs Spielfeld, der nun wirklich nicht weit war, weil sich die Teams so geschickt eingeparkt hatten, dass nicht etwa unnötig Kraft mit Lauferei verprasst wurde, dermaßen ausgiebig die Schulter geklopft wurde, als handle es sich um einen Parteitag.

Der Achter-Hiefler hatte den Suchanek gleich eingefangen, nachdem der aus dem Auto gestiegen war. Sein Gesicht war noch blauer als sonst, was in Verbindung mit dem Satz «Viel Glück, mein Sohn!» möglicherweise als Hinweis darauf verstanden werden konnte, dass er hochgradig gerührt war. Gut, da musste man jetzt nicht so sein. Immerhin war ja der richtige Sohn vom Achter auch auf dem Altar der Automobilität geopfert worden, genau wie der Hansi-Burli, der diese schöne Wulzendorfer Tradition vor Jahrzehnten begründet hatte. Außerdem konnte man das jahrelange Milchholen, das Suchanek bei ihm absolviert hatte, ja zumindest als entfernte Verwandtschaft gelten lassen, denn immerhin sagte er ja auch zu Tante Anni Tante Anni, obwohl sie gar keine war und er bei ihr nie eine Milch geholt hatte.

Der Einser-Neuhold war hingegen gar nicht verwandt, nicht einmal über den Umweg einer Milchkanne oder einer sie beide verbindenden Psoriasis, nein, da war gar nichts. Das hielt ihn aber nicht davon ab, sich von seiner Frau mit erhobenem Daumen neben dem Suchanek fotografieren zu lassen. Wahrscheinlich dachte er sich: Was weiß man. Das könnte noch einmal was wert sein. Also jetzt oder, wenn das mit dem so weitergeht, nie.

Am ergriffensten war aber die Burli-Urli. Als Hansi-Burlis Fußballschuhe damals im Straßengraben für immer an den Nagel gehängt worden waren, hatte er ja mit seiner Freundin Ursula die heißeste Disco-Kellnerin des Bezirks quasi verwitwet zurückgelassen. Jetzt, mit Mitte fünfzig oder mehr, war die Burli-Urli zwar keine Urgroßmutter, wie ihr lautmalerisch zwar hübscher, ansonsten aber doch etwas unglücklicher Spitzname hätte vermuten lassen können, aber Disco-Kellnerin war sie immer noch. Und weil der Lauf der Welt manchmal leider kein gerader ist, funktionierte das mit der Solariumsbräune, den pinken Fingernägeln und den engen Raubtiertops irgendwie nicht mehr so wie früher.

«Ihr seid's meine goldenen Buben», rief die Urli unter Tränen, die sich den Weg durch kiloweise verkrustete Wimperntusche bahnten und schließlich durch vermutlich extra zu diesem Zweck angelegte, tiefe Krähenfüße abgeleitet wurden. «Alle miteinander, wie ihr da seid's!» Was Suchanek aufgrund seiner langen Absenz nicht wissen konnte: Genau das rief sie jedes Jahr. Das Hansi-Burli-Match war in Urlis Leben, in dem nun wirklich keine positiven Überraschungen mehr zu erwarten waren, der alljährliche Höhepunkt. «Der Hansi sitzt jetzt auf seiner Wolke und trinkt ein Rüscherl auf euch!» Ob der Hansi tatsächlich auf einer Wolke saß, darüber gingen die Meinungen sicherlich auseinander. Aber falls es so war, dann trank er hundertprozentig ein Rüscherl.

Als Suchanek sich auf dem Weg aufs Spielfeld an der Burli-Urli vorbeizustehlen versuchte, war das natürlich hochgradig zum Scheitern verurteilt. Die Urli schoss auf ihn zu wie der Tiger, dessen Muster ihren Busen umschmeichelte, und hängte sich Suchanek an den Hals.

«Ich weiß gar nicht, wie ich dir danken soll!» Dann näherte sie sich seinem Ohr und flüsterte: «Aber wenn ich so nachdenk, würd mir schon was einfallen!»

Und jetzt, beim Stand von 0:2 nach gerade einmal fünfzehn Spielminuten, überlegten sich ein paar besonders rührige Fans, wie sie dem Panther von Wulzendorf ihre unverbrüchliche Unterstützung verdeutlichen könnten. Das Ergebnis ihres Nachdenkprozesses, der ohne die kreisende Slibowitz-Flasche nie in so ein zufriedenstellendes Ergebnis gemündet wäre, war ein Sprechchor:

«Such-a-nek
Mör-der-schreck!
Such-a-nek
Mör-der-schreck!»

Suchaneks Freude war überbordender als ein Betriebsausflug von zu Seekrankheit tendierenden Archivaren nach Kap Horn.

Die zweite für Suchanek ganz konkret unangenehme Folge des Spielstandes war, dass sich der Gärtner Poldi, der wegen seiner Fettleibigkeit («Eine Stoffwechselsache. Die Ärzte sind ratlos») nicht mitspielen konnte, aber wenigstens seit Spielbeginn neben Suchaneks linker Stange stand, nunmehr noch heftiger bemüßigt fühlte, helfend einzugreifen. Und also unablässig auf ihn einredete.

Das erste Tor für die Verheirateten hatte der Einundzwanziger-Wantuschka schon nach fünf Minuten geschossen, als er am rechten Flügel dem leicht desorientierten, also eh wie im richtigen Leben auch agierenden Urban Ernstl davongelaufen war und den Ball dann lässig an Suchanek, der dem Rat von Privatcoach Poldi («Renn raus! Jetztjetztjetzt!») gefolgt und viel zu früh und vollkommen planlos aus dem Tor gelaufen war, vorbeigeschoben hatte.

Und das 2:0 war ein Elfmeter vom Spakowitsch Edi gewesen, verhängt wegen eines Handspiels von Spielertrainer Grasel, der auf der Linie für seinen Tormann, der eine Flanke unglücklich um höchstens eineinhalb Meter unterlaufen hatte, mit der Hand gerettet hatte. Von der eigentlich fälligen Roten Karte für den Grasel hatte der Neuner-Ranreiter, der sich erst, nachdem ihm mehrfach versichert worden war, er müsse garantiert nie auf Ballhöhe sein, bereit erklärt hatte, den Schiedsrichter zu machen, großherzig abgesehen. Weil die Ledigen ja ohnehin schon nur zu zehnt spielten.

Die Verheirateten hatten es ja leider abgelehnt, die missliche Lage der Ledigen solidarisch zu entschärfen und ebenfalls mit einem Mann weniger anzutreten. Der Sechser-Hartl meinte streng, Fußball spiele man nun einmal zu elft, das stehe in jedem Regelbuch, sogar bei den Bloßfüßigen unten in Bananien sei das so, da könnten sie auch den Pater Akwuegbu fragen, wenn sie wollten. Wenn die Ledigen nicht einmal elf Kombattanten zusammenbrächten, seien sie immer noch selber schuld und niemand könne vom Gegner erwarten, dass er sich seine in wochen-, wenn nicht monatelanger Detailarbeit zusammengetüftelte taktische Ausrichtung zusammenhaute und etwa aus einem hochmodernen 4–2–3–1 ein schon weitaus weniger sinnstiftendes 4–2–3–0 machte. Und außerdem hätten die Ledigen eh schon einen enormen psychologischen Vorteil, nämlich den, nicht verheiratet zu sein.

Während der Suchanek fachmännisch die Mauer für den von ihm aufgrund seiner bedauerlichen kleinen Regelschwäche verursachten Freistoß einrichtete – er drapierte dazu gefinkelt die gesamte Mannschaft so flächendeckend wie möglich auf die Torlinie –, war es unüberhörbar, dass sich im bis dahin recht geschlossenen Mannschaftsgefüge der Ledigen erste kleine Risse auftaten.

«Wenn wir mit Tormann spielen würden, täten wir uns vielleicht leichter.»

«War das eigentlich ein kostenloser Transfer, oder haben die Verheirateten was gezahlt, damit wir den kriegen?»

Jetzt sagt man in der Hitze des Gefechts und mit der hochgradig realistischen Möglichkeit einer empfindlichen Schlappe gegen alte Männer, die nur mehr zwei Mal im Jahr Sex haben, vor Augen schon einmal Sachen, die auf der Goldwaage zu einem empfindlichen Ausschlag führen würden. Die aber natürlich überhaupt nicht so gemeint sind.

Diese Sachen unterschieden sich aber von jenen, die gerade über den Suchanek gesagt wurden, insofern ganz beträchtlich, als jene ganz eindeutig so gemeint waren. Wirklich erstaunlich, wie schnell dem Suchanek der Schritt vom per Akklamation gefeierten Mann der Stunde zurück zur Normalität gelungen war. Aber Abgehobenheit war ja eh noch nie sein Ding gewesen. Ein Suchanek stand in jeder Situation mit beiden Beinen voll im Leben.

Als sich Suchanek gerade vor seiner Mauer auf den unmittelbar bevorstehenden Schuss vorbereitete, sich also in erster Linie mental mit der Frage auseinandersetzte, wo ihn dieser überall unangenehm berühren könnte, raunte der ORF 1 neben seiner linken Stange auf einmal: «Pass auf! Der Sechser ist ein Mörder!»

Bevor der Suchanek den Inhalt dieser Aussage aber einer genaueren Abklärung zuführen konnte, nagelte der Sechser-Hartl den vom Spakowitsch Edi kurz abgespielten Ball volle Wäsche in Richtung seines Gesichts. Suchanek riss die Hände hoch, um sich zu schützen. Vordergründig gelang ihm das auch. Allerdings wurden seine Hände so hart getroffen, dass er sich mit der rechten Faust selbst die Oberlippe blutig boxte. Dann fiel er um. Es gab ein Riesengestocher um den Ball, an dem so ungefähr alle am Platz Anwesenden teilnahmen bis auf den Lasnik Pepi. Der stand nämlich im Tor der Verheirateten und feilte sich vermutlich seit Spielbeginn die Nägel, da er sonst nichts zu tun hatte. Und als sich das Gewirr auflöste, weil der Grasel den Ball in höchster Not bis ins Kinderkarussell drosch, wo dieser das Blaulicht von einem Polizeimotorrad wegsprengte, was wiederum den Karussell-Besitzer zu einigen lautstarken Rufen der Völkerverständigung auf vermutlich Serbisch motivierte, da drehte sich Suchanek zu seinem Privattrainer und sagte: «Wegen seinem Schuss? Oder wie jetzt?»

Der Gärtner Poldi hatte schon längst wieder vergessen, was er gesagt hatte. «Hä?»

«Der Sechser. Du hast gemeint, er hat einen Mörder-Schuss, oder?»

«Ach so. Jaja. Was denn sonst?»

«Na, was weiß man in Zeiten wie diesen. Gerade beim Sechser.»

«Wieso beim Sechser?»

«Na ja, weil doch der Sechser angeblich ein Problem mit dem Fünfer gehabt hat.»

«Ah so? Der auch?»

«Wer denn leicht noch?»

«Na, der Siebzehner.»

«Wieso der Siebzehner?»

«Na, wegen dem Verrat.»

«Was für ein Verrat?»

«Wegen der Therme von den Bernhardsäuen.»

«Welche Therme? Muss ich dir jedes Wort aus der Nase ziehen?»

Da sich der Ball immer noch in serbischer Geiselhaft befand und man nicht ausschließen konnte, dass er ohne UN-Intervention auch dort bleiben würde, hatte der Poldi ja eh Zeit, um sich zu erklären.

«Schau, vor ein paar Jahren haben die Bernhardsäue bei einer Probebohrung eine warme Quelle gefunden. Und seitdem planen sie an einer Therme herum. Aber einmal war der

Grund zu nah am Naturschutzgebiet, dann ist sich die Zufahrtsstraße nicht ausgegangen, was weiß ich. Hundertmal haben die das schon wieder umgeworfen. Jetzt endlich haben sie einen Plan, bei dem alles passt. Zumindest fast alles. Weil er geht sich leider nicht aus ohne den Acker von einem Wulzendorfer Bauern.»

Das musste ja an sich der feuchtestmögliche Feuchttraum für einen Wulzendorfer Bauern sein. Kalt lächelnd verhindern zu können, dass aus Bernhardsau *Bad* Bernhardsau wird.

«Und dieser Bauer ist der Mantler», stellte Suchanek seine Kombinationsgabe unter Beweis.

«Genau. Und der Ortsvorsteher und alle von der Bürgerliste erwarten sich natürlich, dass er nicht verkauft.»

«Aber, lass mich raten: Geld regiert die Welt, täte die Nidetzky jetzt sagen. Er hat einen Wahnsinnspreis verlangt, und die Bernhardsäue haben ihn gezahlt.»

«Ja. Und so etwas tut man halt nicht als Patriot.»

Suchanek war sich bei Poldis Tonfall jetzt nicht sicher, ob er das selber so sah oder nur die verletzten Gefühle der Wulzendorfer Nationalisten referierte.

«Und was ist jetzt mit dem Sechser-Hartl?», fragte Poldi.

«Das müsstest du doch wissen», sagte Suchanek. «Er hat dem Gregor eine runtergehaut, weil der Grenzsteine einackert. Angeblich regen sich eh alle Bauern auf.»

«Ich hab keinen Acker neben den Fünfern. Und gehört hab ich auch nichts.»

Jetzt, wo der Suchanek so nachdachte: Die Fünfer verkauften einen Acker um teures Geld an die Gemeinde und holten sich den Grund dann von ihren Nachbarn mit dem Pflug zurück. Manche Leute waren halt einfach geschäftstüchtiger als andere.

«Poldi, kannst du dir vorstellen, dass der Hartl deswegen ... Oh, verdammt!»

Das Match war in der Zwischenzeit wieder in Gang gekommen, und dem Pregesbauer Rudl, diesem Fuchs, war aufgefallen, dass der gegnerische Tormann irgendwie ziemlich dezentral in seinem Tor stand. Offenbar war er von der gewaltigen Schwerkraft des jungen Dreizehners nach links gezogen worden. Also probierte der Rudl einen Schuss aus großer Entfernung, der aufgrund mangelnder Schärfe zum Aufsitzer wurde und sich schließlich gemächlich hoppelnd auf die von Suchanek sträflich vernachlässigte und somit ungefähr sechs Meter von ihm entfernte Ecke zubewegte. Suchanek beendete also die Unterhaltung mit ORF 1 ziemlich abrupt und setzte zu etwas an, das im Altersheim bei der Schlacht um den eben auf die Anrichte des Buffets gestellten, zahnersatzfreundlichen Wackelpudding durchaus als Sprint durchgegangen wäre.

«Okay», sagte der Grasel, der jetzt auch schon sichtlich damit zu kämpfen hatte, die Fassung zu bewahren, ungefähr 30 Sekunden später. «Okay. Das kann ja jedem einmal passieren.»

Die Verheirateten feierten in der Zwischenzeit ihr drittes Tor bei der Eckfahne mit diesem nervtötenden Babyschaukel-Jubel, den ein paar entgrenzte Brasilianer bei irgendeiner Weltmeisterschaft erfunden hatten. Aber gut, der Rudl war ja tatsächlich erst kürzlich Vater geworden. Grasel sah den armen ORF 1 wütend an: «Dass du da jetzt auch noch den Suchanek ablenkst, brauchen wir wie einen Kropf. Verschwinde!»

Der junge Dreizehner trollte sich beleidigt. Suchaneks Mitspieler gingen indessen geschlossen in die innere Emigration.

Über den Rest der ersten Spielhälfte hätte man sagen können, dass die beiden Mannschaften einander im Mittelfeld neutralisierten und Torszenen deshalb Mangelware blieben. Wenn man allerdings nicht mit einem Übermaß an gutem Willen gesegnet war, hätte man zweifelsfrei erkannt, dass die meisten Spieler schon nach kurzer Zeit auf dem Zahnfleisch daherkamen und sie die Zurücklegung des weiten Weges von der Mittellinie bis zum Tor vermieden, so gut es eben ging. Als der Ranreiter nach 30 Minuten – vorausschauenderweise hatte man sich ohnehin schon auf eine kürzere Spieldauer geeinigt – wegen des Karussell-Vorfalles auch noch zwei Minuten nachspielen lassen wollte, protestierten beide Kapitäne ebenso energisch wie schlussendlich erfolgreich.

In der Pause scharten sich alle Spieler um Susi, die einige große Kühlboxen mit Getränken mitgebracht hatte.

«Ich hab ja bis jetzt kein einziges Hansi-Burli-Match versäumt», dröhnte der Heimeder-Kurtl. «Eines muss ich aber sagen: Ihr Ledigen heute geht in die Geschichte ein. So schlecht wart ihr noch nie.»

«Zieh dich doch um, Kurtl», sagte der Gärtner Bertl. «Wenn du bei den anderen spielst, haben wir noch eine Chance.»

«Geh, du! Hör mir auf!», schlug Heimeder zurück. «Wenn du genauso gut tauchst, wie du kickst, dann wirst du leider bald tot sein!»

Suchanek sah sich nach Bertls Bruder um, weil er noch ganz gerne mit ihm weitergeredet hätte, aber der war von Grasel offenbar sehr nachhaltig verscheucht worden.

«Schöne Hose», sagte Susi lächelnd zu Suchanek.

«Äh ... Was? Ah. Ja», sagte Suchanek abwesend.

«Na? Ist alles in Ordnung mit dir?»

«Na ja. Bis auf den Spielstand. Und sonst auch fast alles.»

«Dass du dir das antust. Vielleicht wärst du doch besser Minigolf spielen gegangen.»

«Du kennst mich doch. Wenn es eine Gelegenheit gibt, sich lächerlich zu machen, bin ich immer als Erster gestellt.»

Kaum hatte er das gesagt, schoss von links ein irgendwie angekokelt wirkendes Raubtier auf Suchanek zu. «Meine goldenen Buben!», schrie die Burli-Urli begeistert. «Alle miteinander, wie ihr da seid's!»

Sie hängte sich bei Suchaneks Arm ein. «Was macht's ihr denn nachher alle? Gehen wir was trinken? Ein bisschen vorglühen für den Abend? Da bin ich dann übrigens hinter der Bar. Kriegt's alle was gratis!»

Susis Blick ruhte leicht belustigt auf Suchanek, wanderte dann zur Urli und wieder zurück. Suchanek zog die Augenbrauen hoch und zuckte hilflos mit den Schultern.

Jetzt fiel der Urli auf, dass Suchanek verletzt war. «Jessas, was ist denn mit dem Goscherl passiert? Du blutest ja! Na geh, so was. So schöne, volle Lippen hat er. Und dann tät er sich die ruinieren wegen dem alten Hansi-Burli. So ein guter Bub!»

«Er hätte ja auch ausweichen können», sagte jemand hinter Suchanek. Es war der Kunstschütze.

Der Sechser war ein Typ, der eine ständige Raufbereitschaft ausstrahlte. Wenn so einer wie er in ein Lokal kam, blieb er am Eingang immer noch ein paar Sekunden stehen und schaute sich nach lohnenden Gegnern um. Er war nicht besonders groß, aber sehr kompakt. Sein Minipli war, da er mittlerweile auch schon über vierzig war, grau durchzogen. Und dann trug er so einen scharf getrimmten Vollbart, der kein Vollbart war, sondern nur so ein Bartentwurf aus einzelnen Haarstrichen, ein Bartgitter, wie man es jetzt halt haben musste.

Hartl umrundete Suchanek und beäugte dessen Lippe. «Tja. Das kommt davon», sagte er dann achselzuckend.

«Das kommt wovon?», fragte die Urli mit böse zusammengekniffenen Augen, weil sie ja immer schon ein Herz für die Schwachen gehabt hatte.

«Wenn man mir in die Quere kommt.»

Bevor diese Unterhaltung noch ein wenig unangenehmer werden konnte, griff Spakowitsch ein. «Herrschaften!», rief er und klatschte aufmunternd in die Hände. «Ich möchte alle noch einmal daran erinnern, dass nachher die Feuerwehr bei der Lacke einen Einsatz der besonderen Art durchführen wird. Einen, über den sich, glaube ich, alle freuen werden.»

«Ist es wieder Trockentraining?», fragte Heimeder listig. «Oder diesmal mit Wasser?»

«Sehr witzig, Kurtl. Statt immer nur zu meckern, wäre es schön, wenn du uns zur Abwechslung vielleicht einmal unterstützen würdest.»

«Das mach ich doch», protestierte der Alleinunterhalter. «Heute Abend im Bierzelt.»

Edi sah ihn mitleidig an. «Unterstützen hab ich gemeint, Kurtl. Nicht noch mehr schaden.»

Wenn es etwas gab, das der Heimeder nicht leiden konnte, dann, wenn die Leute über ihn lachten. Also, nicht über seine Witze, sondern über ihn. Und so herzhaft, wie sie jetzt lachten, lachten sie über seine Witze eher selten.

«Jetzt schau halt nicht so drein», versuchte die Susi Suchanek, der sich inzwischen von der Burli-Urli hatte befreien können, etwas aufzumuntern. «Kennst eh den Hartl. Der hat die Freundlichkeit noch nie mit dem Löffel gefressen gehabt.»

«Ja, eh. Ich muss dir dann was erzählen. Hoffentlich ist dieser Blödsinn hier bald vorbei.»

Manche Wünsche sollte man sich ja eher gut überlegen. Sonst gehen sie am Ende noch in Erfüllung. Vielleicht fünf

Minuten nach der Pause machte der Lasnik Pepi einen weiten Abschlag aus der Hälfte der Verheirateten. Der dumme Keller-Bub rutschte aus, und auf einmal lief der Pfarrhofer René mit geblähten Nüstern alleine auf Suchaneks Tor zu. Suchanek tat, weil er noch die Tendenz gezeigt hatte, aus Schaden klug zu werden, wieder das, was ORF 1 neben ihm sagte («Renn raus! Jetztjetztjetzt!»), erreichte diesmal aber tatsächlich knapp außerhalb des Strafraums den Ball, den sich der René bei seinem ungelenken Galopp zu weit vorgelegt hatte, und schoss ihn in hohem Bogen aus der Gefahrenzone.

Erledigt, der Fall.

Nein. Doch nicht.

Denn der Pfarrhofer blieb nicht stehen. Er trampelte mit weit aufgerissenen Augen und verzerrtem Mund einfach weiter. Und bevor der Suchanek kapiert hatte, dass er vielleicht ausweichen sollte, weil dies nämlich heranbrausende Züge, wie gerade er wissen musste, nie taten, donnerten 1,93 Meter und 105 Kilo ungebremst in ihn hinein.

Es dauerte sechs oder sieben Minuten, bis er wieder Luft bekam. Wobei der René, das musste man ihm eindeutig zugutehalten, alles tat, um die Erholung zu beschleunigen, kniete er doch die ganze Zeit unter Ausstoßung von Selbstverwünschungen und Schwüren, wie leid ihm das alles tue, neben dem Suchanek und tatschte ihn hilflos ab. Schon alleine Suchaneks Befürchtung, René würde jetzt gleich Wiederbelebungsmaßnahmen einleiten, ihm also mit dem, was er für eine Herzmassage hielt, das Brustbein endgültig brechen und ihm anschließend einen Zungenkuss geben, beflügelte die Selbständigkeit der Atmung ungemein.

Grasel forderte in der Zwischenzeit vehement beim Neuner-Ranreiter eine Rote Karte für den Pfarrhofer ein. Aber der sah dafür keinen Anlass: «Das war doch ein ganz normaler Zusammenstoß, wie er in jedem Match vorkommt.»

«Ein ganz normaler Zusammenstoß? Ein ganz normaler Zusammenstoß? Entschuldige die Frage, aber bis wohin geht bei dir normal? Wenn man auf den Rippen vom Suchanek Kleiderbügel aufhängen kann?»

«Sie wollten halt beide den Ball haben. Das war einfach Pech.»

«Das hat doch bitte ein Blinder gesehen, dass das Absicht war. Der René hätte locker noch stehen bleiben können. Aber er wollte ihn einfach niederhauen! Pech sagt er! Wenn das Pech war, dann war es nach deiner Logik auch Pech, dass die Johanna verbrannt ist, oder?»

Das hatte der Pfarrhofer jetzt aber gehört. Er beendete abrupt die Erste Hilfe, sprang auf und marschierte auf den Grasel zu. «Was war das jetzt? Pass ja auf, was du sagst!», dampfte er.

Der Neuner stellte sich zwischen die beiden und funkelte Grasel böse an. «Es reicht jetzt, Alex. Ich bin der Schiri, und ich sage, das war kein Foul. Können wir jetzt endlich weiterspielen?»

«Der Suchanek kann nicht einmal atmen! Wie soll der weiterspielen?»

«Dann müsst ihr halt tauschen.»

«Wir haben aber niemanden zum Tauschen, du Volltrottel!», brüllte Grasel.

Na ja. Was blieb dem Neuner-Ranreiter jetzt noch groß übrig? Er tat, was jeder Schiedsrichter mit Selbstachtung in dieser Situation getan hätte: Er griff in die Brusttasche seines karierten Hemds – bezüglich des Schiedsrichterdresses hätte die FIFA der Neid gefressen – und zeigte dem Grasel die Rote Karte.

Gut, die große Geste, mit der er das tat, diese ausladende Bewegung und der bis zum Anschlag gen Himmel ausgestreckte Arm, das vorspringende Kinn, das hätte er sich vielleicht alles sparen können. Denn das bewegte wiederum den Grasel dazu, ihm in durchaus begreiflicher Gemütserregung die Karte zu entwinden und zu zerreißen. Und dann traten die Ledigen unter dem empörten Gejohle der Zuschauer ab.

11

«Das war praktisch ein Geständnis, oder?» Grasel war immer noch völlig außer sich über die Attacke vom Pfarrhofer. «Also, ihr könnt sagen, was ihr wollt, aber für mich war das ein Geständnis.»

Suchanek versuchte, tief einzuatmen, weil er das jetzt doch schon länger nicht mehr getan hatte. Ein heftiges Stechen rechts im Brustkorb verhinderte es. Und beim Ausatmen von dem bisschen Luft, das er gerade noch so irgendwie in seine Lungen hineingezwungen hatte, pfiff er.

«Du pfeifst», sagte Susi. «Machst du das absichtlich?»

«Nein. Absichtlich kann ich gar nicht pfeifen.»

«Hört sich an wie der Blasebalg von der Kirchenorgel. Aber in dem waren auch die Mäuse.»

«Ich bin in den letzten Jahren ziemlich viel bewegungslos in meiner Wohnung gelegen», pfiff Suchanek. «Wahrscheinlich waren in mir auch die Mäuse.»

«Du solltest ins Spital», sagte Grasel. «Wenn du eine Rippe gebrochen hast und die bohrt sich in die Lunge, dann pfeift das auch. Glaub ich.»

«Ich geh sicher nicht ins Spital. Da ist nichts durchbohrt.»

«Ich weiß nicht, was ihr Männer immer habt mit eurem ‹Bloß nicht zum Arzt gehen!›.» Susi schüttelte genervt den Kopf. «Wenn nichts ist, dann umso besser. Dann hast du wenigstens die Gewissheit. Der Grasel fahrt dich rüber nach Gantersburg, die machen ein Röntgen und fertig. Und während du wartest, kannst du ein paar Schwestern auf den Hintern schauen.»

«Ja. Zum Beispiel meiner.»

«Ach so, richtig. Die arbeitet ja da drüben! Na, umso besser. Dann hast du Protektion auch noch.»

«Ehrlich, ich hab nichts. Es war nur der erste Schock, wie ich keine Luft gekriegt hab. Aber jetzt ist es eh schon viel besser.»

«Dann lass ihn halt, Susi», sagte Grasel. «Ich geb ihm nachher was gegen die Schmerzen. Ich hab da so ein altes Hausmittel.»

«Na geh, Suchanek», sagte Susi. «Du kommst aber hoffentlich nicht vollkommen zugekifft zu mir zum Essen. Dann redest du ja gar nichts mehr.»

Suchanek schüttelte betrübt den Kopf. «Irgendwie scheint das nicht mehr zu funktionieren. Vorgestern Nacht beim Feuer war ich beinander wie der gläubigste aller Rastas. Und hab ich deshalb vielleicht meine blöde Goschen gehalten? Aber woher denn! Was ich mir alles erspart hätte.»

Grasel öffnete die Zeltplane beim Eingang einen Spalt und schaute misstrauisch hinaus. «Also, was meint ihr jetzt? Der Pfarrhofer, ha?»

«Glaubst du ernsthaft, der würde den Suchanek vor so vielen Zeugen umbringen, weil er es letzte Nacht nicht geschafft hat?», sagte Susi. «Das wär doch idiotisch.»

«Wieso? Wenn sich der Suchanek jetzt das Genick gebrochen hätte, dann würde jeder sagen: Oh mein Gott, was für ein schrecklicher Unfall! Und der René wäre fein raus.»

Suchanek pfiff dazwischen. «Heute in der Früh hast du noch gesagt, ich hätte nichts mehr zu befürchten, weil der Mörder ja weiß, dass ich eh schon mit der Polizei geredet habe.»

«Ja. Eh. Stimmt schon. Ich könnte trotzdem schwören, dass das Absicht war.»

«Aber warum hätte der René denn wiederum die Johanna umbringen sollen?», fragte Susi.

Da wusste jetzt keiner einen Grund.

Suchanek setzte sich mühsam auf und begleitete diese herkulische Leistung mit einem langgezogenen Schmerzensschrei. «Ich hab noch einen Verdächtigen zu bieten. Oder eigentlich gleich ein paar», keuchte er und erzählte den beiden die Geschichte mit der Therme.

«Das trau ich denen von der ÜBL schon zu, dass sie das waren», sagte Grasel. «Die sitzen ja oft zusammen bei mir im Café. Und manchmal ist das echt nicht mehr feierlich, wenn du denen zuhörst. Da glaubst du, du bist im Führerbunker, und der Russe steht vor der Tür.»

«Aber gleich die Johanna verbrennen, nur weil die Bernhardsauer jetzt ihre depperte Therme bekommen?», wandte Susi ein. «Die braucht doch eh kein Mensch. In Langegg ist eine, in Gantersburg und oben in Egelsee auch. Und alle sind ein Verlustgeschäft.»

«Eh. Aber jeder, der eine neue baut, weiß genau, dass seine die erste ist, die keinen Verlust macht. Und schau dir diese Bremse von Bürgermeister einmal an.»

«Wer ist denn da eigentlich aller dabei bei der Partie vom Siebzehner?», fragte Suchanek dazwischen.

«Naja, der Heimeder, der Einser-Neuhold, der Bobek Willi, der Neuner-Ranreiter, dein Freund, der Keller Gerry ...» Grasel stockte. «Jessas. Der Keller ja auch.»

Susi schnaubte verächtlich. «Die berühmte schweigende Mehrheit. Sonst wäre der Siebzehner ja nicht Ortsvorsteher.»

«Ich bin so was von froh, dass ich von hier weg bin», sagte Suchanek. Dass die Susi jetzt so komisch schaute, war sicher nur Zufall.

«Ob die Polizei das alles schon weiß?», sagte sie dann.

«Willst du es dem Kommissar nicht sagen, Suchanek?», fragte Grasel.

«Du willst mich auf einmal zur Polizei schicken? Du? Und dort soll ich ausgerechnet den Ortsvorsteher verdächtigen? Super Idee eigentlich.» Suchanek stand auf und machte ein paar Schritte. Wenn er das Becken leicht vorschob und die Schultern zurück, wie ein sehr dicker Mensch, der versucht, ein Gegengewicht zu seinem Bauch zu finden, dann ging es.

«Na? Funktioniert doch blendend», sagte er.

«Hat was von Catwalk», sagte Susi lächelnd.

«Grasel? Dieses Schmerzmittel ... Ich glaube, ich brauche das jetzt gleich.»

Grasel hatte, wie immer in Angelegenheiten der Palliativmedizin, vollstes Verständnis. «Fahren wir.»

Es mochte ja, wenn man die Natur des Menschen ein wenig kannte, verständlich sein, dass die Wulzendorfer im Moment vielleicht das Gefühl hatten, ihre Feuerwehr sei nicht völlig auf der Höhe der Kunst. Und eigentlich sei diese Einrichtung überhaupt nur dazu da, ihren Mitgliedern mittels regelmäßiger Sitzungen oder Übungen oder technischer Pumpenüberprüfungen, also lauter für den Bestand der Feuerwehr unabdingbarer Veranstaltungen, die aber am Ende alle unweigerlich in ein Besäufnis mündeten, Gründe für das elegante Fortkommen von zu Hause zu liefern. Aber zumindest schon einmal der junge Einser-Neuhold bewies gerade eindrucksvoll das Gegenteil.

Als sich Suchanek auf dem Heimweg von der erfolgreichen Akquisition beim Grasel dem Bahnübergang näherte, sah er auf der anderen Seite, auf Höhe der Lacke, den Feuerwehrwagen stehen. Hier würde also gleich der geheimnisumwitterte

PR-Einsatz stattfinden, mit dem das Vertrauen der Menschen in die Leistungsfähigkeit der sie umsichtig Beschützenden wiederhergestellt werden sollte. Und offenbar hatte Kommunikationsoffizier Spakowitsch ganze Arbeit geleistet. Denn das Publikum des Hansi-Burli-Matches war, nachdem es die Wartezeit vielleicht mit zwei, drei Bier oder mit ein paar Prosecco für die Damen, für die ja auch nur einmal im Jahr Volksfest war, offensichtlich gleich nahtlos zur nächsten Attraktion weitergezogen und hatte in mehreren Gruppen rund um die Freilichtbühne Aufstellung genommen. Die Show konnte also beginnen – wenngleich es, das ahnte auch der Edi leicht verärgert, jetzt einigermaßen schwierig werden würde, die vorherige zu toppen.

Und vor dem Löschzug stand also nun der junge Einser-Neuhold mit so einer rot-grünen Verkehrssicherheitskelle in der Hand und verdeutlichte Suchanek mit majestätischen Schwenkbewegungen, er solle links an dem geparkten Einsatzfahrzeug vorbeifahren. Ganz so, als hätte es eine andere Möglichkeit gegeben, der nicht die Notwendigkeit innewohnte, sich relativ abrupt zwei Meter tiefer in den Straßengraben zu begeben.

Unten in ebendiesem Graben waren ein paar Feuerwehrmänner dabei, einen Schlauch auszulegen. Und vor dem großen Kanalrohr standen der Neuner-Ranreiter und der Pfarrhofer René und schauten versonnen hinein. Suchanek tat, wie ihm von der trotz ihrer Jugend offenbar schon sehr gut ausgebildeten Einsatzkraft beschieden, und passierte den Löschzug im Schritttempo auf der richtigen Seite. Er überlegte kurz, ob es sich auszahlte, stehen zu bleiben, befand dann, dass es ihn doch interessierte, parkte sich kurz vor der Sackgasse ein und stieg aus.

Dann ging er, mit vorgeschobenem Becken und nach hinten kippenden Schultern, auf die erste Gruppe von Beobachtern der zu erwartenden Hochleistungsschau zu. Die Kanschitze standen da, der Siebzehner-Stratzner, die Gerstmeierin, der Heimeder Kurtl und ein junges, Händchen haltendes Paar, das der Suchanek nicht kannte, weil es vor fünfzehn Jahren ohne jeden Zweifel noch in die Windeln geschissen hatte.

Nur bei der Dreier-Kanschitzin zuckte kurz der linke Mundwinkel, als sie Suchanek in der Haltung eines 94-jährigen Adipositas-Kranken daherkommen sah. Aber sonst tat sie wie alle anderen auch, als sei hier eh alles normal.

«'n Tag», sagte Suchanek. «Was machen die da?»

«Sich lächerlich, so wie ich sie kenne.»

Suchanek hatte kurzfristig vergessen, dass er es im Heimeder Kurtl mit einem unerbittlichen Kritiker an den herrschenden Zuständen im Allgemeinen und dem Wulzendorfer Feuerwehrwesen im Besonderen zu tun hatte. Zweiteres bevorzugterweise dann, wenn keiner von der Feuerwehr in Hörweite war.

«Sie wollen das Rohr durchputzen», erklärte die Gerstmeierin. «Zeit wird's.»

«Wirklich wahr!», ereiferte sich die Kanschitz. «Der Gestank ist ja wirklich nimmer auszuhalten.»

«Zu meiner Zeit hätte ich ja schon längst dafür gesorgt, dass die Gemeinde das macht. Aber jetzt kümmert sich ja keiner», sagte die Gerstmeierin leicht bissig.

Der Siebzehner spürte mit dem untrüglichen Instinkt für durch böswillige Nestbeschmutzung verletzte Gefühle der einfachen, anständigen Leute, die Politiker seines Schlages so auszeichnete, dass hier gerade das wichtigste aller Nester beschmutzt wurde: seines. Und der alte Trampel, der selber gern

Ortsvorsteherin gewesen wäre, brauchte nicht glauben, dass er ihr das durchgehen lassen würde.

«Die Bernhardsäue haben seit vierzig Jahren nichts für uns gemacht. Nicht nur das, ausgenommen haben sie uns auch noch wie die Weihnachtsgänse. Und da werden sie sicher ausrücken und uns das Rohr da putzen, weil ihnen die Frau Gerstmeier das sagt. Und überhaupt: Wenn Sie Bernhardsau so super finden, warum ziehen Sie nicht gleich hinüber?»

Die Gerstmeierin lief rot an und legte ihre Stirn in Falten, erwiderte aber nichts.

«Geht's schon wieder besser?», fragte der Heimeder Kurtl den Suchanek, um von der peinlichen Situation abzulenken. «Das war ja wirklich ein arges Foul. So was ist echt nicht notwendig in einem Freundschaftsspiel.»

«Es geht schon», sagte Suchanek. «Langsam gewöhn ich mich dran, dass ich hier offenbar nur Prügel bekomme.»

«Hat sich der René wenigstens entschuldigt?», wollte der Achter-Hiefler wissen. «Ich kenn mich mit Fußball ja nicht aus, aber für mich hat das schon so ausgesehen, als hätte er das mit Absicht gemacht.»

«Jaja. Es war ihm sehr unangenehm. Also, glaube ich zumindest ... Äh, wie soll denn das hier funktionieren? Die Feuerwehr spritzt einfach bei der einen Seite in das Rohr hinein, und der ganze Dreck rinnt dann in die Lacke?»

«Genau», sagte der Dreier. «Bin schon gespannt, was der Willi da alles reingehaut hat.»

«Sicher lauter urgrausliches Zeug», schüttelte es den jungen Burschen, der an der Pickelfront dem Suchanek von früher durchaus das Gesichtswasser hätte reichen können.

«Wäääh», ergänzte seine Begleiterin und schüttelte ihr mit rosa Strähnen durchseuchtes, kellerschwarz gefärbtes Haar.

Generell schwebte eine Atmosphäre wohligen Grusels über der Lacke. Wie im Kino, bevor der Horrorfilm anfängt. Die Erwartungen an die schleimige, faulende Widerlichkeit und hoffentlich auch weitererzählenswerte Giftigkeit des aus dem Rohr zutage gespritzten Drecks waren ziemlich hoch.

Jetzt pflanzte sich der Spakowitsch Edi mit einem Megaphon vor dem Löschzug auf.

«Geschätzte Mitbürger», schrie er und wurde sofort von einem schmerzhaften Übersteuerungspfeifen unterbrochen. Einige der geschätzten Mitbürger jaulten auf. Spakowitsch schaute mit unduldsam geblähten Nasenflügeln gen Himmel; er überlegte offenbar, nach all den Problemen, die ihm die moderne Technik in letzter Zeit bereitete, an dem Ding ein Sippenhaftungsexempel zu statuieren und es in der Lacke zu versenken. Dann beruhigte er sich aber wieder und winkte den Neuner-Ranreiter herbei, der fachmännisch am Lautstärkeregler drehte.

«Geschätzte Mitbürger! Liebe Wulzendorfer!», hob der Edi erneut an. «Ich darf euch im Namen der Freiwilligen Feuerwehr Wulzendorf recht herzlich begrüßen und mich bei euch bedanken, dass ihr so zahlreich erschienen seid. Es ist den Kameraden und mir und auch dem Kommandanten, der natürlich in dieser für ihn so schweren Stunde nicht bei uns sein kann, ein Anliegen, dass wir euch unsere volle Einsatzfähigkeit zeigen können, nach ... nach dem Geschehen unlängst, also ... am jüngsten Tag ...»

Das war jetzt natürlich eine Chance, die sich ein hochgradig ambitionierter und quasi immer im Dienst befindlicher Alleinunterhalter wie der Heimeder Kurtl nicht entgehen lassen konnte.

«Am jüngsten Tag?», rief er. «Das Einzige, was ich über den

Jüngsten Tag weiß, ist, dass du dann auf der linken Seite sitzt, Edi!»

Vereinzeltes Gelächter. Sehr vereinzelt. Aber mehr hatte der Kurtl auch bei den launigen Moderationen zwischen seinen brasilianischen Polkas selten. Was dazu führte, dass er davon ausging, so höre sich ein Publikumserfolg eben an. Der Spakowitsch war jetzt allerdings hinreichend irritiert.

«Am Tag ... in der Nacht ... beim Kommandanten. Wo die heilige Jo... Ding. Und darum werden wir jetzt die Beschwerden von vielen Mitbürgern ... wegfegen. Mit unserem Hochdruckschlauch.»

Suchanek sah Heimeder erwartungsvoll an. Nichts? Hochdruckschlauch! Kein blöder Spruch? Was ist, Kurtl? Nichts. Gut, man musste jetzt aber schon auch gerecht sein. Selbst ein Woody Allen drehte manchmal in zehn Jahren nur neun Filme.

«Also den Gestank, der vom Überlaufrohr kommt. Wir werden den Dreck hinaus. Beseitigen», stammelte der Edi. «Ich danke euch also für eure Aufmerksamkeit und hoffe, dass ihr heute oder morgen noch das Volksfest besucht, weil wegen dem guten Zweck. Und jetzt: Wasser marsch!»

Der Urban Ernstl und der Keller Gerry hatten sich vor dem Rohr positioniert und zielten mit ihrem härtesten High-Noon-Gesichtsausdruck in das schwarze Loch. Der Neuner stand am Wagen und demonstrierte beim Umlegen des Wassermarschhebels ebenso äußerste Entschlossenheit. Und tatsächlich: Aus dem Schlauch schoss in derselben Sekunde ein mächtiger Schwall, den die beiden dürren Spätpubertären nur mit großer Mühe einigermaßen in die stinkende Öffnung dirigieren konnten.

Die Menge wogte langsam in Richtung des Rohrendes, um sich bessere Sicht zu verschaffen.

Aber da kam nichts. Stattdessen schwappte die in das Rohr hineingeschossene Welle als inzwischen schwarz gewordene Brühe langsam wieder zurück. Schlammig und stinkend gurgelte das Wasser den beiden Burschen über die Füße. Angewidert schaute Urban zum Kommandanten. Jetzt war natürlich Leadership gefragt. Spakowitsch winkte unerfreut, und Ranreiter drehte das Wasser ab.

«Ich hab's ja gesagt! Nicht einmal das bringen sie zusammen», freute sich der Heimeder. «Edi! Keine Panik, Edi! Halt die Stellung und beweg dich nicht! Ich ruf gschwind die Bernhardsäue!»

Oberbrandmeister Spakowitsch, der immerhin schon in einer schönen Zeremonie beim Bezirksfeuerwehrtag in Tiefenbrunn das bronzene Leistungsabzeichen aus den Händen des Abgeordneten zum Landtag Josef Hutgassner erhalten hatte, brauchte sich eigentlich von einem Zivilisten überhaupt nichts sagen lassen. Schon gar nicht so einen Blödsinn. Also antwortete er weltmännisch mit dem Mittelfinger und wandte sich dann wieder seinen Mannen zu, um zu beratschlagen, was jetzt zu tun sei.

In der Zwischenzeit hatte auch der Schneckerl kapiert, dass im Erfolgsfall vermutlich eine Menge Dreck unbekannter Zusammensetzung in der Lacke landen würde. Er starrte bekümmert auf den Ausgang des Rohres und machte sich große Sorgen, das Zeug könnte seinem ohnehin schon vom Atom schwer angeschlagenen Fischbestand den Rest geben.

«Aber, ich mein, das geht doch nicht. Was ist denn mit der Umwelt?», maulte er.

Nun hätte normalerweise auf eine Frage vom Schneckerl keiner reagiert, weil es ja eine Frage vom Schneckerl war. Aber in so einer wichtigen, das Gemeinwohl tangierenden

Angelegenheit, in der es galt, die Dorfbewohner vor den Auswirkungen exzessiver Ökologie zu schützen, da war der Siebzehner-Stratzner dann doch bereit, einmal eine Ausnahme zu machen.

«Umwelt, Umwelt. Was soll schon sein mit der Umwelt? Heute darf man nicht einmal mehr einen Schas lassen mit der Umwelt. Aber ich werde euch einmal was sagen: Das ist alles ein Schmäh. Der ganze Klimawandel und alles. Alles nur erfunden. Vom Amerikaner. Wie die Mondlandung. Ich hab einmal einen Vortrag gehört von einem, der war genau dort in der Wüste in Dings, wo sie das alles gedreht haben. Die wollen uns doch alle nur für blöd verkaufen. Also, was soll das bissl Dreck in der Krötenlacke da schon groß machen? Früher haben wir die Spritzmittel, die uns übrig geblieben sind, in die Feldbrunnen geleert. Und? Hat's wem geschadet?»

Jetzt war natürlich der Stratzner nicht nur intelligent, sondern auch noch ein Mann des Wortes. Und er wusste genau, wie man einer an sich eh schon völlig stringenten Argumentation am Schluss noch das Schlagobershäubchen aufsetzte: Mit einer rhetorischen Frage, die endgültig allen Zuhörern vor Augen führte: Na ja, klar. Recht hat er.

Das Pech vom Siebzehner in dieser Angelegenheit, die er hiermit eigentlich als erledigt betrachtete, war nur, dass der Schneckerl nicht den geringsten Tau davon hatte, was denn eine rhetorische Frage war.

«Na ja. Dem Mantler, oder?»

«Was?»

Stratzner schaute den Säufer, dem er an jedem anderen Tag nicht einmal seinen gerade geleerten Teller vom Mittagessen zum Ablecken unter den Tisch gestellt hätte, fassungslos an.

«Dem Mantler hat's geschadet», wiederholte der Schneckerl mit der Unschuld des Weichgesoffenen.

Die Feuerwehrmänner hatten in der Zwischenzeit einen zweiten Schlauch ausgerollt. Spakowitsch griff wieder zum Megaphon. «Das Rohr ist völlig verstopft. Da ist so viel Klumpert drin, da brauchen wir mehr Druck. Wir fahren jetzt mit zwei Schläuchen und reißen es durch!»

«Also, Schneckerl!», sagte der Siebzehner entrüstet. «Hast du überhaupt keinen Genierer? Hat der Fünfer nicht schon genug mitgemacht?»

«Eh hat er genug mitgemacht!», hielt der Schneckerl unschuldig dagegen. «Und das gehört ja dazu, oder? Dass er von den vielen Spritzmitteln ...»

«Gib jetzt eine Ruhe mit der alten Geschichte!», unterbrach ihn der Ortsvorsteher verärgert. «Oder ich ruf an bei der Bezirkshauptmannschaft, dass sie dir die Notstandshilfe auch noch streichen. Dann kannst du schauen, womit du deinen Fusel bezahlst. Früher hätte man Leute wie dich sowieso ...»

«Wasser marsch!», schrie jetzt der Edi und verhinderte auf diese Weise, dass Stratzner fertig erklären konnte, was man früher mit Leuten wie dem Schneckerl so ... Aber wenn einer in Österreich einen Satz so anfängt, weiß man eigentlich eh, wie er weitergeht.

Vier Burschen standen jetzt zu allem bereit vor dem Rohr. Der Neuner legte wieder den Schalter um.

«Na servas», freute sich der Kurtl für alle hörbar. «So einen Druck hab ja nicht einmal ich gestern in der Nacht nach dem sechsten Krügel gehabt!»

Wieder spritzte das Wasser auf die Feuerwehrmänner zurück. Aber diesmal gaben sie nicht auf. Verbissen trotzten sie der dreckigen Suppe.

«Ich weiß nicht, warum du dich so aufregst, Siebzehner!» Die Gerstmeierin, die seit der Attacke des Ortsvorstehers geschwiegen hatte, pflanzte sich neben ihnen auf. «Die Wahrheit wird man ja wohl noch sagen dürfen. Und immerhin hat ja der Mantler mit dem Prozess, den er gegen die Spritzmittelfirma gewonnen hat, viel Geld verdient.» Und dann fügte sie kühl hinzu: «Aber das ist natürlich kein wirklicher Ersatz dafür, dass man keine Kinder bekommen kann.»

Suchanek hätte durchaus gefunden, dass man dieses Thema noch ein wenig tiefgreifender hätte diskutieren können, aber dazu kam es nicht mehr.

Denn jetzt passierte es.

Und es war natürlich recht praktisch, dass in der Zwischenzeit auch der Kommissar Wimmer seine zugegebenermaßen ausgedehnte Mittagspause bei der Lindenwirtin in Langegg beendet hatte. Dort hatte es nämlich heute ein gebackenes Kalbsbries als Zweiermenü gegeben, das schätzte der Wimmer ungemein, obwohl gerade Innereien natürlich schon eine Vertrauenssache waren, aber Wimmer hatte gelernt, der Lindenwirtin zu vertrauen, seit sie ihm bei seinem ersten Besuch ohne Aufpreis eine wirkliche Erwachsenenportion hingestellt hatte. Das Gute daran, dass sich der Kommissar von der Lindenwirtin wieder losgerissen hatte, um vor Ort in Wulzendorf weiterhin keinerlei Ermittlungsansatz zu verfolgen, war, dass er jetzt vis-à-vis vom Suchanek stand und so mit eigenen Augen sehen konnte, was gleich alle sehen würden. Und das hatte wiederum den unschätzbaren Vorteil, dass er sich nachher nicht auf irgendwelche halbgaren Zeugenaussagen verlassen müssen würde.

Unter dem Druck der zwei Hochleistungsschläuche, die sich als wirklich guter Kauf erwiesen, löste sich die Verstopfung nämlich endlich. Zuerst tröpfelten einige undefinierbare Brocken aus dem Rohr in die Lacke.

Und dann schoss, bodysurfend auf der prächtigsten Fontäne, die Wulzendorf je gesehen hatte, ein Körper heraus, dessen schwarze Gesichtsfarbe weniger seinen Genen als der fortgeschrittenen Verwesung geschuldet war. Die Leiche trug eine blaue Latzhose und schien den Mund weit aufzureißen, was angesichts dessen, dass der Bobek Willi das immer schon gern getan hatte, an sich niemanden groß wunderte. Außer die paar ganz Scharfäugigen, die gleich erkannt hatten, dass es gar nicht der Mund war, der hier so weit aufklaffte, sondern der beidseitig bis zur Wirbelsäule aufgeschlitzte Hals.

Und selbst wenn man kein erklärter Fan der Ledigen war, musste man – obwohl ja leider keine Zeitlupenwiederholung zur Verfügung stand – spätestens jetzt einsehen, dass Willis Ausfall das Team so entscheidend geschwächt hatte, dass es weit unter Wert geschlagen worden war. Denn Willi vollführte im Gischtwirbel eine geschmeidige Rolle rückwärts, befreite sich währenddessen, durch den fortgesetzten Wasserdruck dazu animiert, mit einem durchaus hörbaren Knacken gänzlich von seinem Kopf und feuerte diesen anschließend mit einem technisch einwandfreien Fallrückzieher weit hinaus aufs Wasser. Dann winkte er noch den begeisterten Fans zu – wobei über diesen Punkt bei den diversen Nachbesprechungen zugegebenermaßen keine völlige Einigkeit bestand –, bevor auch sein Körper effektvoll in die Lacke klatschte und langsam versank.

Ranreiter drehte das Wasser ab. Der Bach, der aus dem Rohr rann, wurde rasch schwächer, das Rauschen immer leiser. Abgesehen davon war es vollkommen still.

Dann läutete ein Handy. Nach einem kurzen Blick auf das Display hob Suchanek ab.

«Hallo, Mama. Nein. Gibt nichts Neues.»

12

Im Bierzelt war es schon einmal lustiger gewesen. Vielleicht nicht unbedingt beim vorjährigen Auftritt vom Heimeder Kurtl. Sogar ganz sicher nicht beim vorjährigen Auftritt vom Heimeder Kurtl. Aber zum Beispiel vor einer halben Stunde. Als es noch leer gewesen war. Und sich noch nicht die Zeugen des denkwürdigsten Feuerwehreinsatzes der Wulzendorfer Geschichte dort ballten, weil Kommissar Wimmer sie, völlig zu Recht besorgt um seine Spuren, von der Lacke weggescheucht hatte.

«Das ist eine Katastrophe», sagte der Siebzehner-Stratzner. «Eine Katastrophe.» Dann machte er eine kleine Pause. Anschließend befand er: «Katastrophe.»

Suchanek dachte: «Ich glaube ja, das ist eine Katastrophe.»

Aber der Suchanek hatte leicht reden. Er war ja nicht der Siebzehner. Er war nicht der Ortsvorsteher, er hatte nicht jede Menge Verantwortung zu schultern, von der sich die meisten anderen ja überhaupt keine Vorstellung machten. Abwasserverband, Schneeräumung ... oder auch Abwasserverband. Als Ortsvorsteher konnte man eben nicht umhin, sich ständig so seine Gedanken ums große Ganze zu machen. Denn eines war ja wohl klar: Sie befanden sich mitten in der größten Krise seit vierzig Jahren. Also seit der illegitimen Zusammenzwingung mit Bernhardsau. Oder vielleicht sogar seit noch früher. Seit Wulzendorf den Krieg verloren hatte. Nicht nur Wulzendorf. Aber auch.

Und man durfte neben der allgemeinen Komponente des schlimmen Geschehens nicht die persönliche vergessen: Der Bobek Willi war einer der engsten Mitstreiter vom Stratzner gewesen. Und der Siebzehner war zwar ein Mann, dem vielerorts in Verruf geratene männliche Eigenschaften wie Stahlhärte und Tränenlosigkeit etwas bedeuteten. Aber Willis momentaner Aggregatzustand setzte selbst ihm gehörig zu.

«Ka!ta!stro!phe!»

«Da kommt man sich ja vor wie in Aktenzeichen XY!», fasste die Nidetzky die Sachlage vor allem für die älteren Mitbürger sehr plastisch zusammen. «Zuerst die Mantlerin, jetzt der Willi. Was um Gottes und Maria willen ist denn da nur los? Was haben die denn miteinander zu tun gehabt?»

«Keine Ahnung», räumte der Heimeder Kurtl mit ungewohnt verdüsterter Stimme ein. Und das wollte nun wirklich was heißen, denn sonst hatte der Kurtl ja praktisch von allem eine Ahnung.

«Weniger als die zwei kann man eigentlich überhaupt nicht mehr miteinander zu tun haben», befand auch der Achter-Hiefler und gelangte zu einer erschreckenden Schlussfolgerung. «Und wisst's ihr, was das bedeutet? Jeder von uns kann der Nächste sein.»

Jemand legte Suchanek von hinten väterlich eine Hand auf die rechte Schulter. Es riss ihn, als hätte man ihn mit einem Taser beschossen.

«Vergesst's nicht», begann der Neuner-Ranreiter und quetschte Suchaneks ohnehin schon schwer geprüften Oberkörper in einer Geste, die er wohl als beschützend verstanden wissen wollte. Vielleicht hatte er nach dem Match doch irgendwie das Gefühl, er habe etwas gutzumachen. «Der kleine Suchanek wäre ja eh fast schon der Nächste gewesen!»

Und dann fügte er mit bebender Stimme hinzu: «Der Achter hat recht. Wir haben einen Serienkiller unter uns. Vielleicht sogar jetzt. Gerade. In dieser Sekunde.»

Dieser Gedanke hob die Stimmung jetzt nicht beträchtlich. Zum Ersten war es natürlich recht unerfreulich, wenn der Nachbar, der gerade zur Tarnung sein zweites Krügerl bestellte, ein blutrünstiges Monster war, der einem mit bloßen Händen die Leber herausreißen würde, wenn man kurz einmal nicht hinschaute.

Und zum anderen war es ja auch so: Wenn alle verdächtig waren, war man ja selber auch verdächtig. Und das kann schon peinlich sein auch.

Wie schaute man jetzt zum Beispiel drein, um so einen Verdacht gleich von Anfang an im Keim zu ersticken? Forsch in die Runde, in jedes Auge, das es ebenso offensiv anlegte? Oder lieber betreten zu Boden? Könnte Ersteres nicht von sensiblen Gemütern als lüsterne Sondierung des Opfermarkts missverstanden werden? Und Zweiteres nicht als Anflug von Reue? Oder Verschleierung der bösen Absicht?

«Ich sag euch was: Vorsicht ist die Mutter der Porzellankiste! Ich geh nicht mehr auf die Straße, wenn's finster ist. Ich sperr mich daheim ein und rühr mich nicht mehr heraus», beschloss die Nidetzky.

«Na, da wünsch ich dir viel Glück, Erna», antwortete der Achter. «Der Johanna hat es ja auch viel genützt, dass sie daheim war. Und zugesperrt hat sie sicher auch gehabt. Und du doch auch, oder, Suchanek?»

«Ja», sagte Suchanek. «Natürlich.»

Falls es in diesem Bierzelt noch irgendwo letzte Reste von Sicherheitsgefühl gegeben hatte, verpufften sie in dieser Sekunde vollkommen rückstandsfrei.

«Vielleicht ist es ja auch kein Serienkiller», versuchte Suchanek entgegen seinen sonstigen Gewohnheiten beruhigend auf seine Mitbürger einzuwirken, wobei ihm gleich darauf selber nicht mehr klar war, inwiefern das jetzt irgendwie beruhigend sein sollte. «Bei mir hat es ja immerhin ein klares Motiv gegeben, weil ich ihn beim ersten Mord gesehen habe. Also, eigentlich bei seinem zweiten.»

Natürlich. Aufgrund von Willis Farbe, die selbst die ähnlich kolorierte Burli-Urli nicht mehr als «gesund» bezeichnet hätte, war auch ohne einen Doktor in Madenkunde, den man ja heute an sich brauchte, um mitreden zu können, zu erkennen, dass er auf jeden Fall vor der Johanna umgebracht worden war.

«Was glaubt's ihr? Wie lang ist er denn schon in dem Rohr gelegen?», fragte der Neuner-Ranreiter. Es schien ihn bei dem Gedanken an Willis aktuelles Äußeres leicht zu schütteln. Wiewohl man ja sagen musste, dass auch Willis nunmehr unaktuelles Ansehen nie sonderlich reizvoll gewesen war. «Wie lang kann es dauern, bis eine Leiche ... Also, bis man so aussieht? Und seit wann hat es eigentlich bei der Lacke schon gestunken?»

Unbehagliches Schweigen breitete sich aus. Wieso fragte er nur so was Grausliches? Eigentlich wollte keiner darüber nachdenken, wie lange der Willi da schon vor sich hin gemodert war. Aber natürlich tat es jetzt jeder.

Jedem, der in der letzten Zeit bei der Lacke vorbeigekommen war, und das waren ja die meisten irgendwann einmal, war es aufgefallen, dass es gestunken hatte. Sonst wäre der Spakowitsch ja nie auf die Idee gekommen, das Rohr durchzuputzen. Und es war ja schon seit leicht zwei Wochen sehr warm, viel zu warm für Mai, das war eben das Gwirks mit der fehlenden Übergangszeit. Bei der Hitze hatte der Willi sicher nicht lang gebraucht, um mit dem Stinken loszulegen.

Suchanek fiel ein, dass Geruch ja dann entsteht, wenn sich vom gerochen werdenden Objekt Moleküle lösen. Jeder, der den Willi gerochen hatte, hatte also ein paar Teile vom Willi auf seine Riechschleimhaut bekommen und dort zersetzt. Von den Teilen, die nicht an der Riechschleimhaut hängen geblieben waren, sondern sich gleich Richtung Lunge aufgemacht hatten, gar nicht zu reden. Suchanek beschloss aber, diesen kleinen Exkurs in die faszinierenden Körperwelten doch lieber für sich zu behalten.

Die Gerstmeierin. Die hätte jetzt sicher ganz genau gewusst, ab wann bei der Lacke Willi in der Luft gelegen war. Aber die war nicht ins Bierzelt mitgekommen, was Suchanek auch aus einem anderen Grund bedauerlich fand: Er hätte sie da ganz gerne noch was gefragt, was vorhin in dem Trubel um Willis starken Auftritt zu Unrecht untergegangen war.

«So», griff jetzt wieder der Ortsvorsteher ein und versuchte, wie er das von Gemeinderatssitzungen gewöhnt war, in denen er manchmal aufstand und «So nicht!» sagte, die ganze Sache hier in konstruktivere Bahnen zu lenken. «Jetzt denkt jeder einmal nach, wann er den Willi das letzte Mal gesehen hat! Vielleicht kriegen wir so zusammen, wann das ungefähr passiert sein muss. Ich für meinen Teil kann schon einmal sagen, dass der Willi am letzten Sonntag nach der Kirche nicht zum Kartenspielen ins Route gekommen ist. Oder Kurtl?»

Der sichtlich angeschlagene Heimeder nickte stumm.

«Geh!», sagte die Nidetzky. «In der Kirche hab ich den Willi aber noch nie gesehen.»

«Wer redet denn von der Kirche? Natürlich war der Willi nicht in der Kirche. Aber im Café war er fast immer, zum Schnapsen. Manchmal hat er halt verschlafen, wenn es am Samstag später geworden ist. Drum haben wir uns auch nichts dabei gedacht, wie er letzten Sonntag nicht gekommen ist.»

Der Willi war zwar schon über vierzig gewesen, aber alleinstehend und immer noch ständig auf der Piste. Dass er sich in den Discos der Umgebung eher zum Narren machte, wenn er zwanzigjährige Hasen anbriet, war zwar nur ihm allein nicht aufgefallen, aber die mit der beneidenswerten Kombination von nicht zu großem Hirn und nicht zu kleinem Selbstbewusstsein haben es ja immer und überall am leichtesten.

«Mir ist schon letzten Freitag aufgefallen, dass die Werkstatt zu ist», meldete der Dreier-Kanschitz. «Da wollte ich meinen Keilriemen wechseln lassen, aber es war keiner da. Ich hab geglaubt, er ist halt wieder einmal rüber in die Slowakei gefahren.»

«Das sind dann also acht Tage ...» Der Stratzner war ein scharfer Rechner, da konnte man nichts sagen. «Sonst noch wer? Hat irgendwer vor dem Freitag bemerkt, dass der Willi weg ist?»

Niemand meldete sich.

«Mir fällt da grad was ein», sagte dann der Achter-Hiefler nachdenklich. «Der Willi ist also schon seit mindestens acht oder zehn Tagen oder so in der Röhre gelegen. Wer sagt uns eigentlich, dass nicht noch wer irgendwo herumliegt?»

Der Hiefler hatte echt ein Talent, alle fertigzumachen, dass musste man ihm lassen. Zuerst «Huhu, jeder kann der Nächste sein, huhu!» und dann das. Und das Blöde daran war ja: Er hatte verdammt recht.

Jetzt ist das natürlich im Dorf schon was anderes als in der so grässlich anonymen Stadt. Genauso wie bei der Alarmierung diverser Einsatzkräfte. Gerade weil sich die Menschen am Land mehr um ihre Nachbarn kümmern, gerade wegen des persönlichen Kontakts und weil man halt mehr über den anderen weiß und sich deswegen auch viel besser um ihn kümmern kann – gerade wegen all dieser großartigen Vorteile des Landlebens war ja zum Beispiel Suchanek in die Stadt gezogen. Suchanek konnte überhaupt nicht verstehen, warum die Anonymität so einen schlechten Ruf hatte. Er hatte mit seinen Nachbarn in Wien noch nie geredet. Und fehlte ihm was? Gut, nach seinem Ableben würde man ihn sicherlich nicht mehr groß beerdigen müssen, denn nach einer Liegezeit von zwei, drei Jahren in der Wohnung ist meist nicht mehr viel zum Begraben übrig. Es sei denn, es erwischte ihn doch noch bis morgen Abend in Wulzendorf.

Aber für alle anderen hier war die Tatsache, dass der Willi mindestens eine Woche in seinem Rohr vor sich hin verrottet und währenddessen eigentlich keinem groß abgegangen war, natürlich nicht gerade ein Zeichen dafür, dass die Welt in Wulzendorf noch in Ordnung war. Da musste man schon einmal darüber nachdenken, wie man das wieder in richtigere Bahnen lenkte. Wie man sich da die Hand reichen konnte, und zwar nicht nur so wie an höheren Feiertagen in der Kirche bei der Agape oder wie dieses neumodische Zeugs hieß, bei dem dann der Pater Akwuegbu alle dazu zwang, ihren Nachbarn die Hände zu schütteln, ob sie nun wollten oder nicht. Etwas, von dem so sicher nichts in der Bibel stand, da war der Siebzehner-Stratzner überzeugt. Jedenfalls nicht in der nicht nigerianischen Übersetzung. Aber der Siebzehner war ja überhaupt mehr ein Fan vom Alten Testament. Alles, was nachher gekommen war, war ja nur mehr eine Verwässerung und Verweichlichung gewesen. Auge um Auge und aus. Da wusste wenigstens ein jeder gleich, woran er war.

«Geht irgendwer irgendwem ab?», fragte der Dreier-Kanschitz vorsichtig. «Vielleicht sollten sich alle einmal überlegen, wann sie ihre Nachbarn zum letzten Mal gesehen haben und ob da eh alles in Ordnung ist.»

«Denn keiner kann in Frieden leben, wenn's dem bösen Nachbarn nicht gefällt», sagte die alte Nidetzky weihevoll, weil sie froh war, dass ihr nach einer längeren Pause endlich wieder ein Sprichwort zu einem bestimmten Stichwort eingefallen war. Anschließend kam es ihr dann doch in den Sinn, dass das jetzt irgendwie unpassend gewesen sein könnte.

«Das ist eine Katastrophe!», befand der Siebzehner, meinte aber nicht die Nidetzky. «Wisst ihr was? Wenn wir Pech haben, haben wir morgen zehn Fernsehteams und fünfzig Schmierfinken im Ort. Dann kennen sie Wulzendorf bis nach Deutschland hinauf. Und sogar in Vorarlberg.»

Suchanek ertappte sich bei dem Gedanken, dass sich gerade die guten Patrioten unter den Wulzendorfern so etwas Ähnliches immer gewünscht hatten. Jetzt konnten die Bernhardsäue mit ihrem alten Prtil und den dämlichen Einschusslöchern im Heimatmuseum einpacken. Wusste doch eh keiner mehr, wer das gewesen war.

Bernhardsau war gestern. Aber Wulzendorf heute. Endlich bekam die «Wulzendorf grüßt seine Gäste»-Tafel am Ortsanfang einen Sinn.

«Ich sag so: Dass das alles ausgerechnet dann passiert, wenn wir das ganze Dorf voll mit Zigeunern haben, kann kein Zufall sein!» Die Zwölfer-Leitnerin hatte jetzt gerade noch gefehlt. «Machen wir Schluss mit dem Volksfest und schicken wir die alle weg. Damit wir uns wieder sicher fühlen können!»

Das war nun wiederum eine Lösung, die in ihrer Radikalität einem Mann des Ausgleichs wie dem Spakowitsch Edi missfallen musste.

Er war bisher in kataleptischer Starre in seiner Ecke vor sich hin verzweifelt, weil er schon die ganze Zeit über befürchtet hatte, dass irgendwer genau diesen verheerenden

Vorschlag machen würde: das Volksfest abzubrechen. Jetzt gar nicht so sehr wegen der Zigeuner. An die hatte er gar nicht gedacht. Außerdem: welche Zigeuner überhaupt? Nein, einfach deshalb, weil übersensible Gemüter finden könnten, es lasse sich mit jetzt schon zwei Leichen, die aufs Gemüt drückten, gar nicht mehr so super feiern.

Nun hatte aber der Spakowitsch, ähnlich wie der Ortsvorsteher, auch eine Verantwortung zu tragen. Im Moment sogar eine größere als der Ortsvorsteher. Und noch dazu eine, um die er sich nicht gerissen hatte, aber den Kommandanten plagten jetzt, wo er auf einmal nur mehr mit einem Haufen Asche verheiratet war, natürlich andere Sorgen. Edi spielte auch mit dem Gedanken, sich anständig in den Hintern zu beißen, weil wenn er nicht so darauf gedrängt hätte, dass die Feuerwehr diesen blöden Wiedergutmachungseinsatz macht, wäre der Willi jetzt immer noch in seinem Rohr. Und, ehrlich jetzt: Was hätte das schon groß für einen Unterschied gemacht, wenn man ihn erst morgen Nachmittag oder überhaupt erst am Montag gefunden hätte? Aber nein, kaum dass sich das Dorf von dem Schock mit der Johanna ein wenig erholt hatte und ein paar Stunden vor dem Abend, der über Erfolg und Misserfolg des diesjährigen Volksfestes entscheiden würde, musste es sein.

Andererseits, und er schämte sich durchaus ein bisschen, wenn auch nicht allzu sehr für diesen Gedanken, würde es ja wahrscheinlich nur bei den Wulzendorfern als etwas unschicklich gelten, heute Abend groß mit Alleinunterhalter Kurt abzufeiern. Denn was die Auswärtigen betraf, war der Willi ja marketingmäßig genau zum richtigen Zeitpunkt aus seiner Röhre geflutscht. Ein Volksfest in der momentanen Mördermetropole des Landes? Was ging denn da noch drüber?

Aber natürlich hätte der Edi das nie laut gesagt. Also sagte er stattdessen: «Wie sollen wir denn das jetzt noch machen? Es ist fünf Uhr Nachmittag. In drei Stunden soll der Kurtl zu spielen anfangen. Woher sollen denn die ganzen Auswärtigen so schnell erfahren, dass abgesagt ist? Das geht sich doch nie aus! Also kommen die Leute auf alle Fälle. Und was machen wir dann mit ihnen?»

Jetzt wurde die Debatte wieder lebhafter. Die Zwölferin bekräftigte ihren Standpunkt, aus Sicherheitsgründen lieber die Zigeuner aus dem Dorf zu deportieren. Der Achter war eher auf Edis Seite, und der Siebzehner meinte, man müsse schon auch bedenken, dass sich die Bernhardsäue ordentlich ins Fäustchen lachen würden, wenn die Wulzendorfer ihr heißgeliebtes Volksfest wegen ein bisschen Gegenwind abbrächen.

Dann wollte die Zwölferin eine Abstimmung machen, aber Spakowitsch wandte ein, dass ja nicht alle Wulzendorfer anwesend seien, so eine Abstimmung also nicht repräsentativ sei. Also entschied der Ortsvorsteher: Es geht weiter. Für mutiges Voranschreiten und so war er ja schließlich gewählt worden. «Wir dürfen jetzt auf keinen Fall den Kopf verlieren!», befand er.

Und dass dem Heimeder Kurtl darauf kein witziger Spruch einfiel, war ein ganz klares Indiz dafür, wie prekär sich die Lage darstellte.

Als Suchanek auf dem Heimweg wieder zur Lacke kam, wurde ihm mit einem Mal bewusst, wie riesig die Lücke war, die Willis Tod in Wulzendorf gerissen hatte. Menschlich sicherlich auch. Aber vor allem optisch. Oder vielmehr würde sie bald riesig sein. Denn niemand, auch nicht der Verschönerungsverein mit den endlosen Weiten seiner Geranienfelder, hatte das Bild des Ortes dermaßen nachhaltig bereichert wie der nunmehr unglücklicherweise abgetretene Magier der Mechanik.

Bei der Lacke stand nämlich der BMW vom Mantler Gregor. Gekauft beim Willi, mit Spoilern, Schürzen, Breitreifen und Alufelgen veredelt vom Willi. Selbst die beiden rammelnden Hasen am Heck, unter denen ein lustiges «Injection» stand, stammten mit Sicherheit aus Willis kleinem, aber umso feinerem Zubehörshop für den tiefsinnigen Jungmann, der mit jedem Herzschlag spürt, dass ein Auto eben nicht einfach nur ein Haufen Blech ist. Und solche Autos, Autos mit Seele, geschmackvoll getunte, an genau den richtigen Stellen verchromte, mit selbstbewusster Stilsicherheit veredelte Kleinodien der Mittelklasse, solche Autos gab es zuhauf in Wulzendorf.

Willi hatte mit seiner unermüdlichen Arbeit den Wulzendorfer Burschen ein Lebensgefühl gegeben: hatte sie zu bedingungsloser, anthrazitgrauer Individualität ermutigt. Ja, man konnte mit Fug und Recht behaupten, Willi hatte ihnen eine Identität gegeben. Und wenn Willi den völlig verunsicherten Achtzehnjährigen, die ihren Platz in der Welt noch nicht gefunden hatten, ihren ersten Doppelauspuff auf den Tresen gelegt hatte, dann war er für manche von ihnen sogar der Vater geworden, den sie nie gehabt hatten.

Für den Gregor vielleicht auch. Allerdings sicher nicht im nicht übertragenen Sinn. Dafür war der Willi dann doch zu jung gewesen. Wenngleich es Suchaneks Ermittlertätigkeit doch sehr erleichtert hätte, wenn die Verbindung zwischen der heiligen Johanna und dem vermutlich weitaus weniger heiligen Willi eine körperliche gewesen wäre.

Ein paar Jahre würde Willis segensreicher Einfluss in Wulzendorf ja sicher noch spürbar bleiben. Doch dann, schleichend, aber deshalb nicht weniger grausam, mit jedem Wrack, für das kein adäquater Ersatz mehr gefunden werden konnte, mit jedem Kombi, der einen Williwagen ablöste, weil die Jennifer halt schwanger geworden war und das wilde, freie Leben des auf seinen Spoilern in den Sonnenuntergang reitenden Happy-Hour-Desperados damit vorbei, mit jedem Jahr würde Willis Erbe Stück für Stück verblassen. Und schließlich endgültig vergehen, wie eine vom Wind verwehte Vipernspur im Sahara-Sand.

Suchanek parkte seine automobile Beleidigung, angesichts deren Willi unter Garantie für eine ästhetische Radikallösung unter Beteiligung einer Schrottpresse plädiert hätte, neben Gregors Wagen und stieg aus. Die wenigen Schaulustigen, die jetzt noch da waren, hatten sicherlich Willis großen Auftritt verpasst und hofften, dieses Versäumnis ihres Lebens noch irgendwie wettzumachen. Aber da standen die Chancen schlecht, denn Wimmer hatte das Gelände so weiträumig absperren lassen, dass man gar nicht mehr wirklich zur Lacke hinuntersehen konnte.

Gregor nestelte gedankenverloren an dem rot-weißen Plastikband, das den Fundort abriegelte, und starrte mit leerem Blick auf die beiden Polizeitaucher, die sich gerade bei einem Einsatzwagen bereit machten, Willi wieder aus dem Wasser zu holen. Bisher war Suchanek eigentlich immer davon ausgegangen, es könne keinen schlimmeren Job geben, als Gesangslehrer von Hansi Hinterseer zu sein. Jetzt musste er allerdings einräumen, dass die Vorstellung, in einer trübgrünen Algenbrühe, in der man wahrscheinlich keinen Meter weit sah, nach einem halbverfaulten Kopf zu tasten, dem hohen C vom Hansi zumindest nicht viel nachstand.

Der junge Mantler bemerkte Suchanek zunächst gar nicht. Nach einer Weile schaute er dann aber doch nach, was denn das Pfeifen neben ihm verursachte.

«Ah. Du. Na, du hast dir ja wirklich die beste Zeit ausgesucht, um wieder einmal zu Hause vorbeizuschauen», sagte er dann. «Wieso klingst du wie eine Ziehharmonika?»

«Sport ist Mord.» Suchanek. Bitte! «Kleiner Unfall vorhin beim Match.»

«Hab schon gehört. Der erste Spielabbruch der Hansi-Burli-Geschichte, weil der Pfarrhofer geglaubt hat, er ist eine Dampfwalze.»

«Einer Dampfwalze hätte ich ausweichen können.»

Gregor lächelte müde. Dann sagte er:

«Der Mörder ... Bei dir war er also auch? Letzte Nacht?»

«Ja. Bin ihm gerade noch ausgekommen.»

«Dein Gesicht. War er das?»

Suchanek tastete mit der Zunge vorsichtig seine aufgeplatzte Lippe ab. Vielleicht sollte er wieder einmal bei einem Spiegel vorbeischauen. Nur so interessehalber. «Nein. Das ist auch vom Match. Der Sechser-Hartl hat einen Mö... einen ziemlichen Hammer.»

«Aha. Na, hat sich ja echt ausgezahlt, das Match.»

Die Taucher verschwanden jetzt mit ihren Flossen in der Hand hinter der Uferböschung. Der junge Mantler schaute ihnen bedrückt nach.

«Der Typ hat dem Willi echt den Kopf abgehackt?», fragte er.

«Er hat ihm zumindest den Hals ziemlich gründlich durchgeschnitten. Und der Rest ist abgebrochen, wie sie die Leiche aus dem Rohr gespritzt haben.»

«Das muss ja schräg ausgesehen haben. Wenn man einen

so herrichtet – da muss man schon einen festen Hass haben, oder?»

«Ich war vorher bei der Versammlung im Bierzelt. Die meisten Leute glauben, dass es ein Serienmörder ist. Ein Irrer. Weil sich niemand erklären kann, wieso deine Mutter und der Willi. Weil da keine Verbindung ist.»

«Ja», sagte Gregor. «Wird wohl so sein.»

«Oder weißt du eine?»

«Ich? Nein. Was sollte meine Mutter mit dem Willi zu tun haben?»

«Keine Ahnung. Ich kenn mich ja sowieso nicht mehr aus. Ich bin so lange weg, ich bin froh, wenn ich noch weiß, wie die Leute heißen.»

«Bist eine arme Sau. Bist zu der ganzen Geschichte gekommen wie die Jungfrau zum Kind.»

Wie die Jungfrau zum Kind. Ja. Genau. Wie kam denn die Jungfrau zum Kind? Wulzendorf lag, dessen war sich Suchanek absolut sicher, nicht in der Landungsschneise des Heiligen Geistes. Aber konnte er ausgerechnet Gregor fragen, wer denn seinem Vater bei der Erringung der Vaterschaft nachgeholfen hatte? Philip Marlowe hätte es getan. Suchanek atmete also tief durch. Und stellte dann eine Frage.

«Willst du eine Zigarette?»

Sie standen eine Weile einfach so da und rauchten. Der fette Wimmer schoss aufgeregt zwischen den diversen Einsatzfahrzeugen herum und machte sich wichtig. Wenn er so weitertat und nicht auf seinen Blutdruck hörte, würde er die dritte Leiche des Wochenendes werden.

«Mein Lieblingskieberer», murmelte Suchanek feindselig.

«Hast du leicht Probleme mit ihm?»

«Na ja. Wir werden eher nicht Bruderschaft trinken.»

«Wieso?»

«Wir haben heute Früh gewickelt. Er kann mich nicht leiden. Ich hingegen halte ihn für einen blöden Wichser.»

Gregor lächelte. «Na, dann seid ihr euch ja eh einig. Was gibt's da noch zu streiten?»

«Ach. Es gibt doch immer was zu streiten, oder? Denk an dich und den Sechser-Hartl.»

Gregor war seine Überraschung deutlich anzusehen.

«Wer hat dir das erzählt?»

«Ist doch egal. Die Leute reden halt.»

«Die Leute reden immer. Aber man muss nicht alles glauben.»

«Welchen Teil soll ich denn nicht glauben? Dass du ihm den Grenzstein eingeackert hast oder dass er dir deswegen eine runtergehaut hat?»

Der junge Fünfer zog die Mundwinkel nach unten. «Der Sechser ist ein Arschloch.»

Darüber schien ja nun weitestgehend Einigkeit zu bestehen.

«Glaubst du, dass er das gewesen sein könnte mit deiner Mutter?», fragte Suchanek.

Gregor zuckte mit den Achseln. «Wer weiß? Bei Frauen ist er ja immer besonders stark, sagt man.»

«Ja. Ich hab ihn vorgestern gesehen, wie er seine Tochter vom Volksfest nach Hause gefotzt hat.»

«Seine Tochter ...», sinnierte Gregor. «Na, genau! Die Bianca! Du kennst eh die Geschichte vom Faschingsdienstag, oder?»

«Nein. Was war am Faschingsdienstag?»

«Das Gschnas vom Musikverein. Und da hat der Willi angeblich ganz genau nachgeschaut, was alles unter dem Kostüm von der Hartl Bianca ist.»

«Aber die ist doch gerade einmal ... was? Vierzehn?»

«Der Willi hat immer gesagt: ‹Alt werden sie von allein. Und alles andere bring ich ihnen bei.›»

«Na toll. Und was hat der Sechser dazu gesagt?»

«Ja. Das täte mich jetzt zum Beispiel auch interessieren.»

13

Er wedelte!

Der Hund wedelte tatsächlich erkennbar mit dem Schwanz.

Das sollte ja nun bei Hunden mitunter vorkommen. Aber doch nicht bei Fritzi oder Franzi, Ferdi, Fredi? Andererseits hatte er gestern auch gebellt. Und das war ja wohl als gutes Zeichen zu deuten. Zum einen natürlich zuneigungstechnisch und zum anderen seinen Gesundheitszustand betreffend. Er sah mittlerweile überhaupt wieder merklich frischer aus, jetzt, wo sich die Narkose-Dröhnung verflüchtigt hatte. So frisch, wie man mit einem rasierten Hundehintern und einem Trichter auf dem Kopf eben aussehen kann.

Eine Restunsicherheit bezüglich des Schwanzes gab es allerdings noch: Hoffentlich war das Ding nicht durch den Schnitt irgendwie locker geworden und bewegte sich nur deshalb.

Während Suchanek den neuesten Zettel, den er im Haus gefunden hatte («Die Flaschen in der Bar sind abgezählt»), auf den Stapel mit allen anderen legte, die er morgen Abend als schönes Andenken mit nach Wien zu nehmen gedachte, hörte er am Telefon Grasel zu, der sich gerade wieder einmal an einer seiner eigenen Ideen berauschte.

«Das ist wie in diesem Film damals! Wie in ‹Sieben›! Jeder, der in den Augen des Killers eine Todsünde begangen hatte, war dran!»

«Grasel, du solltest versuchen, öfter einmal aus Wulzendorf rauszukommen. Das erweitert den Horizont. Man schaut sich dann zum Beispiel nicht mehr nur blutrünstige Popcorn-Filme an.»

«Du hast ihn also auch gesehen?»

«Klar.»

«Also: Die heilige Johanna, die in Wirklichkeit alles andere als heilig ist, wird wegen Ketzerei am Scheiterhaufen verbrannt. Und der Willi, der seinen ganzen Dreck immer in dem Rohr und in der Lacke entsorgt hat, verrottet genau hier drin. Und dann fetzt es seinen Kadaver auch noch ins Wasser, und er sinkt kopflos hinab zu seinem ganzen Auto. Na?»

«Das scheint mir theologisch auf etwas wackligen Beinen zu stehen. Seit wann ist Umweltverschmutzung eine Todsünde?»

«Hmm. Seit dem Kyoto-Protokoll?»

«Dem ist Wulzendorf garantiert nie beigetreten. Und dass der Willi schlussendlich in der Lacke landen würde, von dieser umwerfenden Symbolik konnte der Mörder gar nichts wissen.»

«Außer, es war der Spakowitsch.»

«Na endlich! Wir hatten jetzt eh schon eine Stunde keinen neuen Verdächtigen. Und ich werde sicherheitshalber auch noch nach einem sich irgendwie auffällig benehmenden Kevin Spacey Ausschau halten.»

«Suchanek! Du entwickelst langsam einen Humor, der mir gefällt! Aber du musst schon zugeben, dass irgend so ein Schuld-und-Sühne-Freak die einzige Möglichkeit ist, wie man die Johanna und den Willi unter einen Hut bringt. Die andere wäre, dass der Willi gar nicht einmal im Monat ins Puff in die Slowakei gefahren ist, sondern in der Zeit immer heimlich bei der Legio war. Oder dass die Johanna gar nicht einmal im Monat den Dechant Czurka im Altersheim besucht hat, sondern sich in Wirklichkeit als Boxenluder bei einem GTI-Treffen herumgetrieben hat.»

«Aber was ist mit dem Sechser-Hartl? Zwei Morde und für beide ein Motiv. Das kann nicht jeder von sich behaupten.»

«Ja, stimmt. Obwohl die Johanna den Grenzstein ja nicht selber eingeackert hat. Wobei, so eine kleine Sippenhaftung sollte nicht das Problem sein. Aber weißt du, was mich daran stört? Es sind zwei verschiedene Motive. Eines für beide Morde wäre wesentlich eleganter.»

«Eleganter? Vergeben wir jetzt schon Haltungsnoten?»

«Bei zwei verschiedenen Motiven wäre ja zwischen den Morden kein Zusammenhang. Dann könnten es genauso gut zwei verschiedene Mörder gewesen sein. Der Hartl kriegt zwei Mal innerhalb von einer Woche aus unterschiedlichen Gründen so einen Zorn, dass er zwei Mal losmarschiert und zwei Leute killt? Also, ich weiß nicht.»

«Vielleicht waren es ja wirklich zwei Mörder.»

«Suchanek, du hast sicherlich viele Stärken. Ich meine, nicht, dass ich sie kennen würde, aber egal. Was ich aber sicher weiß, ist: Wahrscheinlichkeitsrechnung gehört nicht dazu.»

«Und wenn die Leute im Dorf recht haben und es doch einfach nur ein Serienkiller ist, der halt irgendwen umbringt, wenn die Gelegenheit gerade günstig ist?»

«Und der arbeitet immer im selben Kaff? Mit 400 Einwohnern? Da kann er sich aber ausrechnen, dass seine Serie nicht besonders lang werden wird. Nein. Der hier hat ein Motiv. Vielleicht ein durchgeknalltes, aber ein Motiv.»

«Der Dechant Czurka ...», sagte Suchanek nachdenklich, «der lebt noch?»

«Ja, klar. In irgendeinem Kloster, keine Ahnung, wo. Er ist aber angeblich schon ziemlich weich in der Birne.»

«Und die Johanna hat ihn tatsächlich so oft besucht?»

«Na ja. Alte Liebe rostet nicht. Wenn man so oft den Rosenkranz miteinander gebetet hat.»

«Der alte Czurka. Gott, der war ja vielleicht auch ein Arschloch. Aber weißt du, was ich glaube? Halt dich fest: Ich glaube, der Czurka ist der Vater vom Gregor.»

«Was? Also, Moment einmal. So geht das nicht. Ich bin hier der Verschwörungstheoretiker! Ich lass mich da jetzt sicher nicht von einem dahergelaufenen Anfänger rechts überholen. Wie um alles in der Welt kommst du denn darauf?»

«Vorhin am Teich ist etwas Eigenartiges passiert. Bevor der Willi aus dem Rohr geschossen ist. Zuerst hat der Schneckerl etwas dahergebrabbelt über Spritzmittel, die dem alten Mantler geschadet haben. Der Siebzehner wollte ihn abdrehen, aber dann hat sich die Gerstmeierin eingemischt und von einem Prozess geredet, bei dem der Fünfer viel Geld von einer Spritzmittelfirma gekriegt hat. Aber dafür hätte er ja auch keine eigenen Kinder kriegen können. Sagt dir das irgendwas?»

«Nie gehört, die Geschichte. Du meinst also, das Gift hätte ihn unfruchtbar gemacht? Naja. Wenn es so ist, dann geschieht ihm recht.»

«Und von wem wär dann der Gregor? Jeder weiß doch, dass die Johanna dem Czurka immer nachgestiegen ist.»

«Na gut. Sagen wir, es ist wirklich der Czurka. Und weiter?»

«Was weiter?»

«Na, bedeutet das jetzt irgendwas?»

«Du meinst, für die Morde? Was weiß ich. Vielleicht.»

«Aber wenn es so wäre, dann wüsste es der Mantler ja sicher nicht erst seit vorgestern.»

«Oft einmal kommen sie zufällig nach Jahren drauf, weil das Kind eine Nierentransplantation braucht oder was. Und dann machen sie im Spital einen Test, und Papa schaut ordentlich blöd aus der Wäsche.»

«Das ist es! Sicher hat der Gregor beim Pflügen in Polen zwischen dem ersten und dem zweiten Durchgang schnell einmal eine neue Niere gebraucht!»

«Ach, komm schon, Grasel! Ich weiß es ja auch nicht, ob das jetzt irgendwas bedeutet. Aber eine interessante Geschichte ist es jedenfalls. Und wenn wer was Genaueres weiß, dann offenbar die Gerstmeierin.»

«Na, dann geh doch einfach einen Sprung zu ihr und frag sie.»

«Das trau ich mich nicht. Und außerdem muss ich jetzt zur Susi.»

«Ah ja, das sogenannte Abendessen! Na, wurde ja eh schon Zeit mit euch beiden. Ich meine, dass es letzte Nacht nicht passiert ist, ist ja irgendwie verständlich. Aber warum habt ihr eigentlich nicht überhaupt schon vor fünfzehn Jahren was miteinander angefangen?»

«Sie war mir zu schiach. Und ich bin ihr zu blöd.»

«Immer noch? Na ja, kann man ihr nicht verdenken. Vielleicht willst du ja doch lieber mit mir aufs Volksfest gehen?»

«Was machst denn du dort?»

«Was für eine Frage! Gerade heute kann man sich das doch auf keinen Fall entgehen lassen.»

«Ich schon.»

«Korrektur: Man kann es sich nicht entgehen lassen, außer man hat die Chance auf den ersten Beischlaf seit der Jahrtausendwende.»

«Trottel. Ich muss mich jetzt anziehen.»

Und das war keine leere Drohung.

Man konnte ja, wenn man denn unbedingt die Zeit dafür

aufbringen wollte, viel Schlechtes über den Suchanek sagen. Dass er nicht gerade ein wertvolles Mitglied der Gesellschaft war. Arbeitsscheu. Gleichgültig. Scheintot. Wobei man ja gerade Letzteres dem Scheintoten nicht unbedingt zum Vorwurf machen sollte. So mancher Scheintote strengt sich sicherlich enorm an, um etwas dagegen zu unternehmen. Das sollte man schon würdigen. Aber jedenfalls konnte man vom Suchanek auch bei aller Anstrengung eines nicht behaupten: dass er zum Overdressen neigte. Und diesbezüglich blieb er auch heute Abend bemerkenswert konsequent.

Er hatte sich zwar durchaus schon einmal überlegt gehabt, ob er diese Sneaker, denen das Leben links außen ein nicht mehr zu verheimlichendes Loch geschlagen hatte, nicht vielleicht doch in den wohlverdienten Ruhestand versetzen sollte. Was ihn wieder davon abgebracht hatte, war neben der Tatsache, dass gerade für einen unbedingten Leistungsverfechter wie ihn Frühpensionierungen ein rotes Tuch waren, auch noch, dass das Loch am bestmöglichen Platz entstanden war. Nämlich in dieser kurzen Senkrechten, die zur Sohle abfiel. Diese ideale Platzierung hatte zur Folge, dass fallende Regentropfen nicht wirklich hineinkonnten, außer bei einem Regen, der praktisch waagrecht daherkam – und wer würde bei so einem Sauwetter schon hinausgehen? Andererseits war das Loch auch wieder nicht so weit unten, dass die Tiefe einer Durchschnittslacke ausgereicht hätte, um Wasser von unten eindringen zu lassen.

Und außerdem, das durfte man nie vergessen, war Suchanek ja total allergisch gegen diesen entsetzlichen Konsumwahn. Denn das Geld, das er dem Wirtschaftskreislauf durch Schuhverweigerung entzog, konnte nicht in Credit Default Swaps oder Bankerboni landen. Suchanek investierte sein

Geld, das genau genommen nie seines gewesen war, nach streng ethischen Maßstäben. In den Fair-Trade-Marihuanahandel. Und dort unterstützte es den biologischen Landbau in holländischen Gewächshäusern. Denn schließlich haben wir ja unsere Erde nur von unseren Kindern geborgt.

Suchaneks Jeans, die er jetzt gerade nicht zuletzt deshalb trug, weil es seine einzigen waren, hatten zwar altersbedingte Verformungen, die eine Beulenpest-Diagnose nicht gänzlich abwegig erscheinen ließen, aber zumindest schmutztechnisch den Vorteil, schon grau erzeugt worden zu sein.

Sein T-Shirt hatte keinen Vorteil.

Die einzig positive modische Anmerkung, die man hätte machen können, war, dass er trotz allem immer noch besser angezogen war als in der Nacht zuvor. Als er an derselben Tür gestanden war wie jetzt eben. Allerdings klopfte er heute deutlich dezenter.

Mit der Susi war das schon was anderes. Das erkannte Suchanek sofort, wie sie aufgemacht hatte. Und es war ihm gar nicht recht. Sie trug so ein kleines Schwarzes und griechisch-römisch-Freistil um die Fesseln geschnürte High Heels. Diese Beine! Die waren ja sowieso schon immer das Beste an ihr gewesen. Und dann noch die Schminke. Oh mein Gott! Susi hatte Lippen! Und ein Dekolleté, in dem was drin war. Wo kam das denn her? War das wegen der Kinder?

Suchanek musste entsetzt feststellen: Susi sah einfach hinreißend aus.

Und sie sah auch nach einem bevorstehenden Date aus, das ihr offenbar ziemlich wichtig war. Aber das konnte ja nicht sein. Er war nur der Suchanek. Und er kam daher wie der Suchanek.

«Willst du nicht reinkommen?», fragte Susi. Klarerweise eine rhetorische Frage, aber angesichts von Suchaneks sekündlich stärker werdender Verwurzelung mit der letzten Stufe da draußen auch wieder nicht.

Das war ja oft einmal so. Das hörte man immer wieder. Da sehen sich Menschen, die sich einmal nahe waren, nach langer Zeit wieder. Sie freuen sich. Eh. Aber dann merken sie sehr bald: Es ist halt nicht mehr so wie früher. Weil sich eben leider einer von beiden geändert hat.

Mit der Susi hatte sich Suchanek damals so gut verstanden, weil sie genauso ein hoffnungsloser Loser gewesen war wie er. Und er für seinen Teil hatte sich da jetzt auch wirklich nichts vorzuwerfen: Er war sich hundertprozentig treu geblieben. Das konnte man von der Susi leider nicht behaupten. Und dann war sie auf einmal auch noch eine Frau! Wie hinterhältig, ihn so vor vollendete veränderte Tatsachen zu stellen!

«Suchanek? Was ist denn los mit dir? Bist du bekifft?»

Ja. Natürlich. Aber das war nicht das Problem. Oder vielleicht schon auch ein bisschen. Suchaneks Mut in Dingen, die das Risiko in sich bargen, mit körperlichen Berührungen zu enden, war ohnehin schon im nur mit Spezialgeräten messbaren Bereich angesiedelt. Wenn er dann auch noch was gekifft hatte, und wann hatte er das nicht, dann reduzierte sein Körper instinktiv das Berührungsrisiko an der gefährlichsten Stelle noch von sich aus: Er brachte den Penis auf anatomisch hochinteressante Weise ins Körperinnere in Sicherheit. Wie das genau funktionierte, wusste Suchanek nicht. Aber er hatte bei verschiedenen Gelegenheiten die Probe aufs Exempel gemacht und dabei stets nur mehr eine leere Wursthaut vorgefunden. Und mit der kam man im Gelegenheitsfall nicht arg weit.

Genau dieses Phänomen spürte Suchanek jetzt auf seiner

Stufe, die ihm mittlerweile doch sehr ans Herz gewachsen war. Und das war natürlich auch die Schuld vom Grasel, weil der so blöd geredet hatte und da eine Erwartungshaltung aufgebaut hatte, bei der man ja ein Stabhochspringer sein musste. Dass Suchanek der Einzige war, der diese turmhohe Hürde sehen konnte, stand wieder auf einem anderen Blatt. Aber das machte ja andererseits auch überhaupt nichts. Die Susi und er, die konnten ja auch einfach schön gemeinsam essen, über die alten Zeiten reden und eine Menge Spaß haben. Ohne, dass.

«Sag schon. Was hast du?»

«Ich ...», erklärte Suchanek umfassend. Und schob dann noch elaboriert nach: «Du ...»

«So weit kann ich dir folgen», lächelte Susi.

Dann sagte er: «Muss ...»

Er drehte sich um und ging, immer gleich zwei Stufen auf einmal nehmend, rasch die Treppe hinunter und weiter, in einem ungelenken Schnellmarsch, ein bisschen wie die olympischen Geher, nur mit weniger Hinternwackeln. Susi schaute ihm nach und sagte nichts. So lange, bis er nur mehr einen Schritt davor war, hinter der Hecke des Nachbarn zu verschwinden. Dann rief sie ihm nach: «Es bin doch nur ich.»

Suchanek ging weiter, so schnell er nur konnte. Vorbei am Haus seiner Eltern, weiter, die Sackgasse entlang. In seinem Hirn pochte es. Suchanek, du Trottel. Du vollkommen unfähiger Idiot. Diese Frau ist die einzige, die sich jemals eine Mühe gemacht hat mit dir. Du Freak. Du Psycho. Du ...

Er musste etwas tun. Sich irgendwie ablenken. Nur nicht darüber nachdenken. Er kam zur Kreuzung. Und da fiel ihm zum Glück etwas ein, mit dem er sich ablenken und auch gleich angemessen bestrafen konnte. In einem.

Und es hatte zwar ursprünglich nicht zum Plan gehört,

aber es war schon okay, dass Suchanek kurz darauf zwar immer noch nicht wusste, wie Berberis thunbergii «Atropurpurea» eigentlich hieß, aber dafür ganz genau, wie sie, die Blutberberitze nämlich, sich aus nächster Nähe anfühlte.

Nach dem Kratzer bei der Flucht aus dem Fenster, der Lippe und den Rippen hatte er sich an die turnusmäßige Erleidung von Schmerzen eh schon gewöhnt, und außerdem hatte er es nicht besser verdient. Mit ein wenig mehr an botanischem Wissen hätte er bei seinem Sprung in die zumindest vorderhand rettende Deckung zwar vermutlich trotzdem eher den neben Berberis thunbergii «Atropurpurea» befindlichen Prunus laurocerasus anvisiert, denn dieser, der Kirschlorbeer, hat ja keine Dornen. Aber wie gesagt: Es war schon okay.

«Die Wahrheit wird man ja wohl noch sagen dürfen», sagte die Gerstmeierin gerade und ließ mit der Bestimmtheit ihres Tonfalls keinen Zweifel offen, dass sie selbstverständlich im Besitz dieser Wahrheit war. Wenn man sie ein bisschen kannte, und wer tat das nicht in Wulzendorf, wusste man, dass es für diesen Besitz der Wahrheit keine zeitlichen, räumlichen und schon gar keine inhaltlichen Grenzen gab. Immer. Überall. Bei allem.

Sie sprach natürlich nicht etwa mit Suchanek. Nein, und sie hätte sicher schön geschaut, wenn sie festgestellt hätte, dass der gleich um die Ecke von ihrer Veranda in ihrem Vorgarten lag und die Blutberberitze blutig machte. Sie redete mit jemand anderem. Dass er den auf seinem Weg zur Eingangstür von der Gerstmeierin in der Veranda gesehen hatte, wie er eben im Begriff war, das Haus zu verlassen, das hatte den Suchanek ja überhaupt erst zu seinem Köpfler ins Gebüsch bewogen. Weil er sich, wie sich herausstellen sollte, nicht zu Unrecht gedacht hatte: *die* beiden? Zusammen? Warum?

Die Gerstmeierin wohnte auch auf der Gstetten, ganz am Ortsende Richtung Haindorf. Ihr Haus lag aber nicht direkt an der Gstettenstraße, sondern war als einziges ein Stück nach hinten versetzt, als wollte seine Besitzerin damit verdeutlichen: Ich bin nicht wie ihr. Darum hatte auch nur ihr Haus einen Vorgarten. Einen, dem man ansah, dass seine Besitzerin seit ihrem Rückzug aus dem Zentrum der Macht genügend Muße hatte, ihn zu pflegen. Suchanek hatte sich ab dem ersten Schritt hochgradig unwohl dabei gefühlt, dem akkurat gekämmten weißen Kiesweg die Frisur zu ruinieren.

An sich hatte er zur Gerstmeierin gehen wollen, um sie formlos zu fragen, wer denn nun eigentlich der Vater vom Gregor sei. Nicht, dass ihm das leichtgefallen wäre. Denn eines hatte die Gerstmeierin neuerdings mit der Susi gemeinsam: Vor ihr hatte Suchanek auch Angst. Immer schon gehabt.

Einmal war er hier schon gestanden, von seinem Vater hergeschickt, und hatte sich genauso gefürchtet wie jetzt. Damals war er verpflichtet worden, der Gemeindesekretärin auszurichten, sein Vater halte es wirklich für eine Sauerei, dass die Straßenbeleuchtung in der Sackgasse nun schon den dritten Tag nicht funktioniere. Eine Beschwerde, die er natürlich auch am Telefon während der Amtsstunden hätte vorbringen können, was allerdings mit dem Nachteil verbunden gewesen wäre, dass er sie dann selbst hätte vorbringen müssen. An dieser Überlegung seines Vaters und der daraus resultierenden Schlussfolgerung war recht schön zu erkennen, woher Suchanek sein überbordendes Kommunikationstalent hatte.

Die Gerstmeierin hatte das sicher schon längst vergessen; die hatte sich ja ihr Lebtag ohnehin viel mehr merken müssen als der Suchanek, und so ein Highlight war es für sie ja nicht gewesen, als der kleine Schüchterne sich auftragsgemäß, aber sehr leise über die finstere Sackgasse beschwert und sie darauf geantwortet hatte: «Na und? Müsst's ihr im Dunkeln da unbedingt noch umeinanderrennen?»

Sie war schon eine Strenge. Auch sich selbst hätte sie nie eine Schwäche zugestanden. Sich zum Beispiel nach dem Tod vom Jürgen in einen tröstlichen Irrsinn zu flüchten, wie es die Lengauer Milli getan hatte, nachdem ihr Edwin an den Baum gefahren war – nein. Nicht mit der Gerstmeierin.

Der Gerstmeier Jürgen war nach dem Hansi Burli der zweite von den Wulzendorfer Burschen gewesen, der auf der Straße gestorben war. Damals, zur Zeit der Brände war das gewesen. Daran erinnerte sich Suchanek genau. Zuerst das Feuer beim Fünfer, dann beim Ranreiter, dann der Unfall vom Jürgen, und dann hatte es beim Palenak gebrannt, alles innerhalb von ein paar Monaten. Wobei, streng genommen war der Jürgen ja gar nicht auf der Straße gestorben. Es sei denn, er war beim Aufprall auf die Leitschiene mitten auf der Gantersburger Donaubrücke schon tot gewesen. Und nicht erst zwanzig Meter tiefer. Im Fluss.

Suchanek war damals mit seinen Eltern extra zur Anlegestelle von der alten Rollfähre gefahren, um zuzuschauen, wie der Bergekran das Auto wieder rauszog. Wieso die Leitschiene das Auto nicht ausgehalten hatte, fragte sich damals nicht nur die Gerstmeierin. Aber der Lengauer Edwin, der damals bei der Straßenmeisterei gearbeitet hatte, meinte, das sei einfach höhere Gewalt gewesen. Ein Riesenpech halt. Und ein paar Jahre später hatte er es selber, das Riesenpech. Mit dem Kirschbaum.

«Die Wahrheit wird man ja wohl noch sagen dürfen», sagte die Gerstmeierin also die Wahrheit.

«Eleonore, das findest du, und das finde ich auch. Aber die

meisten wollen die Wahrheit ja nicht hören. Im Gegenteil: Wenn du die Wahrheit sagst, bist du der Böse.»

«Ja, Ansgar. Leider. Aber du weißt ja, wie das ist mit den Propheten im eigenen Land.»

Ansgar? Wie sehr müssen Eltern ihr Kind hassen, um ihm lebenslang so einen Namen umzuhängen? Warum hatten sie Ansgar nicht gleich nach der Geburt in der Regentonne ertränkt? Kein Wunder, dass aus dem Palenak so ein frustrierter Bioheini geworden war, der aussah, als würde er jede Sekunde an Auszehrung sterben. Und der mit niemandem zurechtkam. Außer mit der Gerstmeierin, wie es aussah. Und das war ja an sich schon ein Wunder.

«Und du meinst wirklich, wir sollten weitermachen?», frug der Palenak artig.

«Ja. Wir halten uns an den Plan. Für mich ist das ein Heiliger Krieg. Und du wirst sehen: Wir werden gewinnen.»

«Wir sind schließlich die Guten.»

«Oh ja. Auch wenn die anderen das nicht einsehen wollen. Aber wir sind definitiv die Guten.»

Wie sollte Suchanek das jetzt wieder verstehen? Einmal gänzlich abgesehen davon, dass er es gar nicht hätte hören sollen und somit von Verstehen ja auch nie die Rede gewesen war.

«Und du meinst nicht, dass wir noch ein wenig warten sollten? Bis sich die ganze Aufregung wieder gelegt hat? Ich will nichts überstürzen. Wenn wir zu schnell sind, gefährden wir am Ende das ganze Projekt.»

Projekt? Was für ein Projekt denn?

«Schau, wenn es nicht klappt und wir uns eine blutige Nase holen, dann war die Welt für unsere Ideen halt noch nicht bereit. Aber ich will mir nicht irgendwann einmal den Vorwurf machen müssen, ich hätte es nicht wenigstens versucht. Das wäre doch eine Sünde.»

«Ja», raunte Palenak bedeutungsschwanger, «das wäre es. Eine Sünde. Also gut. Morgen bin ich so weit. Und den Rest ...»

«... den Rest erledigen die Würmer!», sagte die Gerstmeierin und schickte diesem Satz noch ein kokettes Lachen hinterher.

Ansgar verabschiedete sich und ging die paar Stufen vom Eingang auf den Kiesweg hinunter. Wenn er sich jetzt umdrehte, vielleicht um seiner Eleonore noch eine Kusshand zuzuwerfen, dann war Suchanek mindestens geliefert. Und möglicherweise tot.

Aber der Palenak strebte forschen Schritts Richtung Straße. Die Gerstmeierin schaute ihm nicht lange nach und schloss die Tür. Ein zweimaliges Scharren verriet Suchanek, dass sie abgesperrt hatte. Die Dämmerung war in der Zwischenzeit in Nacht übergegangen. Suchanek wartete noch eine Minute, bis er sicher war, dass der Palenak auch wirklich nicht zurückkam. Dann arbeitete er sich mühsam aus seiner Ganzkörperdornenkrone heraus und machte, dass er wegkam.

14

Die Polizisten aus Bernhardsau waren ja für die Mörderjagd schon allein aufgrund ihrer Herkunft nicht zu gebrauchen. Und auch wenn sie eigentlich Langegger waren oder Haindorfer oder von noch weiter weg, nützte ihnen das auf lange Sicht gar nichts. Denn Bernhardsau war leider ansteckend auch noch.

Selbst wenn einer in jungen Jahren eigentlich ganz proper gewesen sein sollte, ein aufgewecktes Kerlchen voller Tatendrang – nach ein paar Dienstjahren konnte man ihn abhaken. Denn spätestens dann fehlte es so ziemlich an dem gesamten Rüstzeug für die kriminalistische Feinmechanik. Ob es nun Spürsinn, Hartnäckigkeit, Kombinationsgabe oder die allgemein verständliche Beherrschung der deutschen Sprache war, egal. Also taten die Bernhardsauer Bullen eben das Einzige, was mit ihren kümmerlichen Fähigkeiten gerade noch im Bereich des Möglichen lag: Sie setzten die Straßenverkehrsordnung durch. Und das heute Nacht in Wulzendorf wenigstens ganz massiv.

Die Rechnung vom Spakowitsch Edi war nämlich voll aufgegangen. Einen derartigen Ansturm hatte das Volksfest noch nie erlebt. Sogar auf der Gstettenstraße war ein Stau. Unter Garantie der erste, den sie jemals gesehen hatte. Aus allen Richtungen strömten Autos nach Wulzendorf. Voll mit aufgeweckten jungen Menschen, die heute sogar die neueste spannende Folge dieser ungemein erfolgreichen Reality-Soap im Fernsehen sausen ließen, in der man aufgeweckten jungen Menschen dabei zusehen durfte, wie sie sich am Samstagabend in irgendeiner Disco oder vielleicht sogar auf einem

Volksfest volllaufen ließen und dann fickten oder kotzten. Oder zuerst das eine und dann das andere. Oder, im regietechnischen Idealfall, beides gleichzeitig.

Aber das hier, das war ja bitte noch viel besser. Man konnte schließlich nie wissen. Vielleicht würde sich der Mörder in Geberlaune zeigen, angefeuert von den heißen Rhythmen, die die Hammondorgel vom Heimeder Kurtl schon jetzt ausspuckte, und am Ende erneut zuschlagen. Suchanek hoffte, dass sich der Kurtl mit «Hossahossahossaolé», oder wie das hieß, zu so einem frühen Zeitpunkt des Festes nicht zu sehr verausgabte. Man brauchte schließlich immer noch eine Steigerungsmöglichkeit, und der Kurtl musste schon aufpassen, dass er sich da nicht verbrannte, denn natürlich war er vollkommen durch den Wind. Ein Gig vor so vielen Leuten! Die alle einzig und allein gekommen waren, weil sie ihn bei der brutalen Vergewaltigung von Liedgut erleben wollten, das er irgendwie für lateinamerikanisch hielt! Natürlich hätte er sich in den Arsch beißen können, dass er eine Fixgage ausgemacht hatte und keine Einnahmenbeteiligung. Und dieser nagende Gedanke wirkte sich doch ein wenig auf die Konzentration von Kurtl aus.

An der Kassa beim Eingang saß der Urban Ernstl. Das war eine interessante Wahl. Weil der Ernstl und die Grundrechnungsarten, das war keine Kombination, die einem gleich auf Anhieb eingefallen wäre.

Suchanek ging ungerührt an der langen Schlange von Menschen vorbei, die bereit waren, für die vage Hoffnung auf eine Live-Enthauptung und, wenn sie laut genug nach Zugabe schrien, wozu sie rückhaltlos bereit waren, möglicherweise auch noch Ausweidung eines Wulzendorfers schon einmal auf Verdacht zehn Euro zu bezahlen – von den zusätzlichen

Kosten für verdorrte Grillhühner und mit Abwaschwasser gestrecktem Bier einmal abgesehen. Unter dem empörten Getuschel von einigen Überholten nickte er sodann freundlich lächelnd dem Ernstl zu. Der machte eine ausladende einladende Armbewegung und ließ den Suchanek klarerweise gratis rein. Schließlich war der ja spätestens seit dem Match, das analog zur Schande von Gijon als Schande von Wulzendorf in die Sporthistorie eingehen würde, praktisch Ehrenfeuerwehrmann.

So. Wie sollte er nun in diesem Gewühl den Grasel finden? Bei den Schießbuden, wo sich glutäugige Jungschönheiten mit zweifärbigen Haaren von ihren fast noch nüchternen Verehrern die erlegten roten Plastikrosen in den Ausschnitt stecken ließen? Beim Tagada, auf dem vierzehnjährige Testosteronneulinge bewiesen, dass man die ganze Schüttlerei auch stehend absolvieren und das für eine Errungenschaft halten konnte, die irgendwen beeindruckte? Beim Autodrom? Eigentlich absurd, dass sich ein Schausteller mit so einem kindischen Ding in die Welthauptstadt des Sportauspuffs wagte, die, gemessen an ihrer Einwohnerzahl, stolz auf die höchste Quote an im Straßenverkehr verschiedenen Jungmännern verweisen konnte – noch weit vor Bogota und Karachi. Beim Kinderkarussell? Nun, das würde an sich nicht schlecht zu Grasel passen, allerdings war da ja noch dieser schwelende transnationale Konflikt wegen des zusammengeschossenen Polizeimotorrads.

Bierzelt. Bierzelt war die beste Wahl.

Suchanek wandte sich also nach links und ging der betörenden Klangspur nach, die an ihrem glücklichen Ende zum Heimeder Kurtl und seinem gerade die volle zerstörerische Wirkung entfaltenden Gipsy-Kings-Medley führte. Georgelte

Flamencogitarren – eine Grenzerfahrung, die man unbedingt einmal gemacht haben musste.

Knapp vor dem Eingang sah Suchanek eine Silhouette auf sich zukommen, die ihm irgendwie bekannt vorkam. Na geh. Musste er jetzt unbedingt in den Pfarrhofer René hineinrennen? Also, diesmal zwar nur im übertragenen Sinne, aber trotzdem.

Als der René ihn sah, hellten sich seine Züge auf. «Suchanek!», rief er. «So ein Glück, dass ich dich hier treffe! Ich muss unbedingt mit dir reden. Komm mit, ich lad dich auf ein Trankl ein.»

Suchanek schaute sich unsicher um. Hier waren so viele Leute, dass ihm der René wohl eher nicht geschwind einmal das Genick brechen würde. Obwohl er vermutlich nicht mehr als zwei Finger dazu brauchte. Dass dem Suchanek das erst jetzt einfiel. Wenn letzte Nacht Pfarrhofer derjenige gewesen wäre, auf dem er draufgesessen war und auf den er eingedroschen hatte, hätte ihn der mit einem Rülpser ausknipsen können. So betrachtet, konnte er den René eigentlich von seiner Verdächtigenliste streichen.

Der Pfarrhofer nahm Suchanek in den Arm und zog ihn ins Zelt. Eine riesige Nebelglocke aus Rauch, Schweiß und Alkohol, der es irgendwie geschafft hatte zu verdunsten, bevor ihn jemand in sich hatte hineinschütten können, hing über dem Meer von lachenden, brüllenden, schunkelnden Menschen. Auf der Bühne thronte der Heimeder Kurtl hinter einer Batterie von verschwenderisch vielen Orgeln, deren Unzahl noch erstaunlicher war, wenn man wusste, wie schwer es ihm fiel mit beiden Händen gleichzeitig zu spielen.

Suchanek war natürlich schon in einem Bierzelt gewesen, auch wenn er sich diese Erfahrung in all den Jahren, seit er aus Wulzendorf weg war, nicht mehr gegönnt hatte. Doch jetzt musste er sagen: Es war genauso schön wie damals. Es erinnerte ihn immer noch sofort an ein Gemälde. Eines von Hieronymus Bosch.

«Urli!», schrie Pfarrhofer schon von weitem. «Zwei doppelte rote Wodka für meinen Freund und mich!» Die Burli-Urli hinter der Bar hatte sich ganz schön herausgeputzt für den Abend. Schließlich musste man ja was fürs Trinkgeld machen, das wusste nach 35 Jahren im gehobenen Abendgeschäft niemand besser als sie. Ein Leopardenbustier, dessen Ausschnitt unter die Kategorie «So genau wollte ich es nun wirklich nicht wissen» fiel, ein knallenger Ledermini, ein dicker, am Ende rattenscharf nach oben abbiegender Lidstrich, neonpinker Lippenstift. Suchanek hatte schon lange nichts Traurigeres mehr gesehen. Außer natürlich beim täglichen Blick in den Spiegel. Er hatte allerdings einen Vorteil gegenüber der Urli: Er war jetzt schon erbärmlich. Da musste man sich über ein Altern in Würde keine großartigen Gedanken mehr machen.

«Suchanek», gurrte Urli verrucht und zündete sich eine von diesen langen, dünnen Zigaretten an, die bereits Generationen von Pomeranzen dem Irrglauben verfallen ließen, sie sähen mit ihnen in den Fingern irgendwie mondän aus. «Ich hab schon gedacht, du lässt mich hier allein!»

Pfarrhofer hob sein Glas. «Pfia Gott, Lackerl!», schrie er vergnügt, rammte mit seinem Stamperl das von Suchanek mit ähnlicher Gewalt, wie er wenige Stunden zuvor den ganzen Suchanek gerammt hatte, kippte sich das rote Zeug in den Schlund und schaute dann Suchanek erwartungsvoll an. Suchanek hasste es, Erwartungen zu enttäuschen, das war er von seiner Mutter so gewöhnt. Also stürzte auch er den Schnaps hinunter.

«Noch zwei», entschied Pfarrhofer und rückte dann ganz nahe an Suchanek heran. «Ich muss dir was gestehen», raunte er.

Ein Satz, der in den momentanen Wulzendorfer Zeiten so so gut wie alles einleiten konnte.

«Ja?»

«Ja. Und ich wollte mich noch einmal entschuldigen. Das mit dem Match heute tut mir echt leid.»

«Ist schon okay. Ich krieg eh schon wieder ganz gut Luft. Und du hast es ja nicht mit Absicht gemacht.»

Pfarrhofer verzog das Gesicht und sagte: «Doch.»

Suchanek strich das mit dem Streichen von der Verdächtigenliste wieder. Der Wimmer würde schön schauen.

«Der Alex hat recht gehabt. Der Neuner hätte mich ausschließen sollen. Ich bin so ein Trottel. Aber ich bin einfach ausgezuckt. Weil ich euch doch gesehen hab, gestern.»

Suchanek verstand überhaupt nichts. «Wen hast du gesehen?»

Der René rückte noch ein Stück näher als zu nahe und ließ Suchanek großherzig an seiner feuchten Aussprache teilhaben.

«Du musst mir versprechen, dass das unter uns bleibt. Und ich erzähl dir das auch nur, weil du eine Erklärung dafür verdient hast, warum ich so deppert war: Ich hätte ja eigentlich gar nicht mehr so wirklich bei den Verheirateten spielen dürfen.»

«Warum nicht?»

«Na, weil ich von der Meinigen praktisch schon geschieden bin. Ist schon eingereicht, einvernehmlich und alles. Aber es weiß noch keiner. Und außerdem wollte ich gewinnen.»

«Ich hab mir gedacht, sonst gewinnen immer die Ledigen?»

«Sonst schon. Aber bei der Truppe, die ihr da heuer gehabt habt?»

Da konnte man wenig dagegen sagen.

«Na ja, und gestern nach dem Einsatz wollte ich gschwind was einkaufen gehen», fuhr Pfarrhofer fort. «Und da hab ich euch gesehen. Dich und die Susi. Wie sie dich umarmt hat. Und nicht mehr losgelassen hat sie. Und da hab ich so einen Zorn gekriegt. Und wie ich im Match auf dich zugekommen bin, da ... na ja. Es tut mir leid, ehrlich.»

«Heißt das, du warst nur eifersüchtig?»

Pfarrhofer schaute betreten zu Boden. «Ja. Aber wird nicht mehr vorkommen, das verspreche ich. Ich werde mich da nicht mehr einmischen. Wenn die Susi dich will, dann akzeptiere ich das natürlich.»

«Aber ... die Susi hat mir gar nichts gesagt, dass ihr was habt miteinander.»

Jetzt wurde es dem René noch peinlicher. «Haben wir ja auch nicht. Ich weiß nicht, wie ich es anfangen soll.»

Er stand also auf die Susi und traute sich nicht, es ihr zu sagen. Suchanek hätte nie gedacht, dass er ausgerechnet mit dem Pfarrhofer so viel gemeinsam hatte.

«Mach dir keine Gedanken, René. Ich bin morgen Abend wieder weg aus Wulzendorf. Also, wegen mir ist es nicht.»

Das Volksfest hatte jetzt eindeutig seinen Kulminationspunkt erreicht. Der Heimeder Kurtl drang mit seiner Vierton- und Zweifingerversion von «La Isla Bonita» in völlig unerforschte Sphären der Popkultur vor: Madonna wäre von Kurtls Interpretation vermutlich dermaßen enthusiasmiert gewesen, dass sie sich ihre nächste Botox-Spritze gleich ins Auge gerammt hätte.

Zwischen dem zweiten und dritten Tisch vom Suchanek

aus gesehen tanzte ein wunderschönes Paar miteinander: die Nidetzky und die Zwölferin. Die Männer waren halt immer so faul. Überhaupt, wenn sie nicht mehr stehen konnten. Und wenn man sich hier so umsah, waren da bis zum Horizont Männer, die nicht mehr wirklich stehen konnten. Eigentlich nahezu alle. Bis auf einen. Und der kam jetzt leider auf Suchanek zu.

«Herr Suchanek!», rief Kommissar Wimmer gespielt freundlich. «Wie geht's? Gibt es irgendetwas Neues?»

«Das fragen Sie mich, Herr Kommissar?», fragte Suchanek zurück. «Daraus muss ich schließen, dass Sie nichts Neues wissen. Und das ist nach Lage der Dinge ja eher nicht so gut.»

Die durch den Alkohol ohnehin schon aufgequollenen Augen vom René traten noch einen Schritt weiter hervor.

«Es ... kommen laufend neue Erkenntnisse dazu», sagte Wimmer und ließ das mit dem Freundlichspielen wieder bleiben. «Aber so eine Mordermittlung ist am Anfang halt immer ein Puzzle mit 1000 Teilen. Und ohne Vorlage.»

Suchanek war sehr beeindruckt von diesem Bild. Also drehte er sich zum Pfarrhofer und sagte: «Und merk dir außerdem, René: Über sieben Brücken musst du gehen. Und ein Spiel dauert neunzig Minuten.»

Jetzt war Wimmer anzusehen, wie sehr er sich wünschte, in einem anderen Land zu sein. In einem, in dem die Gesetze nicht nur dazu da waren, die Exekutive daran zu hindern, wirklich Ordnung zu schaffen.

«Haben Sie eigentlich irgendwann einmal auch etwas Erhellendes zu sagen, Herr Suchanek? Oder bleiben Sie lieber weiterhin bei sinnlosem Maulheldentum?»

Das war ja das Komische. Eigentlich war der Suchanek natürlich überhaupt kein Maulheld. Aber Wimmer brachte irgendwie das Beste in ihm zum Vorschein. Grasel wäre stolz auf ihn gewesen.

«Also gut, wenn Sie mich schon so nett bitten, dann sag ich halt was Sachdienliches: So wie ich das sehe, ist der Fall mit dem Willi völlig klar. Es kann eigentlich nur Greenpeace gewesen sein.»

«Was?»

«Der Willi war ein ganz schlimmer Umweltverschmutzer, müssen Sie wissen. Der hat ein ganzes Auto in der Lacke versenkt. Und das hat sicher manchen Leuten nicht gefallen. Sie wissen ja, wie diese militanten Grünen sind.»

Wimmer verdrehte die Augen, hatte aber offenbar keine Lust, das Gespräch mit Suchanek fortzuführen.

«Hab ich das richtig verstanden, dass Sie der René sind?», sagte er stattdessen zum René. «René Pfarrhofer?»

Der doch schon ziemlich angesoffene Hüne lief röter an als der Wodka in seinem Glas. «Ich ... Äh, ja?»

«Sehr schön, sehr schön. Gut, dass ich Sie hier treffe. Ich muss Sie da nämlich was fragen. Sagen Sie einmal, Herr Pfarrhofer, in welchem Verhältnis standen Sie denn zu dem verstorbenen Herrn Bobek?»

«Ich? Verhältnis? Wieso?»

«Na, war der Herr Bobek ein Freund von Ihnen? Oder nicht?»

«Freund, Freund. Freund wär jetzt zu viel gesagt.»

«Aha. Also seid's ihr alle miteinander keine Freunde in dieser Bürgerliste? Oder waren Sie halt nur kein Freund vom Herrn Bobek?»

Der Pfarrhofer gehörte also auch zu den Wulzendorfer Separatisten. Das war Überraschung eins. Und die zweite: Der Wimmer arbeitete ja was!

«Wir haben da ganz normal zusammengearbeitet. Politisch. Wie alle anderen dort auch.»

«Und es hat keine Probleme gegeben.»

«Nein. Wieso?»

«Sehen Sie, Herr Pfarrhofer, und genau da hab ich was anderes gehört. Mir hat nämlich wer erzählt, Sie und der Herr Bobek hätten einen Streit gehabt.»

«Ich? Mit dem Willi? Das stimmt nicht. Worüber hätten wir denn streiten sollen?»

Der René schwitzte jetzt stark, und der ganze gute Schnaps kam ihm wieder aus allen Poren raus. Ewig schade drum eigentlich.

«Nun ja», fuhr Wimmer fort, der eine große Freude damit hatte, den armen Landmaschinenschuster vor sich herzutreiben, «in der Politik ist man sich ja nicht immer einig, oder Herr Pfarrhofer? Und jetzt hab ich gehört, dass manche in der Bürgerliste einen ziemlichen Grant auf den Herrn Mantler gehabt haben sollen. Ist das richtig?»

«Na ja ... also, Grant», stotterte der René, «ich weiß nicht ...»

«Aber ich. Wegen dieser Thermengeschichte, nicht wahr?»

Suchanek war jetzt doch einigermaßen erstaunt. Er hätte dem Kommissar an sich gar nichts zugetraut. Also auch nicht, das hier herauszukriegen.

«Aber der Herr Bobek, der hat den Herrn Mantler offenbar verteidigt auf Mord und Brand.»

Sehr schön, Wimmer! Unbedingt einreichen das, beim Formulierungsförderpreis des Landeslyrikamtes.

«Und deswegen sollen dann wiederum Sie sich ganz fürchterlich mit dem Herrn Bobek in die Haare geraten sein.»

Pfarrhofer schaute nun drein, als würde er jeden Moment in haltloses Schluchzen verfallen. Und dann brach es aus ihm heraus. «Das ist eine gemeine Lüge! Wer behauptet das? Natürlich hat mir das nicht gefallen, dass der Fünfer da mit den Bernhardsäuen gemeinsame Sache macht. Aber das hat keinem bei uns gefallen. Bis auf den Willi halt. Aber ich war in Wirklichkeit einer, der sich da noch zurückgehalten hat mit dem Willi! Mit mir soll er gestritten haben? Na, dann fragen Sie doch einmal herum, was er mit dem Siebzehner gemacht hat! Oder mit dem Heimeder Kurtl!»

Wimmer nickte, musterte den dunstenden Pfarrhofer eingehend und sagte: «Das werde ich. Das werde ich.»

Dann wandte er sich Suchanek zu. «Mit Ihnen normal zu reden, das wird mir wohl nicht mehr gelingen. Aber eines sag ich Ihnen, Herr Suchanek», zischte er, und sein ausgestreckter fetter Zeigefinger stach ein beeindruckendes Loch in die Luft. «Übertreiben Sie es lieber nicht. Man trifft sich im Leben immer zwei Mal.»

Er nickte Pfarrhofer kurz zu und ging ab. Suchanek überlegte gerade, ob er ihm jetzt nachrufen solle, dass das eben eh schon ihr zweites Mal gewesen war, als sich Wimmer noch einmal umdrehte.

«Aber wissen Sie was? Sie haben jetzt immerhin tatsächlich einmal eine Aussage gemacht, die Hand und Fuß hat. Weil nach dem, was ich von unseren Tauchern gehört habe, liegt in dem Teich ja wirklich ein Auto. War nicht zu übersehen. Jetzt erzählen Sie mir beim nächsten Mal etwas, das auch noch für den Fall relevant ist – und Sie machen einen glücklichen Mann aus mir!»

Und dann verschwand er endgültig im Gewühl.

Der René war so fertig von dieser Unterhaltung, dass er gleich noch einmal zwei Doppelte bestellte. Und das keine Sekunde zu früh, feuerte doch der Heimeder Kurtl gerade seine in den Dreivierteltakt hinübergeprügelte Spezialversion von «La Cucaracha» in die tobende Menge. Gelernt war halt gelernt.

«La cucaracha, la cucaracha,
Ya no puede caminar,
Porque no tiene, porque le falta
Marihuana que fumar.»

Zu diesen goldenen Worten schwangen sich die Nidetzky und die Zwölferin auf in den Himmel der Walzerseligkeit. Alles drehte sich, alles bewegte sich. Und die nächste Runde ging auf den Suchanek. Und dann war es beim Pfarrhofer ja so, dass die vier doppelten roten Wodkas, die er allein schon mit dem Suchanek getrunken hatte, in seinem Magen auf eine bereits dort befindliche Großfamilie von roten Wodkas getroffen waren. Das gab natürlich ein Riesenhallo. Und dieses Hallo veranlasste den René, nunmehr aufzustehen und dem Suchanek höflich, aber bestimmt mitzuteilen, dass er ihn jetzt leider verlassen musste:

«Ich geh jetzt speiben!»

Suchanek schaute sich eingehend um, ob er vielleicht jetzt den Grasel irgendwo entdecken würde, sei es, dass er irgendwo unter einem Tisch lag oder gerade bei der Zwölferin die Nidetzky abklatschte. Er fand ihn nicht und wollte gerade aufstehen, um ihn draußen zu suchen, als die Urli zwei weitere rote Wodkas auf die Theke stellte und ihn mit ihrem erwartungsvollsten Blick ansah. Oder vielleicht hatte sie auch gerade Blähungen, wer wusste das schon. Suchanek lächelte peinlich berührt und nahm sein Stamperl.

«Haben wir eigentlich schon Bruderschaft getrunken?»,

röhrte die Urli wie einer der tiefer gelegten Boliden vom Willi und winkelte ihren Arm empfängnisbereit ab. Suchanek hakte seinen Arm ein, weil, wie hätte er denn ablehnen können, ohne die arme Frau in eine tiefe Lebenskrise zu stürzen? Sie tranken. Dann zog ihn die Urli ein Stück über die Budel zu sich, verkündete hauchend eine große Neuigkeit («Ich bin die Ursula!») und steckte Suchanek anschließend die Zunge in den Mund.

Zwei weitere Doppelte später stand der Grasel vor ihm. «Was ist denn mit dir passiert?», sagte er und zeigte auf Suchaneks Gesicht. «Kaum lässt man dich ein paar Stunden allein, hast du schon wieder neue Verletzungen. Hast du in einer eisernen Jungfrau geschlafen?»

«Das war so ein Stachelstrauch bei der Gerstmeierin im Garten.»

«Du hast einen Stachelstrauch von der Gerstmeierin im Gesicht gehabt?»

«Jaja. Wobei eine eiserne Jungfrau natürlich viel cooler wäre. Da wäre vor allem der Keller Gerry mit seinem Folterwerkzeugvogel ziemlich begeistert. Oder die Susi. Wenn ich ihr verspreche, dass ich nie wieder rauskomme.»

«Suchanek, zwei Fragen. Erstens: Wie viel hast du schon getrunken? Zweitens: Was um Himmels willen ist seit unserem letzten Telefongespräch alles passiert?»

Die Burli-Urli stellte die nächsten zwei Doppelten hin. «Die gehen auf mich», brummte sie mit einem Augenaufschlag, der in der Zwischenzeit langsamer geworden war als ein übervorsichtiges elektrisches Garagentor. «Damit ihr mich nicht ganz vergesst's.»

Und bis Suchanek fertig war mit Erzählen, waren es noch mal drei.

«Also gut, noch einmal zum Mitschreiben», sagte der Grasel. «Die Gerstmeierin und der Palenak haben die Johanna und den Willi um die Ecke gebracht, weil sie christliche Fundamentalistenspinner sind, die die Versicherung betrügen wollen?»

«So, wie du das zusammenfasst, hört es sich jetzt nicht mehr so zwingend an. Aber die Idee mit der Buße für die Sünden ist doch von dir. Und immerhin reden wir hier von einem Kinderschänder.»

«Und sie hat echt gesagt: ‹Und den Rest erledigen die Würmer.›? Das ist ja spooky.»

«Hätte ich das dem Wimmer sagen sollen?»

«Nein. Der kommt ja offenbar eh auch allein auf Sachen drauf. Das ist ja eine wirklich interessante Geschichte mit dem Willi und der ÜBL. Warum, glaubst du, hat er den Mantler verteidigt?»

«Keine Ahnung.»

«Wenn wir das wissen, dann haben wir vielleicht auch die Verbindung zwischen der Johanna und dem Willi, nach der wir suchen.»

«Suchen wir die?»

«Entschuldigung, was tun wir denn schon den ganzen Tag, wenn nicht ermitteln? Außer deiner kurzen Unterbrechung bei der Susi. Jetzt sag einmal: Was genau ist denn da schiefgegangen?»

Suchanek runzelte die Stirn und schaute in die Ferne. In dieser vergriff sich der Heimeder gerade an «Smooth» von Santana. Und es reichte nun wirklich schon, wenn sich Santana an «Smooth» von Santana vergriff.

«Ich geh einmal aufs Klo», entschied er.

Eine Stunde später.

«Meinst du eigentlich, er ist hier?»

«Wer?»

«Na, der Mörder.»

«Keine Ahnung. Am besten, wir sondieren das Terrain. Schauen, ob uns etwas Verdächtiges auffällt.»

«Ja.»

«Ja.»

Noch eine Stunde später.

«Wenn ich die Augen zumach, dann dreht sich alles.»

«Dann lass sie offen.»

Wieder eine Stunde später.

«Also was jetzt? Stehst du jetzt auf die Susi oder nicht?»

«Ja. Ich glaub schon.»

«Und dann rennst du davon?»

«Ja genau, dann renn ich davon.»

«Jetzt reiß dich zusammen. Du gehst jetzt zu ihr und erklärst ihr alles. Was soll schon sein? Dass du morgen Abend wieder allein nach Wien fährst? Das hättest du doch sowieso getan.»

Suchanek dachte scharf nach, eine Tätigkeit, die sich, wie er sofort merkte, mit der Unterstützung von ausreichend rotem Wodka gleich viel einfacher gestaltete. «Aber es ist drei Uhr früh.»

«Das ist eine wichtige Sache. Was zählt da schon die Zeit?»

Lächelnd stellte die Urli die nächsten zwei auf die Budel und sagte: «Bleibt's ihr eh noch ein bissl? In einer halben Stunde mach ich Schluss.»

Suchanek musste langsam aufpassen, dass das mit der Sauferei hier nicht aus dem Ruder lief. Jetzt spürte er die roten Wodkas doch schon ein wenig. Aber ganz so schlimm war es auf der anderen Seite auch wieder nicht, denn er wusste zum

Beispiel genau, der wievielte das schon war: der erste seit dem letzten.

«Gut», sagte er mit fester Stimme zu Grasel. «Den einen trink ich noch. Und dann geh ich.»

15

Weil er nach längerem Ringen mit sich selbst schlussendlich einsah, dass es eh nicht wirklich zu vermeiden war, öffnete Suchanek halt schweren Herzens die Augen.

Er befand sich in einem Bett. So viel war klar. Es war nicht seines. An der Wand ein Poster. War das ... Jimi Hendrix? Dann konnte es eigentlich nur das Bett vom Grasel sein.

Suchaneks Kopf lag seitlich auf einem Polster. Aber irgendwas war da noch unter seiner Wange. Es drückte unangenehm. Er hob den Kopf unter größter Anstrengung gerade einmal so weit hoch, dass er das störende Ding unter seinem Gesicht vorsichtig genug hervorziehen konnte, dass ihm sein durch diese Anstrengung mit enormem Druck pulsierendes Blut nicht gleich bei den Ohren herausquoll. Dann starrte er seine Beute an. Was ihn da im Gesicht malträtiert hatte, waren Strass-Glitzersteine. Sie bildeten die Feststellung «SEXY!» auf einem roten Stringtanga.

Suchanek versuchte, sich zu erinnern, was passiert war. Es klappte. Also versuchte er umgehend, es wieder zu vergessen.

Seine letzte Hoffnung, wirklich die allerletzte, denn alles andere war in diesem Augenblick ohnehin schon egal, bestand darin, dass der Feuchtigkeitsgrad des Teils auf seine Tendenz zurückzuführen war, im Schlaf zu sabbern wie ein zahnloser Lustgreis. Weil, wenn nicht ... Dann.

Suchanek nahm all seinen Mut zusammen, atmete noch einmal tief, also schmerzhaft, ein und drehte sich auf die andere Seite.

Was er da sah, war eigentlich wunderschön. Lauter kleine

Zirruswölkchen, dicht an dicht gedrängt bis zum Horizont, von der untergehenden Sonne in ein warmes, allerdings leicht fleckiges Orangebraun getaucht – wären es gewesen, wenn er aus dem Fenster auf den Abendhimmel geschaut hätte. Da dem aber nicht so war, und vor allem auch angesichts der zwei Piercings, die sich aus dem Wolkenmeer erhoben, musste Suchanek davon ausgehen, dass es sich doch eher um den von jahrzehntelangem Sonnenbankmissbrauch gegerbten Oberkörper von der Burli-Urli handelte.

Die Urli lag am Rücken, den Mund halb offen, die Wangen eingefallen. Wenn man sich die leicht ausgewachsene, bis auf den ersten weißen Zentimeter karottenrote Dauerwelle wegdachte, sah ihr Gesicht aus wie die Maske von Anton Bruckner, die Suchanek einmal bei einem Museumsbesuch mit der Schule so einen Schreck eingejagt hatte, dass er seither nie wieder in einem Museum gewesen war.

Oh mein Gott! Sie war tot!

Ihr Herz hatte gestern Nacht, als sie ... also als sie ... also das musste natürlich für eine Frau ihres Alters schon furchtbar anstrengend gewesen sein. Und da hatte eben das Herz nicht mehr mitgemacht.

Als Suchanek nach dieser Erkenntnis gerade begann, sich eine Erklärung für den Amtsarzt zurechtzulegen («Und dabei sag ich noch zu ihr, Herr Doktor, nein, Urli, mach lieber keine Brücke»), schmatzte die Urli ein wenig, machte den Mund dreimal zu und wieder auf und fing dann leise zu schnarchen an.

Suchanek wollte da jetzt keine Missverständnisse aufkommen lassen. Er war ja ein großer Freund der Gleichberechtigung der Frau, ihrer Befreiung und überhaupt von allem. Und selbstverständlich war er entschieden dafür, dass Frauen auch noch im Klimakterium ein aktives, erfülltes, von ihm aus auch sehr gerne versautes Sexleben genießen konnten.

Aber doch nicht mit ihm!

Er war in der Blüte seiner Jahre! Gut, ja, er war sexuell vielleicht nicht mehr ganz auf dem absoluten Höhepunkt. Er hatte einmal in «Men's Health» gelesen, also quasi seinem Leib- und Magenblatt, das im Wartezimmer bei dem Hautarzt gelegen war, der ihm dann ein paar Genitalwarzen weggelasert hatte, dass dieser Höhepunkt mit 25 erreicht sei. Wobei: nicht, dass es ihm aufgefallen wäre. Und es hatte damals, weil es bilanztechnisch nämlich ein ganz schlechtes Jahr gewesen war, leider auch sonst niemand, also zum Beispiel eine Frau, die Chance genützt festzustellen: huh, also dieser Suchanek! Da geht aber ordentlich was weiter. Sag, wie alt bist du? 25? Ah! Hab ich mir doch gleich gedacht!

Aber auch mit 33 war ja im Vergleich zu 25 sicherlich noch nicht so viel um. Also Blüte, jawohl, immer noch. Und in dieser Blüte ... strotzte er dermaßen vor testosterongesättigter Selbstsicherheit, dass er zum Beispiel nicht etwa vor der Susi davonlief, um dann mit der Burli-Urli im Bett zu landen.

Auf der anderen Seite von der Urli lag übrigens der Grasel. Das machte es jetzt aber auch nicht wirklich besser.

Suchanek wälzte sich stöhnend aus dem Bett, versuchte, unter den am Boden verstreuten Kleidungsstücken seine Unterhose ausfindig zu machen, beschloss schließlich, auf die Unschuldsvermutung zu pfeifen und einen Verdacht schon ausreichen zu lassen, zog also das am ehesten in Frage kommende Fundstück an und taumelte dann aus Grasels Spielzimmer in die Küche. Dort setzte er sich an den Tisch und begann, den Kühlschrank niederzustarren. In der folgenden halben Stunde machte er sich eine Menge Gedanken über sein

Leben. So zwei waren es sicher. Dann klopfte es draußen an der Tür.

Suchanek tat, was er in dieser Situation immer tat: Er aktivierte umgehend seinen Totstell-Reflex. Außerdem war er ja hier nicht einmal zu Hause. Das traf sich ausgezeichnet, denn unter diesen Umständen konnte er ja schon gar nicht aufmachen. Wäre ja unhöflich gewesen.

Es klopfte wieder. Was konnte an einem Sonntagmorgen schon so wichtig sein? Noch dazu an einem Sonntagmorgen, an dem man neben der nackten Burli-Urli aufwachte? Genau. Gar nichts.

Aber es klopfte noch einmal. Und es war zwar kein zügelloses Hämmern, wie von einem hosenlosen Suchanek, der sich gerade wieder einmal auf der Flucht vor einem Mörder befindet, aber dennoch lang und energisch genug, um zu verdeutlichen: Ich weiß, dass du da bist. Und ich gehe sicher nicht einfach wieder weg. Also mach schon auf!

Suchanek schlich ins Vorzimmer. Höchste Umsicht war geboten. Wenn am Gesetz der Serie was dran war, dann stand da draußen jetzt, so, wie der Tag begonnen hatte, Godzilla und hatte ganz üble Laune. Suchanek öffnete die Tür einen winzigen Spalt und spähte hinaus. Da war aber bloß eine weißhaarige Frau mit dunklen Knopfaugen in einem kleinen Mausgesicht.

«Guten Morgen», sagte die Lengauer Milli und lächelte Suchaneks rechtes Auge freundlich an. «Tut mir leid, dass ich am Sonntag in aller Herrgottsfrüh so einfach hereinplatze. Ihr habt's ja gestern sicher länger gefeiert. Aber es ist wirklich wichtig. Ich habe gehört, der kleine Suchanek soll bei dir sein?»

Suchanek machte verwundert die Tür ein Stück weiter auf. Jetzt erkannte ihn die Milli erst.

«Ah, du bist es ja eh. Hoffentlich habe ich dich nicht aufgeweckt», sagte sie freundlich.

«Neinnein», grunzte Suchanek. Seine Stimme klang wie eine schlecht gestimmte Käsereibe. Sein Atem roch, als habe er gestern vor Willis großem Auftritt einen tiefen Zug aus dem Kanalrohr genommen und ihn erst jetzt wieder freigelassen. Und auf seiner Wange stand in Druckbuchstaben: SEXY! Wenigstens spiegelverkehrt. «Ich bin eh schon lang munter.»

«Kann ich kurz reinkommen? Ich möchte nicht, dass uns wer zusammen sieht.»

Wenn eine Frau wie die Lengauer Milli, eine durchaus nette Person auf der einen Seite, aber auf der anderen halt auch eine psychisch mittelschwer entgleiste Kleptomanin, zu einem sagte «Ich möchte nicht, dass uns wer zusammen sieht» – dann wusste man endgültig, dass man es im Leben zu etwas gebracht hatte.

Suchanek schaute unsicher nach hinten. Grasel und ... die Frau, deren Namen er ohne Kondom nicht einmal denken wollte, schliefen noch. Beim Grasel war es ja egal, aber wer konnte schon wissen, was passierte, wenn die Urli aufwachte?

«Ja, sicher. Aber wir müssen leise sein.»

Die Lengauerin stellte ihre riesige Handtasche auf das Schuhkästchen im Vorraum und begann zu kramen. «Eigentlich sollte ich ja damit zur Polizei gehen», sagte sie, «aber du hast ja bei der Susi im Geschäft gesehen, dass ich ein kleines Problem habe. Und mit diesem Problem ist es immer gescheiter, man macht einen Bogen um jedes Amtskapperl. Und wenn ich ihnen das bringen täte, was ich gestern ..., äh, also was mir gestern in die Hände gefallen ist, dann täten die natürlich wissen wollen, woher ich es habe. Na geh, wo ist er denn jetzt!»

Mit einem verärgerten Zischgeräusch begann die Milli

jetzt, ihre Tasche auszuräumen. Ein Taschenmesser, ein noch in Zellophan eingeschweißtes Kartenspiel, ein Duschgel, ein Eierschneider. Ein Eierschneider!

«Wobei ja genau das das Interessante ist», fuhr sie fort. «Woher ich den habe ... Ah, da ist er ja.» Sie zog ein rosafarbenes Stück Papier aus ihrer Tasche und hielt es Suchanek hin. Es war ein Führerschein.

«Also habe ich mir gedacht, ich gebe ihn dir. Weil du ein Freund von der Susi bist. Und ich denke mir, ein Freund von der Susi wird mich schon nicht verraten. Außerdem bist du doch sicher, weil du ein Zeuge warst und weil du überfallen worden bist und alles, eh mit der Polizei in Kontakt. Aber denk daran: Du darfst auf keinen Fall jemandem sagen, dass du ihn von mir hast.»

Suchanek klappte den Führerschein vorsichtig auf. Der Mann auf dem Foto hatte einen Vokuhila-Haarschnitt, der einem die Tränen aus den Augen trieb, einen flaumigen Oberlippenbart und ein Flinserl in einem Ohr. Akuter Achtziger-Jahre-Alarm. Von so einer Figur würde er sicher nie einen Gebrauchtwagen kaufen. Andere, und nicht einmal so wenige, hatten hingegen genau das über Jahre getan.

Der Führerschein war der vom Bobek Willi. Suchanek war noch sprachloser als sonst. Er hob die Hände zu einer Geste völligen Unverständnisses.

«Ja», sagte die Milli. «Genau das hab ich mir auch gedacht, wie ich ihn gesehen habe.»

«Woher haben Sie den?»

Milli seufzte. «Also, gestern Abend am Volksfest ... Solche Anlässe sind natürlich immer recht fein für mich, die Leute sind abgelenkt, lassen ihre Sachen herumliegen, und keiner achtet auf mich. Aber nicht, dass du jetzt glaubst, ich will ihnen ihr Geld stehlen oder was. Wenn ich zufällig eins erwisch, geb ich es eigentlich immer zurück. Was mich mehr interessiert sind so ... Trophäen. Irgendwelche persönlichen Kleinigkeiten.»

Suchanek räusperte sich geräuschvoll. «Sie haben den Führerschein also jemandem gestohlen?»

Milli schaute auf den Boden. «Man kann das niemandem erklären, der das nicht selber spürt. Das ist wie ... Ich muss das einfach tun, weißt du? Und ich schäme mich ja eh. Jedes Mal. Aber gestern, das war wieder so verführerisch. Und so leicht. Ihm ist seine Jacke hinten von der Bühne runtergefallen, und dann ist sie einfach so herumgelegen, und niemand hat sich um sie gekümmert ...»

Suchanek zog erwartungsvoll die Augenbrauen in die Höhe. Milli seufzte noch einmal.

«Und er war so in die Musik vertieft. Da hat der Kurtl natürlich nichts gemerkt.»

Der Heimeder Kurtl also hatte den Führerschein eines Mordopfers in seiner Jacke spazieren getragen. Dafür gab es jetzt nicht überbordend viele gute Erklärungen. Eigentlich nur eine.

«Frau Lengauer, ich glaub, in diesem Fall wird sich niemand drum kümmern, dass Sie etwas gestohlen haben. Wir reden hier von einem Mord! Der ist schon ein bissl wichtiger. Sie müssen zur Polizei gehen!»

Milli schüttelte energisch den Kopf. «Das kommt überhaupt nicht in Frage. Ich hab schon genug Probleme mit denen gehabt. Seh ich ja auch ein, eine spinnerte Alte, die andere Leute bestiehlt ... Wer braucht denn das? Wenn sie mich noch einmal erwischen, dann gibt es für mich nur mehr zwei Möglichkeiten: Gefängnis oder Irrenhaus.»

Suchanek ließ den Führerschein ratlos zwischen seinen Händen hin- und herwandern. «Ja, aber ... Was stellen Sie sich vor, was ich jetzt mit ihm machen soll?»

Die Lengauerin zippte ihre Tasche wieder zu – man musste ja vorsichtig sein in Zeiten wie diesen, weil beklaut war man schnell.

«Das weiß ich auch nicht. Dir wird schon was einfallen. Ich kann jedenfalls nicht mehr tun, als ich schon getan habe.»

Sie ging mit einem entspannten Lächeln zur Tür. «Es tut ja so gut, wenn man sein Gewissen erleichtert hat!» Und weg war sie.

So. Jetzt stand er da, der Suchanek. Weitaus klügere Menschen als er, und von denen sollte es ja durchaus den einen oder anderen geben da draußen, hätten jetzt auch nicht gewusst, wie weiter.

Und der Grasel würde es natürlich genauso wenig wissen. Aber wenn schon nicht, dann sollte er zumindest wach sein dabei. Suchanek ging also ins Schlafzimmer. Grasel lag auf dem Rücken und hatte sein Gesicht in einer Armbeuge begraben. Suchanek packte ihn an der Schulter und schüttelte ihn. Zuerst sanft, dann immer heftiger, bis der Grasel hochfuhr und ihn entsetzt mit weit aufgerissenen Augen anstarrte.

«Steh auf!», flüsterte Suchanek tonlos. «Wir müssen etwas besprechen!»

Grasel versuchte, sich zu orientieren. Es dauerte. Dann wanderte sein Blick zur Urli hinüber. Jetzt sah er endgültig aus, als wäre er ein Picasso.

«Ja», sagte Suchanek. «Das auch.»

Der zerknitterte Kult-Cafétier rollte sich aus dem Bett und ging, ohne sich noch einmal umzudrehen, nackt in die Küche. Dort setzte er sich an den Tisch und begann den Kühlschrank niederzustarren. Suchanek räusperte sich und sagte: «Ich hab leider schon wieder fast alles beisammen, was letzte Nacht gewesen ist. Aber woran ich mich nicht erinnern kann: Das war wenigstens hoffentlich nicht meine Idee, oder?»

Aber Grasel saß weiter einfach nur so da, den Blick punktgenau ins Leere gerichtet.

«Gut», sagte Suchanek. «Darüber können wir auch später noch reden. Weil, auch wenn du dir das jetzt noch nicht vorstellen kannst, gibt es nämlich tatsächlich Wichtigeres.»

Er entfaltete Willis Führerschein und legte ihn vor Grasel auf den Tisch. Grasel kniff die Augen zusammen, weil er sich ja doch schön langsam dem Alter für eine Lesebrille näherte, und sagte dann endlich das erste Wort des Morgens. Es lautete: «Hurgh?»

Suchanek setzte die Espressomaschine in Gang – im Gegensatz zu seiner eigenen Küche spielte ja die vom Grasel alle Stückln, mit blitzenden Geräten und Messerblöcken und allem, was insofern erstaunlich war, als Grasel so aussah, als sei das Einzige, was er zu sich nähme, mit Wasser aufgespritztes Null-Prozent-Joghurt – und versuchte dann, in einfachen Worten zu erklären, was bis jetzt geschehen war.

Und nach dem ersten Kaffee schien Grasel dann auch in der Lage, darauf in einigermaßen menschenähnlichen Lauten zu reagieren.

«Und was machen wir jetzt?»

«Ich hab der Milli versprochen, niemand erfährt, dass sie den Führerschein geklaut hat. Aber wenn ihn der Heimeder gehabt hat, kann das doch eigentlich nur bedeuten, dass er den Willi umgebracht hat. Oder?»

«Der Streit, von dem der Kommissar geredet hat, war also dann wirklich nicht zwischen dem Willi und dem René.»

«Ja. Der Pfarrhofer hat ja gesagt, dass er der Siebzehner und der Kurtl waren, die mit dem Willi gewickelt haben.»

«Aber die Johanna. Welches Motiv hätte er bei der?»

«Na, dasselbe. So eine verletzte Patriotenseele will aktiv getröstet werden. Mir ist aber auch aufgefallen, dass der Kurtl bei jeder Gelegenheit über die Feuerwehr ätzt.»

«Ja, stimmt! Der ist furchtbar beleidigt, weil das gestern sein letzter Auftritt am Volksfest war.»

«Ach so? Das wusste ich gar nicht.»

«Ja. Angeblich haben sich die Leute beschwert, dass er alle Jahre denselben Mist spielt. Und jetzt hat ihn die Feuerwehr gestanzt.»

«Siehst du? Auf dem Zenit seines Könnens von der Bühne gejagt!», sagte Suchanek und drückte dem noch bedauerlicher als er selbst aussehenden Grasel noch einen Espresso runter. «Also haben wir bei der Johanna sogar schon ein doppeltes Motiv. Aber in Wirklichkeit brauchen wir uns darüber sowieso nicht den Kopf zu zerbrechen: Der Heimeder hat den Führerschein vom Willi gehabt, und das reicht ja wohl. Ich muss damit zum Wimmer gehen.»

«Das ist eine Glanzidee. Du gehst zum Wimmer, hältst ihm den Führerschein eines Mordopfers unter die Nase und sagst: ‹Aber nicht, dass Sie jetzt glauben! Den hat nämlich der Heimeder gehabt. Ich kann Ihnen nur leider nicht verraten, wie ich da rangekommen bin. Macht eh nichts, weil wir sind ja beide Burschen, oder?› Weißt du, ich glaube ja nicht, dass der Kommissar, so gut, wie ihr euch versteht, auf die Idee kommen könnte, du hättest die Geschichte nur erfunden.»

Grasel hatte natürlich völlig recht. So würde das auf keinen Fall funktionieren.

«Stimmt. Also musst das du machen.»

Jetzt war Grasel endgültig munter. «Ich? Auf keinen Fall! Ich geh doch nicht freiwillig zu einem Bullen.»

Suchanek dachte angestrengt nach. Das war schon sonst keine leichte Übung. Aber heute Morgen tat es richtig weh.

«Dann müssen wir dem Kurtl den Führerschein irgendwie wieder unterjubeln und dann dafür sorgen, dass jemand anderer mitkriegt, dass er ihn hat.»

«Toller Plan. Und so einfach!»

«Was würdest denn du vorschlagen? Wir können doch nicht einfach so tun, als hätten wir das Ding nicht!»

Nein. Das ging natürlich auch nicht. Der Heimeder war der Mörder. Und jetzt lag es an ihnen, ihn zu überführen.

«Ist da jetzt nicht noch dazu deine DNA drauf?», fragte Grasel misstrauisch.

«Warum sollten sie da drauf nach DNA suchen?»

«Eh. Ist ja nur ein Beweisstück in einem Doppelmordfall.»

«Du bist total paranoid.»

«Und? Wie heißt dieser Spruch noch einmal? Nur weil ich paranoid bin, heißt das noch lange nicht, dass sie nicht hinter mir her sind.»

Da klopfte es draußen wieder. Suchanek sah Grasel fragend an.

«Keine Ahnung», sagte der. «Ich krieg eigentlich nie Besuch am Sonntagvormittag. Vielleicht hat ja die Milli was vergessen?»

Grasel war nackt und wollte nach der Urli nicht auch noch die noch ältere Lengauerin betören. Also ging Suchanek zur Tür und öffnete sie diesmal ohne weitere Vorsichtsmaßnahmen. Draußen standen zwei Männer, die er noch nie gesehen hatte.

«Gott zum Gruße, junger Mann!», begann der mit der ge-

gelten Stachelfrisur und wippte dabei vor und zurück, weil er das vermutlich irgendwie für dynamisch hielt. «Je früher der Morgen, desto schöner die Gäste! Mein Name ist Patrick Jenewein, ich bin Chefreporter vom ‹Express›. Und der gut angezogene Herr neben mir ist mein Fotograf, er hört auf den berühmten Namen Harry Lentsch. Entschuldigen Sie, wenn wir Sie um diese Zeit inkommodieren, aber wäre in diesem Etablissement eventuell ein Herr Suchanek zugegen?»

Suchanek schaute den einen an. Dann schaute er den anderen an. Dann schaute er wieder zu dem Ersten zurück. Und dann machte er die Tür zu.

Er ging wieder in die Küche und setzte sich an den Tisch. Grasel sah ihn erstaunt an. «War es doch nicht die Milli?»

«Grasel, ich muss dir jetzt eine Gewissensfrage stellen. Und bitte sei wirklich ehrlich zu mir, weil mir kannst du's ja sagen: Bist du vielleicht der Mörder?»

«Ich? Was soll der Blödsinn? Natürlich nicht!»

«Schade.»

«Warum schade?»

«Wenn du der Mörder wärst, könntest du jetzt rausgehen und den Witwenschüttler auch noch umbringen. Weil's eh schon wurscht wär.»

«Witwenschüttler?»

Suchanek kannte diesen Ausdruck von so einem überschätzten Kolumnisten, den er einmal im Vorzimmer seines Dealers kennengelernt hatte. Sie waren dann noch was trinken gegangen, und dabei hatte sich der Schreiberling über alle anderen Journalisten lustig gemacht. Und seitdem wusste Suchanek eben, dass Boulevard-Reporter, die auf Blutgeschichten spezialisiert waren, Witwenschüttler hießen. Weil sie im Fall des Falles die Hinterbliebenen so lange beutelten, bis sie mit Informationen und, ganz wichtig, einem Foto des Toten rüberwuchsen.

Es klopfte wieder. Patrick Jenewein wollte es eben zu was bringen.

«So ein Bluthund von irgendeinem Schmierblatt ist draußen», erläuterte Suchanek.

«Oh. Und was machen wir jetzt mit ihm?»

«Wenn du ihn nicht töten willst, müssen wir halt warten, bis er sich wieder schleicht.»

«Na gut.»

Es klopfte wieder.

«Mir fällt da noch was Unangenehmes ein», sagte Grasel. «Was, wenn die Milli gar nicht die Wahrheit sagt?»

«Inwiefern?»

«Was, wenn sie auf den Heimeder nur einen Zorn hat und ihn eintunken will? Oder wenn sie vielleicht sogar selber die Mörderin ist und dich nur benützt?»

Da hatte der Grasel leider schon wieder recht. Was wussten sie denn schon groß von der Lengauerin? Wer sagte, dass sie ihr trauen konnten?

«Die Susi könnte das noch am ehesten beurteilen ...», sinnierte Suchanek.

Es klopfte ein letztes Mal. Dann blieb es still. Patrick Jenewein würde es doch zu nichts bringen.

«Na, dann ruf sie doch an.»

Uh. Die Susi anrufen? Nach gestern Abend? Das ging jetzt irgendwie nicht. «Nein. Nein, wir ziehen das jetzt durch. Wir brauchen nur einen Plan, wie wir uns an den Kurtl ranschmeißen können, damit der Schein dann wieder bei ihm landet, ohne dass wir uns irgendwie verdächtig machen.»

Grasel trank seine Tasse in einem Zug aus und knallte sie auf den Tisch. «Also gut. Dann gehen wir.»

«So schnell muss es jetzt aber auch wieder nicht sein, oder?»

«Doch. Wenn, dann gleich. Weil, in zwanzig Minuten fängt die Feldmesse an. Da sind jede Menge Leute. Eine hervorragende Gelegenheit.»

«Aber ... kann ich nicht zumindest noch duschen?»

«Keine Zeit. Nimm einfach mehr Deo.»

Sie gingen ins Schlafzimmer und sammelten ihre Klamotten ein. Die Burli-Urli schnarchte immer noch leise vor sich hin. Grasel schaute verzweifelt.

«Was ist uns da nur eingefallen?»

«Sollen wir sie aufwecken?»

«Bist du irre?», stieß Grasel entsetzt hervor. «Wir verschwinden jetzt und hoffen, dass wir sie nie wieder treffen.»

«Na ja ... Ich bin ja heute Abend eine Staubwolke. Aber bei dir könnte das noch so vierzig, fünfzig Jahre dauern.»

«Wolltest du nicht ohnehin in Wien mit mir zusammenziehen? Ich bring auch ganz viel Gras mit.»

«Oh, Moment einmal! Kann ihr das eigentlich in die Hände fallen? Ist es gut genug versteckt?»

Grasel wies auf seine Halskette. An ihr hing ein Schlüssel.

«Im Keller. Eingesperrt.»

«Gut. Dann können wir ja beruhigt gehen.»

Als sie die Tür leise hinter sich zugezogen hatten und also in Sicherheit waren, zog Grasel Suchanek, der vorausgehen wollte, noch einmal am Ellbogen zurück.

«Ich möchte wegen letzter Nacht nur noch eines klarstellen», sagte er ernst. «Das war alles nur wegen dem beschissenen Wodka.»

«Ja, klar. Glaubst du, ich würde mit der Urli ins Bett springen, wenn ich nüchtern wäre?»

«Ich meine jetzt das andere.»

«Welches andere?»

«Ich bin normalerweise überhaupt nicht bi.»

16

Also, wenn man jetzt einmal ganz ehrlich war: Ein Volksfest hatte ja bald wer. So viel gehörte nun auch wieder nicht dazu, ein Autodrom, ein paar Schießbuden, ein Bierzelt und Alleinunterhalter Kurt zu organisieren. Besonders Letzteres war in Wirklichkeit ziemlich leicht. Und selbst die Wulzendorfer hätten in einer stillen Stunde und ohne Zeugen zumindest mehrheitlich eingeräumt, dass das wohl sogar die Bernhardsäue zusammenbrächten.

Aber da gab es ja noch die Besonderheit.

Jene Besonderheit, die eben nicht so schnell jemand vorweisen konnte und die das Fundament für das Wulzendorfer Volksfest bildete. Die die Begründung seiner großen Tradition überhaupt erst möglich gemacht hatte. Wulzendorf verdankte die Besonderheit, nebst so manchem Trauma, das die Generation 30 plus von ihm mitbekommen hatte, weil es in seiner Ära halt schon noch Brauch gewesen war, das Glaubensbekenntnis beim Erstkommunionsunterricht mit ein paar wohlplatzierten Verkehrten zu festigen, dem legendären Dechant Czurka.

Der Dechant hatte sich als junger Mann beim Ungarnaufstand 1956 in buchstäblich letzter Sekunde über die Grenze retten können. Und die Schlussfolgerung, die er aus diesem schlimmen Erlebnis und dem anschließenden Kennenlernen seiner neuen Heimat gewonnen hatte, sollte seine gesamte seelsorgerische Tätigkeit prägen. Sie lautete:

Den Leuten hier geht es viel zu gut.

Und das war auch der Grund, warum der durchschnittliche spanische Inquisitor rückblickend neben Dechant Czurka zum Befreiungstheologen verkümmerte. Und wenn nicht die Methoden von damals in dieser verweichlichten Zeit, in die der Dechant unglücklicherweise hineingeboren worden war, weil ihn der Himmel halt hatte prüfen wollen, schon ein wenig aus der Mode geraten wären, Dechant Czurka hätte weiß Gott nicht gezögert, sie zum Einsatz zu bringen.

Gerade diese Entschlossenheit, diese betörende Kombination aus Spiritualität und Brutalität hatte ja, nebst dem bis zum Kinn hinabgezogenen, buschigen Schnurrbart eines Husaren aus dem «Zigeunerbaron» und überhaupt der flächendeckenden Körperbehaarung eines ungarischen Steppenstiers, die heilige Johanna ein wenig vom allerdings, das musste man jetzt schon auch einmal festhalten, doch furchtbar schmalen Pfad der Tugend abschweifen lassen.

Aber zumindest in einem Punkt, vermutlich dem einzigen, hatte Dechant Czurka bewiesen, dass er den Pulsschlag der Zeit doch auch zu spüren imstande war. Er hatte nämlich bei seinem peniblen Feindstudium erkannt, was für den modernen Menschen in seinem Leben wirklich wichtig war. Wo er den geistlichen Beistand ganz besonders brauchte und dementsprechend auch schätzte. Wo man ihm, das Flammenschwert dieses eine Mal schamhaft hinter dem Rücken versteckt, auch einmal einen Schritt entgegengehen konnte, um ihn dort abzuholen, wo er parkte: Dechant Czurka hatte die Wulzendorfer Autowallfahrt erfunden. Und das war nichts weniger als ein Geniestreich gewesen.

Es hatte zwar schon vor dem Krieg eine Wallfahrt nach Wulzendorf gegeben. Aber obwohl die Kirche mit dem gespieben grünen Kirchturm in ihrer Chronik eisern behauptete, in barockem Stil auf einem romanischen Fundament gebaut zu sein, konnte man beides beim besten Willen zumindest mit freiem Auge nicht entdecken. Die Kirche machte also optisch nicht so viel her, wie eine Wallfahrtskirche in diesen gottlosen neuen Zeiten hermachen musste, auf dass die Menschen, denen es ja, wie man nicht oft genug erwähnen kann, viel zu gut ging, einfach so gekommen wären. Außerdem war sie der heiligen Maria Magdalena geweiht. Und gerade nach dem Krieg hatte nun wirklich keiner ein Interesse daran, ausgerechnet zur Schutzpatronin der reuigen Sünder wallfahrten zu gehen. Weil, wie hätte denn das ausgeschaut? Eben.

Aber mit den geweihten Autos vom Dechant Czurka wurde alles anders. Die Anfänge waren noch, wie bei vielen anderen bahnbrechenden Ideen, bescheiden, weil sich der Mensch natürlich immer erst an Neuerungen gewöhnen muss, auch – und man ist fast geneigt zu sagen, vor allem – an sinnvolle. Und natürlich war die Automobilisierung in den siebziger Jahren in Wulzendorf und Umgebung ja noch nicht so. Also reichte zu Beginn noch der kleine Kirchenvorplatz für die Segnung der wichtigsten Symbole des Wirtschaftswunders.

Bald dehnte sich die Schar der frommen Fahrzeuge aber auf den ganzen Hauptplatz aus, und schließlich musste für den Weihwasserregen schon die Hauptstraße gesperrt werden. Und als sich das auch nicht mehr ausging, beschloss der Pfarrgemeinderat, der ja praktischerweise mit dem Vorstand des damals noch existierenden SC Wulzendorf identisch war, dass die Autosegnung auf dem Fußballplatz am besten aufgehoben wäre. Und dort gab es auch Platz genug, um Traktoren und andere landwirtschaftliche Geräte dazuzustellen, eine Maßnahme, die nach dem hässlichen Unfall vom Neuhold Emil, dem Onkel vom Einser, sicher kein Fehler war. Denn wer ließ sich schon gerne von einer angefressenen, weil ungesegneten Rübenmaschine ein Bein ausreißen?

Obwohl man jetzt andererseits zugeben musste, dass dem Pregesbauer Kevin das gesegnete Auto auch nichts genützt hatte, als er vor zwei Jahren praktisch direkt von der Weihe kommend, mit einem kleinen Boxenstopp beim anschließenden Frühschoppen, die Standfestigkeit dieses Handyfunkmasten zwischen Wulzendorf und Haindorf ausprobiert hatte. Das Handynetz hatte gehalten, die Schädelbasis vom Kevin nicht. Aber jetzt aus diesem bedauerlichen Einzelfall irgendwelche Rückschlüsse auf die Zuverlässigkeit des geweihten Wassers zu ziehen, diese Infamie hätte nicht nur dem eher leicht erregbaren Dechant Czurka die Zornesröte bis in den Schnauzer getrieben.

Gott, wenn der Dechant Czurka das miterleben hätte können, was sich heute am Wulzendorfer Fußballplatz abspielte! Strahlendes Wetter, die prächtig bestickten Heiligenfahnen wiegten sich gefällig in der sanften Brise, die der Himmelvater geschickt hatte, damit niemandem zu heiß wurde, wie vor drei Jahren dem Kanschitz Martin. Der hatte es damals erstaunlicherweise geschafft, aus seinem Rollstuhl heraus auf den Opel Astra vom Urban Ernstl kreislaufzukollabieren und dabei eine Delle in die Fahrertür zu machen, die die Versicherung dann nicht als Parkschaden anerkannte. Und das war dann ganz schön unangenehm für den Ernstl, weil geh einmal zu einem Gelähmten und sag ihm, er soll dafür zahlen, dass er, eh schon gestraft genug, auch noch ohnmächtig aus seinem Sessel gekippt ist.

Die Autos standen heute so dicht an dicht, dass beim Segnen vermutlich kein Tropfen Weihwasser den Boden benetzen würde. Altgediente, die so gut wie keine der bisherigen Wulzendorfer Autowallfahrten versäumt hatten, meinten sogar, so viele seien es überhaupt noch nie gewesen.

Da spielte natürlich wieder mit, dass Wulzendorf nunmehr so eine Art Promi des Grauens war, also quasi der Dieter Bohlen unter den Kuhdörfern. Der Spakowitsch hatte es ja gewusst. Und er stand auch jetzt, wo die Volksfest-Kassa schon prall gefüllt war, völlig entspannt in der ersten Reihe dieser gottgefälligen Aufstellung für den Le-Mans-Start, der erfolgen würde, sowie die Formalitäten endlich erledigt waren.

Das Einzige, das Dechant Czurka wahrscheinlich nicht so goutiert hätte, stand gleich neben dem Feldaltar, den der junge Zwölfer-Leitner, der ein bisschen ein schlechtes Gewissen hatte, weil er nicht mehr die Kirchturmuhr aufziehen musste, und deshalb als eine Art Teilzeit-Mesner bei wichtigen Anlässen aushalf – und es machte ihm dabei auch meistens nichts aus, dass ihn die anderen, wenn das Bier wieder einmal gar so gut schmeckte, damit aufzogen, dass er der einzige Weiße sei, der jemals der Sklave von einem Schwarzen gewesen ist –, den also der Zwölfer neben den üblichen Versatzstücken der Altarschmückung wie Kerzenständern und Blumen, auch originell mit zwei schwarz-weiß karierten Zielflaggen dekoriert hatte.

Aber nein. Nicht den Pater Akwuegbu hätte der Dechant Czurka nicht goutiert. Obwohl er, wenn er noch ein denkender Dechant gewesen wäre und nicht Gemüse, sich schon so seine Gedanken gemacht hätte über diese schleichende Kolonisierung der europäischen Mutterkirche. Und angesichts dieser Gedanken hätte bei den liberalen Weicheiern in der Diözese sicherlich so manche Mitra empört gezittert.

Die Gerstmeierin. Die hätte ihm nicht so gefallen. Weil sie halt nun einmal nicht die heilige Johanna war. Und weil vor gerade einmal zwei Tagen die Johanna zum Herrn heimgegangen war, und noch nicht einmal begraben war sie, sondern in der Gerichtsmedizin. Und da stand schon die Gerstmeierin breithüftig an ihrer Stelle an der Spitze der Legionärinnen und sang die lauteste erste Stimme bei «Gro-ßer Go-hott wir lo-ho-ho-ben dich!».

«Ob Gott wirklich so einen lausigen Musikgeschmack hat?», fragte Grasel, völlig außer Acht lassend, dass man mit seinen Ten Years After sogar die Hoffnung auf das Fegefeuer gleich wieder begraben konnte.

«Es könnte immer noch schlimmer sein», sagte Suchanek. «Eine Jazzmesse. Mit Jungschar-Wandergitarren-Big-Band.»

Grasel überlegte kurz, nahm dann Haltung an und schmetterte ostentativ geläutert: «Gro-ßer Go-hott wir lo-ho-ho-ben dich!»

Suchanek und er lungerten mit ihren vor zehn Jahren cool gewesenen Sonnenbrillen bei der Grabenbrücke herum wie zwei bockige Teenager, die von ihren Eltern gezwungen worden waren, zur Messe zu gehen, sich nicht getraut hatten, nein zu sagen, jetzt aber, wo es die Mama nicht sehen konnte, voll die Revoluzzer heraushängen ließen. Natürlich hatte bei der Wahl dieses Standortes auch der Sicherheitsaspekt eine Rolle gespielt: Hier befanden sie sich deutlich außerhalb der Spritzweite des Weihwasserwedels. Noch wichtiger war aber natürlich, dass sie die Menschenmenge so einigermaßen gut überblicken konnten. Aber der Heimeder-Kurtl war nirgends zu sehen.

Drüben war es jetzt Zeit für die Predigt. Eine ordentliche Verstärkeranlage hatte sich natürlich wieder einmal keiner leisten wollen, also benützte Pater Akwuegbu das Megaphon, das gestern schon bei der Auffindung vom Willi hervorragende Dienste geleistet hatte.

«Liebe Gemeinde!», hob der Pater in einem an Stimmbruch erinnernden Singsang an. «Der Herr ist mein Hirte, mir wird nichts mangeln.»

«Wie originell!», stöhnte Grasel. «Also, dafür hätte er nicht aus Afrika kommen müssen.»

«Auch wenn ich wandere im Tal des Todesschattens, fürchte ich kein Unheil, denn du bist bei mir. Dein Stecken und dein Stab, sie trösten mich.»

Das gefiel dem Grasel wiederum. Denn die Kirche kam ja auf seiner persönlichen Hitliste gleich nach der Polizei.

«Dein Stecken und dein Stab? Und damit tröstet er? Also, mit dem Text kann man auch in gewissen Internet-Chatrooms ordentlich Meter machen!»

«Grasel, bitte! Jetzt ist wirklich nicht der Zeitpunkt für Kirchenkritik. Könnten wir uns bitte darauf konzentrieren, dass wir den Kurtl finden?»

«Moment! Da beschleicht mich ein furchtbarer Verdacht! Sind diese ganzen Nationalisten nicht alle Heiden? Vielleicht hat er gerade einen Widderkopf auf und macht irgendwo ein rituelles Blutopfer!»

«Du bereitest vor mir einen Tisch angesichts meiner Feinde. Und ich kehre zurück ins Haus des Herrn lebenslang», jodelte der Pater weiter. «Ja, liebe Gemeinde. Dieses Wort wird nun Wahrheit an unserer Schwester Johanna und unserem Bruder Wilhelm in Christo, denn der letzte Feind, der Tod, wird sie nicht besiegen. Denn der Tod ist nicht mehr als der Durchgang zu einem neuen Leben!»

«Na also», flüsterte Grasel jetzt, «da kommen wir ja endlich zum Thema.»

«Viele werden sich jetzt fragen: Wo ist Gott, wenn solche schrecklichen Dinge passieren? Als Adam und Eva Gott im Garten Eden ungehorsam waren, brachten sie Schuld in die

Welt – und Tod und Mord folgten bald darauf. Niemand ist davor geschützt, nicht einmal die Menschen, die Gott von ganzem Herzen vertrauten und gehorchten.»

«Wie zum Beispiel der Willi», feixte Suchaneks privater Bibelexeget.

«Und dann werden sich aber auch viele fragen: Was ist mit jenem, der das getan hat? Soll er auf ewig schmoren in den heißen Zungen des Höllenfeuers? Liebe Gemeinde, denkt an Matthäus, der Jesus fragt: Wie oft soll ich denn meinem Bruder vergeben, wenn er sich gegen mich vergangen hat? Siebenmal? Darauf sagt Jesus: Nein, siebzig mal sieben. Denn der wahre Glaube ist: Vergebung.»

Kaum hatte Akwuegbu diesen Satz beendet, löste sich am rechten Flügel auch schon ein Mann aus der Menge, stieß in den Freiraum zwischen Altar und der ersten Reihe von Wallfahrern vor, wohl auch, weil er wusste, dass ihn dort jeder sehen würde. Und dann ging der Fünfer-Mantler mit raumgreifenden Schritten an dem Altar vorbei, warf dem Pater dabei noch einen langen strafenden Blick zu und verließ die Veranstaltung.

«Oh-Oh! Das nenne ich einen starken Abgang!», freute sich Grasel. «Dem schwarzen Mann öffentlich die Gefolgschaft aufzukündigen ... Was sagt da jetzt wohl die Johanna auf ihrer Wolke dazu? Wobei, an der Stelle vom Mantler hätte ich jetzt langsam auch die Nase voll von den Pfaffen. Der eine macht seiner Frau ein Kind, und der andere findet es zum Ausgleich dafür eh nicht so schlimm, dass sie jetzt tot ist.»

Suchanek machte einen langen Hals. «Siehst du eigentlich den Gregor irgendwo?», fragte er.

Sie suchten beide den jungen Mantler, konnten ihn aber in der Menge nicht entdecken. Und Gregors Auto war zwar für sich allein betrachtet durchaus auffällig, aber am Fußballplatz standen so viele, die zumindest ähnlich aussahen, dass auch die Fahrzeugfahndung aussichtslos blieb. Wahrscheinlich war Gregor also gar nicht erst gekommen, um für das Seelenheil seiner Mutter zu beten.

Pater Akwuegbu war sichtlich betroffen von Mantlers Auszug. Trotzdem versuchte er, den Faden der Vergebung irgendwie weiterzuspinnen. Obwohl man annehmen musste, dass der Großteil der Gemeinde doch eher auf der Seite vom Fünfer war. Die Sache mit der Vergebung hatte es, wie alle liberalen Spintisierereien, mit der Mehrheitsfindung in Österreich nicht so leicht. Und überzeugendere Argumente, als dass es halt schon total edel war, gleich auch noch die zweite Wange hinzuhalten, konnte der Pater nun einmal nicht liefern. Aber die hatten in Wulzendorf immer schon ganz schlecht gezogen.

Als sich Akwuegbu endlich in ein erlösendes «Amen!» geflüchtet hatte, schien er sehr erleichtert zu sein. Und dann begann er mit einer der katholischen Lieblingsübungen: dem Schuldbekenntnis.

«Ich bekenne Gott, dem Allmächtigen ...»

Und die Textsicheren unter den Wallfahrern, also quasi alle, stimmten mit ein:

«... und allen Brüdern und Schwestern, dass ich Gutes unterlassen und Böses getan habe. Ich habe gesündigt in Gedanken, Worten und Werken durch meine Schuld, durch meine Schuld, durch meine große Schuld.»

Bei dieser eindringlichen Passage klopfte sich die Gemeinde drei Mal gegen die Brust, um die Schwere der Schuld zu verdeutlichen.

«Da!» Grasel stieß Suchanek in die immer noch heftig

schmerzende Seite und zeigte auf die Menge. «Ich hab ihn. Dritte ... nein, vierte Reihe. Links.»

Suchanek hätte schwören können, dass der Heimeder vor fünf Minuten noch nicht da gestanden war. Aber jetzt war er jedenfalls da und hämmerte sich heftig auf die schuldgeschwellte Brust.

Grasel schaute Suchanek in die Augen. «Letzte Chance zum Kneifen. Willst du das wirklich durchziehen?»

Suchanek nickte. Er war haltlos nervös und schwitzte wie ein Eishockeytormann unter zwanzig Kilo Ausrüstung. Aber das musste jetzt sein.

Sie schlenderten zuerst die Straße entlang und bogen dann knapp hinter dem Platz ab, an dem der Kurtl stand. Dann gingen sie über den schmalen Wiesenstreifen im Straßengraben und stellten sich vollkommen unauffällig zu den der Segnung Harrenden dazu. Höchstens zwanzig Leute starrten sie an und fragten sich offenbar, was dieser plötzliche Anfall von Religiosität bei den Wulzendorfer Blues Brothers zu bedeuten hatte. Aber darauf konnten die beiden Privatschnüffler jetzt keine Rücksicht nehmen. Die Messe steuerte ihrem Höhepunkt zu, und sie mussten ihren Auftritt mit dem Heimeder über die Bühne bringen, bevor sich alle wieder in ihre Autos setzten.

Langsam drängten sich Grasel und Suchanek in der Reihe hinter dem Kurtl nach rechts, so lange, bis sie endlich genau hinter ihm standen. Keine Minute zu früh. Denn schon rief der Pater vorne mit gezücktem Wedel: «Und darum bitten wir dich, oh Herr! Segne diese Autos und alle, die in ihnen fahren! Gewähre ihnen deinen Schutz auf all ihren Wegen und geleite sie sicher in deinen Schoß! Im Namen des Vaters, des Sohnes ...»

Geleite sie sicher in deinen Schoß? Na, egal jetzt.

Links vom Grasel stand der Dreier-Kanschitz. Und gleich neben dem Heimeder war die Nidetzky. Ideale Zeugen. Suchanek holte vorsichtig den Führerschein aus seiner Hosentasche, bedeckte ihn auf seinem Oberschenkel mit der flachen Hand und ließ ihn schließlich unauffällig hinabgleiten. Er fiel auf den Boden und kam wunschgemäß neben Kurtls Fuß zu liegen. Es war angerichtet.

Und bald darauf entließ Pater Akwuegbu die Gemeinde. «Gehet hin in Frieden!»

«Dank sei Gott, dem Herrn!»

Jetzt!

Bevor Heimeder auch nur den Hauch einer Chance hatte wegzugehen, bückte sich Suchanek, nicht ohne alle seine Nachbarn dabei anzurempeln, hob das rosa Papier auf, klopfte dem Alleinunterhalter auf den Arm und dröhnte weit über Zimmerlautstärke: «Kurtl! Du hast da was verloren!» Heimeder drehte sich zu ihm und streckte verwundert den Arm aus, um den Schein an sich zu nehmen. Aber Suchanek zog seine Hand wieder zurück und schrie: «Warte, ich will erst sehen, wie du als ein Junger ausgeschaut hast!»

«Ja!», brüllte Grasel. «Sicher urblöd!»

Suchanek klappte das Dokument auf, machte sein hoffentlich bestes entsetztes Gesicht und rief: «Aber, Kurtl! Das bist ja gar nicht du! Das ist ja ... der Willi!»

«Was? Wie kommst du denn an den Führerschein vom Willi, Kurtl?», schrie jetzt wiederum Grasel in nahezu täuschend echter Verwunderung. Sie kamen so natürlich rüber wie zwei Shoppingkanal-Verkäufer, die sich vollkommen ungezwungen über die Vorteile eines direkt auf dem Staubsaugerrohr angebrachten Haartrimmers unterhielten. Aber die Schmierenkomödie hatte ihren Zweck erfüllt. Die alte Nidetzky riss die Augen weit auf, die Leute rundum rückten alle näher, um mitzubekommen, was da gerade passierte, und der Dreier-Kanschitz nahm Suchanek den Führerschein sogar aus der Hand, um sich davon zu überzeugen, dass er die Wahrheit gesagt hatte. Dann schaute er den Heimeder verständnislos an.

«Ich, äh ... das schaut jetzt zugegeben ein bissl blöd aus. Aber dafür gibt es eine einfache Erklärung!», stotterte der. «Den hat mir der Willi gegeben.»

«Ach so?», sagte der Dreier ungläubig. «Freiwillig? Und warum sollte der Willi das bitte tun?»

«Natürlich freiwillig! Beim letzten Mal, wie wir bei dir im Café geschnapst haben», sagte der Heimeder Richtung Grasel. Ganz klein war der sonst immer so lustige Mann auf einmal. «Der Willi hat an dem Tag so viel verloren, dass er nicht mehr zahlen konnte. Da hat er mir als Pfand seinen Führerschein gegeben.»

«Aber das kann doch nicht sein», antwortete Grasel. «Ihr habt's doch immer nur um einen Euro das Bummerl gespielt.»

«Das haben wir doch nur euch gesagt, damit es nicht so blöd ausschaut. In Wirklichkeit waren es 1000 Euro. Und der Willi hat am Sonntag vor drei Wochen einen ganz schlechten Lauf gehabt. Ganz miese Karten. Ein paar Mal ist er sogar Schneider geworden. Und eigentlich hat er schon in den Wochen vorher auch einen schlechten Lauf gehabt.»

«Wie viel hat er dir denn geschuldet?», wollte Suchanek wissen.

Heimeder senkte den Kopf. «Viel», sagte er leise.

«Jetzt sag schon!», drängte die Nidetzky. «Wie viel?»

«27 000 Euro», sagte Kurtl tonlos.

Grasel pfiff anerkennend. «27 000? Um so viel Kohle habt

ihr unter meinen Augen geschnapst, und ich hab nichts mitgekriegt? Ich glaub, ich werde alt.»

Und Suchanek sagte: «Nicht böse sein, Kurtl: Aber für mich klingt das nach einem Motiv.»

«Motiv? So ein Blödsinn! Er hat ihn mir als Pfand gegeben! Wirklich! Ich habe auch einen Zeugen!»

«So? Wen?»

«Der Siebzehner-Stratzner war dabei. Der wird es euch bestätigen!»

«Das hoffe ich für dich», sagte der Dreier-Kanschitz ernst, klappte den Führerschein zu und wedelte damit vor Heimeders Gesicht. «Aber jetzt würde ich sagen, du gehst am besten mit mir zum Kommissar. Du wirst ja wohl einsehen, dass wir ihm das da zeigen müssen.»

«Ja.» Heimeder gab sich widerspruchslos geschlagen. «Natürlich.»

Suchanek und Grasel sahen ihm nach, wie er mit gesenktem Kopf an der Seite vom Kanschitz davontrottete. Ein paar Leute gingen den beiden nach, weil sie Kurtls Auftritt vor Wimmer nicht verpassen wollten.

«Das ging ja viel leichter, als ich gedacht hätte!», frohlockte Grasel leise. «Und er hat sogar noch gleich ein Motiv dazugeliefert.»

«Ja», sagte Suchanek nachdenklich. «Schon.»

«Was ist? Bist du nicht zufrieden?»

«Doch, natürlich. Aber wenn der Stratzner seine Geschichte bestätigt? Und wird der das als guter Freund nicht sowieso tun? Egal, ob sie stimmt oder nicht?»

«Na ja. Der Wimmer wird ihn schon ordentlich in die Mangel nehmen. Und ob sich der Siebzehner einfach so zu lügen traut ... Ich weiß nicht.»

Während Grasel und Suchanek weiterdiskutierten, ob sie den Fall nun gelöst hatten oder nicht, leerte sich das Areal rasch. Die Feuerwehr hatte alle Autofahrer ersucht, nach der Messe rasch wieder vom Fußballplatz wegzufahren, weil dort am Nachmittag noch die große Schlusstombola stattfinden sollte. Bald standen die beiden nahezu allein auf dem Messegelände, ins Gespräch vertieft.

Dann war es Grasel, der noch vor Suchanek merkte, dass etwas nicht stimmte.

Die Leute, die noch da waren, schienen plötzlich alle auf einen Punkt am Volksfestgelände zuzuströmen.

«Was ist da los?», murmelte er und schaute angestrengt in die Richtung. Dann packte er Suchanek am Ärmel und zog ihn hinter all den anderen her.

In der Mitte einer Menschentraube saß auf einer Bank ORF 1, der Gärtner Poldi. Seine Haare waren schweißnass, und neben beiden Ohren rannen die Iguacu-Fälle über sein teigiges, angstverzerrtes Gesicht. «Er ist weg. Weg!», rief er mit schriller Stimme. «Ich hab ihn überall gesucht. Nirgends ist er. Und ans Handy geht er auch nicht. Er ist einfach verschwunden!»

Suchanek schaute zum Fußballplatz. Die gesegneten Autos waren, wie gewünscht, alle brav wieder weggefahren. Bis auf eines. Es schaute Richtung Kläranlage und stand quasi auf der rechten Außendeckerposition. Selbstverständlich war es anthrazitgrau und auch sonst ein Teil von Willis stolzem Erbe. Aber abgesehen von diesem Zugeständnis an den Zeitgeist verströmte es den Geist eines nahezu radikalen Individualismus.

Denn da konnten alle mit ihren BMWs und GTIs und Astras sagen, was sie wollten: Nur ein Japaner war ein Japaner.

17

Wenn die Tradition etwas verlangt, dann gibt man es ihr, und aus. Das war ja bitteschön nicht nur in Wulzendorf so, sondern überall auf der Welt.

So gesehen war es eigentlich auch kein Unterschied, ob jetzt beispielsweise der Wulzendorfer Burschenbund in der Nacht ausrückte, um den angeberischen Maibaum in Bernhardsau, den höchsten in der ganzen Umgebung, umzulegen oder ob irgendeine verhutzelte alte Hexe, neben der wahrscheinlich früher der Pater Akwuegbu gewohnt hatte, in der Nacht losging, um ein kleines Mädchen mit einer Glasscherbe zu beschneiden. Über die Traditionen anderer brauchte keiner zu urteilen, wenn er sich nicht wenigstens vorher eingehend mit ihnen befasst hatte.

Der Sechser-Hartl war da ein löbliches Vorbild. Er hatte sich schon immer weniger für Maibäume interessiert als sehr viel mehr dafür, was die da unten bei so einer Beschneidung eigentlich alles wegschnitten. Man konnte sagen, dass der Sechser auf diesem ethnologisch hochinteressanten Gebiet quasi wissenschaftlich arbeitete, obwohl er das ja nicht studiert hatte oder was. Aber die meisten von seinen Internet-Bookmarks führten zu Seiten, wo man das, was die da wegschnitten, genau sehen konnte. Also, wenn es noch da war. Besser noch als auf den Fotos, die er immer von seiner Bianca machte, weil er war ja nur ein zwar sehr ambitionierter, aber eben doch Amateur. Aber das war jetzt eine ganz andere Geschichte.

An sich, so verlangte es jedenfalls die Tradition, folgte auf die Wulzendorfer Autoweihe immer der Frühschoppen. Jetzt musste man schon sagen, dass das früher, bevor der

Ziehrer-Wirt zugesperrt hatte, atmosphärisch schon noch etwas anderes gewesen war. Da hatte die Trachtenmusikkapelle Wulzendorf im Festsaal aufgespielt, der zwar so festlich zugegebenermaßen auch wieder nicht gewesen war, aber im Vergleich zur Jetztzeit im Bierzelt allemal. Außerdem hatte nach drei Tagen Volksfest in dem Zelt doch nun schon wirklich jeder in praktisch jede Ecke gespieben. Da war auch der Reiz des Neuen nicht mehr so.

Aber heute, an diesem letzten Tag dieses unpackbaren Volksfestes, war ja sowieso alles anders. Heute wurde, so traurig es für die Traditionalisten war, und von denen gab es ja doch ein paar, mit der Tradition gebrochen. Das Fest hatte sich bis jetzt mehr als wacker geschlagen und trotz der ausgesprochen widrigen äußeren Umstände zu einem neuen Rekordergebnis geführt. Aber jetzt, jetzt war einfach nichts mehr zu machen.

Jetzt war Schluss.

Die malerischen Mädchen und die beliebten Burschen von der Musik standen unschlüssig herum und ließen die Klarinetten traurig hängen. Der Achter-Hiefler, nicht nur der sicherlich aufregendste Kirchenorganist Niederösterreichs, sondern auch noch das tragendste Flügelhorn seit der Erfindung der Trachtenmusikkapelle, stand mit sorgenvoller Miene da, die blaue Kappe weit in den Nacken geschoben, und spielte nervös mit dem ausnahmsweise einmal leeren Spuckeablassventil seines Instruments. Der Bub vom Lasnik Pepi, ein vielleicht sechsjähriger weißblonder Wirbler, der das Wagerl mit der großen Trommel zog, schaute gedankenverloren ins Narrenkastl, hatte dabei eine Hand in seiner Knickerbocker und kratzte sich die Eier.

Jetzt hätte die Trachtenmusikkapelle zwar an sich den Ausfall der zweiten Posaune schon verkraften können. Hätte halt der Achter ein wenig lauter geblasen. An laut sollte es bei ihm nun wirklich nicht scheitern, denn seine sympathische Inbrunst war legendär. Aber einfach so den Brucker Lagermarsch einzählen, obwohl der Gärtner Bertl verschwunden war? Und Gott allein wusste, was mit ihm passiert war? Wie hätte das denn wieder ausgeschaut?

Wobei, natürlich: So ganz allein war Gott mit diesem Wissen klarerweise nicht. Wenigstens einer musste ja sonst wohl noch wissen, was mit dem Bertl passiert war. Aber der würde in dieser Angelegenheit sicherlich mindestens genauso dichthalten wie Gott.

Von demselben Platz aus, von dem vorhin Pater Akwuegbu so ergreifend Vergebung für den Sünder gefordert hatte, der Wulzendorf in Atem hielt, tat jetzt der Siebzehner, der natürlich spürte, dass er, wenn er jetzt Führungsqualität und Standhaftigkeit bewies, gute Aussichten hatte, quasi zum Ortsvorsteher auf Lebenszeit ernannt zu werden, so ziemlich genau das Gegenteil.

«Liebe Mitbürger! Jetzt hat die Bestie schon wieder zugeschlagen!», bellte er hinter dem schönen Feldaltar vom jungen Zwölfer hervor in das Megaphon. «Ich sage: Es ist genug! In dieser für Wulzendorf so schweren Stunde müssen wir die Reihen schließen und zusammenhalten! Wir dürfen da nicht mehr länger zuschauen!»

«Genug!» – «Jawohl!» – «Bestie!», antwortete es aus der Menge.

«Es ist doch immer das Gleiche: Wenn wir anständigen Bürger wollen, dass was passiert, müssen wir die Sache selber in die Hand nehmen. Da ist es ganz egal, ob es um unser Selbstbestimmungsrecht geht oder um unser Selbstverteidigungsrecht. Fest steht: Wir müssen etwas unternehmen!»

Tosender Applaus, der mindestens so sehr der Selbstbestimmung wie der -verteidigung galt. In Bernhardsau nämlich wäre der Täter sicher schon längst gefasst gewesen. In Bernhardsau musste sich nämlich der anständige Bürger nicht jeden Tag seine Freiheit aufs Neue erarbeiten und in der verbleibenden Zeit bis zum Beginn des Hauptabendprogrammes auch noch in einen Kampf auf Leben und Tod ziehen. Und in Bernhardsau war sicher auch das Wetter besser.

Suchanek und Grasel standen beim Bull-o-Meter, einer sinnigen Erfindung auf dem spaßigen Kraftsportsektor, bei der man zwei Griffe, die die Form von Stierhörnern hatten, zusammendrücken musste und anschließend eine Bewertung bekam, die selten über «Muskelmus» oder «Bizepsbaby» hinausreichte, weil das für den Ehrgeiz und damit die weitere Spendenbereitschaft der männlichen Probanden doch sehr förderlich war. Und obwohl die beiden keine niederschmetternde Beurteilung durch das Bull-o-Meter zu verarbeiten hatten, waren sie ziemlich unglücklich.

Wegen dem Gärtner Bertl auch, ja. Der war ja nun wirklich ein herausragender Beweis dafür, wie ungerecht man von Gott oder vom Schicksal oder woran man halt glaubte behandelt werden konnte. Da musste ORF 2 so einen abstrus unförmigen Schädel durch sein Leben tragen – und dann war dieses auch schon wieder vorbei. Wobei es ja eine Restchance gab, dass er noch gar nicht tot war. Der Grasel schätzte sie auf 20 Prozent, Suchanek sogar auf mehr. Aber abgesehen von dieser traurigen neuen Entwicklung fuchste es sie natürlich unendlich, dass sie gedacht hatten, den Heimeder mit ihrem denkwürdigen Auftritt mit dem Führerschein überführt zu haben. Und danach sah es ja nun nicht mehr so stark aus.

«Ich glaub ja immer noch, dass er es war», bestand der Grasel trotzig auf ihrem viel zu kurz ausgekosteten Erfolg, den sie noch dazu mit niemandem hatten teilen können. Dafür wäre ja nur die Lengauer Milli in Frage gekommen, und die hatte es sich verkniffen, zur Autoweihe zu kommen, weil der Herrgott sicher nicht begeistert gewesen wäre, wenn sie der Neuholdin während des Schuldbekenntnisses ihr sündteures Bettelarmband gemopst hätte.

Natürlich bestand weiterhin die Möglichkeit, dass es der Kurtl gewesen war. Immerhin hatten sie ihn während der Messe in der Menge lange nicht finden können, und so gesehen hätte er vielleicht schon die Zeit gehabt, den Bertl verschwinden zu lassen. Andererseits war er sofort in die Offensive gegangen, hatte einen gar nicht einmal unplausiblen Grund genannt, warum er Willis Führerschein hatte. Und auch gleich einen Zeugen. Und dass Kommissar Wimmer nicht wirklich daran glaubte, dass der Kurtl der Mörder war, zeigte sich auch daran, dass er aus Bernhardsau, wohin man den Kurtl gebracht hatte, um ihn zu verhören, gleich wieder zurückgekommen war, nachdem er erfahren hatte, dass der ORF 2 abgängig war. Und es hatte durchaus sein Gutes, dass der Wimmer hier war. Er würde nämlich nicht schlecht daran tun, den Siebzehner irgendwie einzubremsen. Denn der lief gerade zur Form seines Lebens auf.

«Wir müssen uns wehren», donnerte er. «Die Polizei ist ja heutzutage zu nichts anderem mehr fähig, als von uns Autofahrern abzukassieren. Wo wir doch eh schon die Melkkühe der Nation sind. Oder sie kriminalisiert friedliche Besitzer von gut abgerichteten Schutzhunden! Aber sie ist offensichtlich nicht dazu imstande, uns ehrliche und anständige Bürger zu schützen! Also müssen wir das jetzt selbst in die Hand nehmen! Die Jäger unter euch gehen jetzt am besten geschwind nach Hause und holen ihre Gewehre. Und dann bilden wir Suchtrupps! Vielleicht können wir den Gärtner Bertl ja noch retten und die Bestie zur Strecke bringen!»

Der tosende Jubel, in dem der Siebzehner jetzt baden durfte, war sicherlich der stärkste, den Wulzendorf erlebt hatte, seit der Hansi-Burli im denkwürdigen Derby gegen die Bernhardsäue im 84er-Jahr in der letzten Minute zwar nicht das Siegestor geschossen, aber wenigstens dem gegnerischen Tormann, der eben das verhindert hatte, den Kiefer gebrochen und sechs Zähne gezogen hatte. Aber jetzt war es natürlich so: Wenn es etwas gab, das für die öffentliche Sicherheit in Wulzendorf potenziell noch um Eckhäuser gefährlicher war als ein Mörder, der sich jetzt schon sein drittes Opfer geholt hatte, dann dreißig hochmotivierte Niederwildniedermetzler, die mit ins Bedenkliche erhöhtem Blutdruck und Flinte im Anschlag durch Dorf und Flur marschierten. Man konnte sie ja schon im Normalfall nur mit Mühe und der Aussicht auf garantiert keine mildernden Umstände davon abhalten, der Strecke eines erfrischenden herbstlichen Jagdmorgens zwecks Abrundung des Gesamtbildes noch ein paar Treiber hinzuzufügen. Wenn sie jetzt auch noch quasi moralisch verpflichtet waren, zuerst zu schießen und dann zu fragen, weil: Bestie!, dann konnte man nur mehr sagen: Halaliluja.

Eine solche Hilfssherifftruppe war genau das, was Kommissar Wimmer zu seinem Glück noch brauchte. So schnell es ihm mit den massiven römischen Säulen, die er anstelle menschlicher Beine hatte, halt möglich war, stürmte er hinter den Altar und entwand dem Siebzehner das Megaphon, um seinerseits eine begeisternde Rede zu halten.

«Sehr geehrte Wulzendorferinnen und Wulzendorfer!»

Um da erst gar keine Missverständnisse aufkommen zu

lassen, antwortete die Zwölfer-Leitnerin stellvertretend für alle geehrten Wulzendorferinnen und Wulzendorfer laut und deutlich: «Buh!!»

«Die Polizei begrüßt selbstverständlich die Hilfsbereitschaft der Bevölkerung und ist für jeden Hinweis, der zur Auffindung des vermissten Herrn Gärtner und zur Ergreifung des Täters führt, sehr dankbar. Falls Sie irgendeine Information für uns haben, falls Ihnen irgendetwas Verdächtiges aufgefallen ist, und wenn es Ihnen auch noch so unwichtig erscheint, bitte zögern Sie nicht, zu mir oder zu einem meiner Kollegen zu kommen. Aber ich muss Sie dringendst ersuchen, von jedweder Suchaktion auf eigene Faust und unter Umständen auch noch bewaffnet Abstand zu nehmen! Sie gefährden damit nicht nur Ihre eigene Sicherheit, sondern die Sicherheit aller Ortsbewohner.»

Wieder war es die Zwölfer-Leitnerin, die darauf exakt die richtige Antwort wusste: «Buh!!»

«Glauben Sie mir, wir tun alles, was in unserer Macht steht, um Herrn Gärtner schnellstmöglich aufzufinden. Ich habe bereits zusätzliche Kräfte angefordert. Und in zwei, drei Stunden haben wir auch Suchhunde hier ...»

«Aber geh! Meinen hab ich in fünf Minuten!», rief der Siebzehner, der sich in der Rolle des Revolutionsführers immer wohler fühlte. Jetzt würde er der verweichlichten Staatsmacht zeigen, wo es langging, und in absehbarer Zeit würde er dann den Wulzendorfer Frühling ausrufen und die verknöcherten und korrupten Bernhardsauer Herrscher hinwegfegen.

«Herr Stratzner, Sie zeigen sich da jetzt nicht gerade als verantwortungsvoller Lokalpolitiker. Ich werde nicht zögern, Ihre Rolle in dieser ganzen Geschichte auch bei geeigneter Stelle im Land zu besprechen. Aber jedenfalls, meine Damen und Herren, glauben Sie mir: Die Polizei hat diese Situation absolut im Griff.»

Die Zwölfer-Leitnerin war ja an sich eine Geduldige, wie sie, und zwar ausschließlich sie, fand, aber jetzt riss sogar bei ihr der Faden. Also rief sie nicht mehr nur freundlich «Buh», sondern wurde deutlicher. Sonst verstanden es ja die Großkopferten nicht. «Was für ein Schmarrn! Darum ist ja der kleine Dreizehner auch unter euren Augen verschwunden, weil ihr alles im Griff habt! Alles im Griff, dass ich nicht lache! Wie schaut das dann eigentlich aus, wenn ihr einmal nicht alles im Griff habt?»

Und das Blöde daran war: Sie hatte ja nun nicht einmal unrecht. Der ORF 2 war ja wirklich praktisch unter den Augen der Polizei verschwunden. Entweder waren also die Krimineser tatsächlich genauso unfähig wie die Kapplständer aus Bernhardsau oder der Mörder ein unglaublich geschickter, kaltblütiger Hund. Wahrscheinlich stimmte sogar beides.

Nach dieser Wutfontäne der Zwölferin brachen alle Dämme zivilisatorischer Stauhaltung, die in Wulzendorf, wie der Suchanek fand, ohnehin schon immer etwas niedrig dimensioniert gewesen waren. Eine Kakophonie des Missfallens ergoss sich über den Kommissar. Pfiffe, Beschimpfungen, auch einige hoch über die Menge hinauswachsende Mittelfinger waren zu sehen. Die Witwenschüttler, weil es waren ja in der Zwischenzeit nicht mehr nur Patrick Jenewein vom «Express» und sein gutaussehender Fotograf hier, sondern auch noch ein paar andere schreibende Randexistenzen, kamen gar nicht nach, ihre Notizblöcke mit überkochenden Volksseelen und bestialischen Bestien zu füllen.

Und: Ziemlich genau dreißig Jäger machten sich in dieser Sekunde auf den Weg nach Hause, um ihre Gewehre zu holen.

Das war jetzt aber vorderhand nicht wirklich Suchaneks Problem. Den plagte ein anderes. Nämlich: warum? Folgerichtig sagte er zu Grasel: «Warum?»

«Warum was?»

«Warum jetzt auch noch der Bertl?»

«Woher soll ich das wissen?»

«Du weißt doch sonst immer alles. Was ist jetzt mit deiner Sündentheorie? Was hat denn der Bertl deiner Meinung nach angestellt?»

Es widerstrebte dem Grasel zwar, das gleich so freihändig und kampflos zuzugeben, aber es sah tatsächlich so aus, als wäre die Sündentheorie jetzt erledigt. Weil: der Bertl. Wenn einer eigentlich keine Sünde begangen haben konnte, die einen durchgeknallten Racheengel dazu bewegen könnte, ihn final zu bestrafen, dann ja wohl der Bertl. Aber ein simpler, motivloser Serienkiller – das wäre doch zu enttäuschend!

«Wir fragen den Poldi», entschied Grasel knapp.

Sie kämpften sich wieder durch bis zu der Bank vor der Grillhendlstation, deren Spieße sich nicht zum ersten Mal im Lauf dieses denkwürdigen Volksfestes leer drehten. Hier saß immer noch der Gärtner Poldi, dessen Kopf von den vielen schrecklichen Gedanken, die ihn nunmehr heimsuchten, noch enormer geworden zu sein schien. Seine Arme hingen schlaff herab, und er schwitzte sich in nicht endenden Strömen seine ganze Verzweiflung heraus.

«Poldi! Jetzt erzähl doch einmal, wie das genau passiert ist», sagte Suchanek durchaus mitleidig.

Der dicke Gärtner-Bub schaute ihn wie durch einen fernen Astralnebel hindurch waidwund an. «Der Bertl hat gesagt, dass er sich vor der Messe noch einen Sommerspritzer holen will, weil es so heiß ist», sagte er schwach. «Und dann ist er nicht mehr wiedergekommen.»

«Er war also noch im Bierzelt?»

«Er hat gesagt, er geht hin. Ob er wirklich drin war, weiß ich nicht.»

«Ich geh mal fragen», sagte Grasel forsch und machte sich sofort auf den Weg. Suchanek sah ihm nach und dachte: Eigentlich wäre aus dem ein guter Bulle geworden. Wenn er mir das nächste Mal auf die Nerven geht, muss ich ihm das unbedingt sagen.

«War sonst noch irgendwas, Poldi? Ist dir irgendwas aufgefallen?»

«Was soll mir aufgefallen sein?»

«Hat er sonst noch irgendwas gesagt?»

«Nein.»

«Hat er vorher mit wem geredet? Oder ist wer mit ihm gegangen? Oder ihm nach?»

«Geredet, geredet. Sicher hat er mit wem geredet. Wenn man da herumsteht und darauf wartet, dass die Autoweihe anfängt, dann redet man halt.»

«Sie lassen mir leider keine andere Wahl», brüllte jetzt der Inspektor gegen die sich Bahn brechende Revolution an. «Zur Abwehr unmittelbarer Gefahren für die öffentliche Sicherheit untersage ich hiermit polizeilich das Tragen jeglicher Waffen. Zuwiderhandeln wird massiv bestraft! Seien Sie vernünftig! Überlassen Sie das der Polizei!»

«Gfüllter!», schrie der Siebzehner, der jetzt, wo er Wimmer doch schon etwas besser kannte, dem Kommissar nicht nur das Du-Wort schenkte – wiewohl der vermutlich doch der Ältere war, aber auf so hohle, sinnentleerte Konventionen wie zum Beispiel auch nur rudimentäre Höflichkeit hatte Stratzner noch nie viel gegeben –, sondern gleich auch einen liebevollen Spitznamen. «Gfüllter! In der Zeit, in der du da jetzt blöd herumredest und freie Bürger drangsalierst, könntest du schon längst den kleinen Gärtner suchen! Du willst uns verhaften, wenn wir uns selbst verteidigen? Und den Mörder lässt du weiter herumrennen? Das schau ich mir aber an erste Reihe fußfrei!»

«Mit seinem Telefon hat er herumgetan», sagte Poldi plötzlich.

Suchanek wurde hellhörig. «Was heißt herumgetan? Hat ihn wer angerufen?»

«Nein, ich glaube nicht. Telefonieren hab ich ihn nicht gesehen. Herumgetan halt. Ich weiß auch nicht, vielleicht wollte er ja nur nachschauen, wie Barcelona gestern gespielt hat.»

«Hat er vielleicht eine SMS gelesen? Oder ein Mail?»

«Weiß ich nicht. Aber, wenn ich so nachdenke, hat es danach am ehesten ausgeschaut.»

Grasel kam im Laufschritt zurück. «Die Mädeln im Bierzelt sagen, bei ihnen war er nicht.»

Suchanek legte den Kopf schief. Wenn sich der Bertl seinen Spritzer, den er angeblich hatte haben wollen, nicht geholt hatte, dann gab es nur zwei Möglichkeiten: Entweder, der Mörder hatte ihn auf dem kurzen Weg zum Bierzelt abgepasst und weggelockt. Mit Gewalt konnte er das aber nicht gemacht haben, das wäre ja wohl irgendwem aufgefallen.

Und die andere Möglichkeit war: Der Bertl hatte in Wirklichkeit überhaupt nie zum Bierzelt gewollt. Und er hatte seinen Bruder angelogen, weil er ... Ja. Weil er was?

«Poldi? War der Bertl irgendwie komisch in letzter Zeit?»

ORF 1 schüttelte den Kopf. «Nicht mehr als sonst.»

Nicht mehr als sonst. Was für eine Antwort.

«Ruhiger ist er vielleicht gewesen.»

«Was meinst du mit ruhiger?»

«Na ja, ich weiß auch nicht. Er war schon länger nicht mehr so. Ich glaube, er war unglücklich, weil ihm der Vater gesagt hat, dass er jetzt bald einmal ausziehen muss. Der ältere Bruder bleibt auf der Wirtschaft, und der andere muss halt gehen. Das war schon immer so. Er hat mir eh leidgetan. Aber was soll ich machen?»

«Glaubst du, er hat sich am Ende selber ...?», fragte jetzt Grasel in einer eindrucksvollen Demonstration seiner grenzenlosen Feinfühligkeit. Suchanek verdrehte die Augen.

«Was?», sagte Grasel ungerührt. «In einer Situation wie jetzt muss man doch wohl so was fragen dürfen. Schlimmer kann es eh nicht mehr werden.»

Suchanek legte dem jungen Dreizehner die Hand auf die Schulter. «Habt ihr über die Morde geredet?»

«Na sicher. Wer redet denn nicht über die?»

«Und? Was hat er dazu gesagt?»

«Was soll er schon gesagt haben? Dass das furchtbar ist und alles. Und wer das wohl gemacht haben könnte.»

«Hat er vielleicht einen Verdacht gehabt?»

«Nein. Er hat ja nicht Detektiv gespielt so wie andere Leute.»

«Du brauchst jetzt nicht auf mich loszugehen. Vergiss nicht, dass der Typ mich auch umbringen wollte. Und es tut mir leid, aber ich muss dich das jetzt fragen: Glaubst du, dass der Bertl irgendwas mit dieser ganzen Sache zu tun haben könnte?»

«Was? Bist du jetzt vollkommen deppert geworden? Der Bertl soll das gewesen sein? Nie im Leben!»

«Ich hab ja nicht gesagt, dass er es gewesen ist. Aber irgendwas an dieser Sache ist doch komisch. Es schaut halt so aus, als ob er dich angelogen hat. Er wollte überhaupt nicht ins Bierzelt, um sich einen Spritzer zu holen. Dorthin wäre er doch auf alle Fälle noch gekommen, das war ja nicht weit. Er wollte von Anfang an woanders hin.»

ORF 1 schaute blöd. «Aber ... wohin denn?»

«Wenn ich das wüsste, dann wären wir alle schon dort, oder?»

Grasel nickte anerkennend. Wahrscheinlich dachte er sich so was wie: Der wäre gar schlechter Bulle geworden. Wenn er mir das nächste Mal auf die Nerven geht, dann sage ich ihm das.

Der richtige Bulle sah sich derweil gezwungen, nun doch bis zum Äußersten zu gehen.

«Hiermit verhänge ich wegen Gefahr im Verzug ein Platzverbot für das gesamte Ortsgebiet von Wulzendorf! Die Sicherheitsorgane sind befugt, jeden festzunehmen, der sich ihren Anordnungen widersetzt!», brüllte Kommissar Wimmer mit sich überschlagender Stimme in einem letzten verzweifelten Versuch, die Oberhand zu behalten. Aber es war zu spät.

Der Siebzehner machte nur mehr eine wegwerfende Handbewegung und lachte den Kommissar aus. Die Runde ging eindeutig an ihn. Die Menge schrie und pfiff. Unter normalen Umständen hätten sich die bis auf einen an sich ja eh gesetzestreuen Wulzendorfer von so einer Drohung möglicherweise ins Bockshorn jagen lassen. Aber dass der hilflose Bulle nicht einfach ein ganzes Dorf verhaften würde, war jedem klar. Hätte auch eine ganz schlechte Presse gegeben. Und wenn die Innenministerin etwas hasste, dann das. Geschmackvolle Kleidung auch, ja. Aber schlechte Presse noch mehr.

Andererseits wäre die Verhaftung aller Wulzendorfer im

Moment wohl die einzige Möglichkeit gewesen, den Mörder von der Straße zu kriegen. Denn in Sachen Täterfindung sah es ja nach wie vor finster aus. Wimmer warf das Megaphon auf den Altar und zog sich in einen Streifenwagen zurück.

Was für ein unglaublicher Scheißtag war denn das schon wieder? Er brauchte einen Erfolg, und zwar dringend. Er nestelte sein Handy aus der Tasche. Aber der Anruf, auf den er schon den ganzen Tag wartete, kam und kam einfach nicht. Wenn er denn endlich gekommen wäre, dann hätte der Kommissar einen Namen gehabt. Dann wäre alles anders gewesen. Irgendwann würde der Anruf kommen. Er musste kommen. Hoffentlich war es dann noch nicht zu spät.

Grasel strich sich männlich über sein Kinn und schaute Suchanek an. «Und was machen wir jetzt?»

«Was sollen wir schon groß machen? Wir brauchen jedenfalls nicht das Dorf abzusuchen. Da gibt es ja wohl Freiwillige genug.»

«Aber irgendwas müssen wir doch tun.»

«Warum denn?»

«Schau dich doch einmal um. Ich fürchte, wir sind hier die Klügsten.»

18

«Arie Haan schießt und – Toooor! Aus 35 Metern schlägt die Kugel im Kreuzeck ein!»

«Wer ist Arie Haan?»

«Ein Holländer. Siebziger Jahre.»

«Welches Jahrhundert?»

Auf diese unerhörte Beleidigung eines Fußballgottes antwortete Grasel gar nicht erst mehr und legte die nächste Erdnuss auf, die er unhaltbar zwischen den beiden Gläsern durchzuschnippen gedachte.

Suchanek und er waren ins Route gefahren, weil sich bei der Stimmung da draußen nicht ausschließen ließ, dass man in eine ähnlich heikle Situation geraten könnte, wie als einziger Austrianer im violetten Leibchen im Fanblock der Rapid-Ultras. Es konnte nicht schaden, sich das Ganze einmal eine Zeitlang hinter einer versperrten Tür anzuschauen. Und außerdem hätten sie sowieso nicht gewusst, was sie sonst tun sollten.

Dass der Bertl vermutlich seinen Bruder angelogen und sich aus irgendeinem geheimnisvollen Grund von der Autoweihe weggeschlichen hatte, war eine Erkenntnis, auf die sich Suchanek durchaus etwas einbildete. Aber dass sie jetzt zumindest unmittelbar zu nichts weiter führte, trübte die Freude doch erheblich. Und der Heimeder lag ihnen natürlich auch noch im Magen.

«Was glaubst du? Lebt der Bertl jetzt noch oder nicht?», fragte Suchanek.

Grasel schoss eine Erdnuss in hohem Bogen auf den Boden.

«Also mein Gefühl sagt: nein. Selbst wenn er noch gelebt haben sollte bis zu dieser Bürgerwehrgründung. Aber spätestens jetzt muss der Mörder ihn doch gekillt haben. Schon allein aus Sicherheitsgründen. Eine Leiche kann man ja viel leichter verstecken.»

«Wieso? Als Leiche wird ja der ORF 2 auch nicht kleiner. Vor allem nicht der Schädel.»

«Na ja, eine Leiche kann man wenigstens irgendwie ... zusammenrollen.»

«Wie rollst du bitte eine Leiche zusammen?»

«Na, wie einen Hund oder so.»

Jetzt einmal abgesehen von Grasels Nekro-Nonsens: der Hund! Der war seit gestern Abend im Haus eingesperrt. Wenn dieses zugegebenermaßen erstaunliche Tier auch noch einen Weg gefunden haben sollte, seine Pisse durch die Haut verdunsten zu lassen, dann war eh alles in Ordnung. Falls dies aber wider Erwarten nicht eingetreten sein sollte, tat Suchanek gut daran, sich eine falsche Identität zuzulegen, bevor seine Mutter in ein paar Stunden zurückkam.

«Außerdem braucht eine Leiche keine Luft. Das ist schon praktischer», befand Grasel, stand auf, trat grimmig auf die Erdnuss, die er vorhin auf den Boden befördert hatte, ging dann zum Fenster und schaute hinaus. «Also, vazierende und bis an die Zähne bewaffnete Horden sehe ich zumindest hier einmal keine. Das kann man als Etappenerfolg bezeichnen.»

Suchanek blätterte im Kopf noch einmal sein Verdächtigenverzeichnis durch und blieb bei einem Gesicht hängen. Eines, das ihm irgendwie fehlte. «Hast du eigentlich heute schon den Sechser-Hartl gesehen?»

«Warte einmal ... Nein.»

«Ist das nicht komisch, dass der die Autoweihe auslässt?»

«Schon. Ein höherer Höhepunkt des Kirchenjahres kommt heuer nicht mehr.»

«Und sonst waren ja eigentlich alle unsere Verdächtigen da. Der Siebzehner, der Pfarrhofer.»

«Die Gerstmeierin.»

«Der Keller – war der auch da?»

«Ja. Den hab ich gesehen. Der ist während der Weihe in seinem Auto gesessen.»

«Wieso sitzt der da als Einziger im Auto?»

«Keine Ahnung. Das macht er immer. Vielleicht will er es nicht allein lassen. Oder er ist Satanist und kommt auf diese Weise billig zu Weihwasser. Und mit dem macht er dann irgendwas Schräges. So was wie Hostien in die Schuhe legen. Im übertragenen Sinn halt.»

Und während Suchanek noch überlegte, ob er sich in dieses Thema weiter vertiefen wollte, sagte Grasel: «Der Palenak. Der war auch nicht da.»

«Ja. Stimmt. Aber ist das bei dem nicht normal? Der macht doch nie bei irgendwas mit.»

«Es könnte aber sein, dass ihm die Chefin von der Legio jetzt einmal ordentlich die Leviten dafür lesen muss, dass er so gottlos ist.»

Suchanek stöhnte. «Grasel, kannst du bitte deine originellen Theorien wieder in den Stall zurückscheuchen? Wenigstens eine Zeitlang?»

«Oder sie will irgendwas anderes von ihm», fuhr Grasel unbeirrt fort. «Weil, so wie ich das sehe, fährt die Gerstmeierin gerade zu seinem Hof.»

Suchanek sprang auf und konnte gerade noch das Heck eines metalliségrünen VW-Käfers in dem Feldweg verschwinden sehen, der von der Straße nach Haindorf in Richtung der Kläranlage abzweigte.

«Das war die Gerstmeierin?»

«Wie immer sehr kontrolliert unterwegs in ihrem garagengepflegten Buckel.»

Es war zwar höchst erstaunlich, aber einen Punkt gab es im Gemeinderat, bei dem immer Einigkeit zwischen dem Bernhardsauer Block und der Wulzendorfer Bürgerliste bestand: nämlich dahingehend, für eine etwas akkuratere Wartung der Kläranlage nur ja kein Geld beim Fenster rauszuschmeißen. Früher hatten sie ja, wie der Siebzehner ganz gerne in der ohnehin kurzen Debatte hierzu erwähnte, nicht nur die überschüssigen Spritzmittel in die Feldbrunnen geleert, sondern auch die Gülle. So hatte man beim Bewässern der Frucht gleich gedüngt und Unkraut vernichtet dazu. In einem Arbeitsgang! Und? Hatte es wem geschadet?

Aber wenn die Gerstmeierin nicht das dringende Bedürfnis verspürte, sich intensiver in olfaktorisch mangelhaften Klärschlamm zu vertiefen, gab es dort hinten tatsächlich nur noch ein mögliches Ziel. Der Hof vom Palenak lag natürlich nicht an der Hauptstraße. Denn zum Ersten war er ja nur einer von den kleinen Bauern, deren Vorfahren sich in Wulzendorf erst angesiedelt hatten, als vom großen Kuchen nur mehr ein paar Krümel übrig waren. Und zweitens war er ein Biobauer. Also gar kein richtiger. Das hätte es auf der Hauptstraße nicht gegeben.

Wenn dort einer auf so eine blöde Idee gekommen wäre, dann hätte man ihm ja glatt die Nummer entziehen müssen. Nicht auf dem Papier, weil dort musste ja leider ein jeder eine Hausnummer haben, ob er sie nun verdiente oder nicht. Aber man konnte bei einem Biobauern ja locker die Nummer aus dem Namen streichen, wenn sie das beim österreichischen Adel mit dem «von» auch gemacht hatten. Für einen Weltkrieg. Also wegen wesentlich weniger.

Die Lage von Palenaks Hof hatte für alle Betroffenen Vorteile. Vor allem einmal schien die Gefahr, dass er irgendeinen Schaden anrichtete, dort hinten einigermaßen beherrschbar. Normalsterbliche ahnten ja gar nicht, wie viel Schaden zum Beispiel allein die Kontamination ordentlich chemisch gepflegten Pflanzenguts durch fahrlässig naturbelassenes anrichten konnte. Draußen am Feld war es ja dann eh nicht zu verhindern, dass da wild durcheinanderbestäubt und verunreinigt wurde, denn trotz jahrzehntelanger gemeinsamer Kraftanstrengung von agrarchemischer Internationale und Bauernschaft sollte es da draußen angeblich immer noch ein paar Bienen und Zeugs geben. Aber wenigstens im Dorf konnte man ja versuchen, sein Saatgut zu schützen, so gut es eben ging.

Wenn man eine gerade Linie vom Palenak über die Kläranlage hinaus zog, kam dann noch dazu gleich auf der anderen Seite der Haindorfer Straße der Friedhof. Das war auch gut, weil die dort hatten sowieso nichts mehr zu befürchten. Für den Palenak wiederum bedeutete sein Wohnort, dass er seine heilige Ruhe hatte. Und tun und lassen konnte, was er wollte.

Was wollte er denn?

Grasel sah Suchanek an. Suchanek sah Grasel an.

«Rock 'n' Roll?», fragte Grasel.

Gleich neben der Kläranlage führte die zweite und damit letzte Wulzendorfer Brücke über den Graben, der spätestens hier, wenn es nicht ohnehin schon vorher passiert wäre, seine limnologische Unschuld endgültig verloren hätte. Man musste die Positionierung dieses Bauwerks verkehrsleittechnisch doch etwas kritisch sehen: Vermutlich war die Anzahl der motorisierten Überquerungen seit ihrem Bestehen immer noch einstellig, denn auf der anderen Seite war nur die andere Seite der Kläranlage. Dorthin wollte schon zu Fuß keiner. Die Brücke war mit zwei halbhohen Mauern eingefasst, die wohl auch den Gerstmeier Jürgen ausgehalten hätten. Und für Suchanek und Grasel hatten sie momentan den bestechenden Vorteil, absolut blickdicht zu sein.

«Das Auto von der Gerstmeierin steht im Hof», meldete Grasel, der vorsichtig um die Ecke spähte.

«Siehst du sonst noch was?»

«Nein, nicht wirklich. Ich seh von hier aus auch nicht richtig hinein. Zu schräger Winkel. Wir müssten näher hin.»

«Gibt's da noch irgendeine Deckung?»

«Nein. Wenn wir weitergehen, dann stehen wir im Freien. Aber was soll's?»

Irgendwie beschlichen Suchanek jetzt doch leise Zweifel bezüglich der Sinnhaftigkeit ihres Vorgehens. «Aber, was erwarten wir uns eigentlich? Dass der Bertl da im Hof auf einem Baum hängt? Ich meine, selbst wenn er hier ist, ist er irgendwo ...»

«... zusammengerollt.»

Gut. Sollte sein. Zusammengerollt.

«Ich will aber wissen, was der Palenak und die Gerstmeierin miteinander zu schaffen haben», insistierte Grasel. «Gestern warst du ja auch in ihrem Vorgarten.»

«Ja, aber jetzt schon wieder so eine Kommandoaktion ... Warum läuten wir nicht einfach an?»

«Was? Und dann? Dann setze ich mein gewinnendstes Lächeln auf, und du sagst: ‹'n Tag. Wir wären wegen dem Bertl hier.›?»

«Ich weiß auch nicht. Unter irgendeinem Vorwand.»

«Wir sammeln für die Armen? In der Art?»

Suchanek antwortete nicht und bedeutete Grasel, er solle auch ruhig sein. Dann lauschte er angestrengt.

Ja. Da war etwas. Von links hinten näherte sich etwas. Suchanek identifizierte das Stampfen und Grummeln, das zuerst noch leise hinter der Friedhofsmauer aufgekeimt war und jetzt immer lauter wurde, aufgrund seines ausgeprägten Fachwissens über das Böse als solches auch sofort richtig.

Aber das konnte doch nicht sein. Das war unmöglich. Er schaute Grasel verständnislos an. Der verstand wiederum nicht, warum Suchanek verständnislos schaute.

«Was ist denn?»

Suchanek drehte sich wieder um. Da war jetzt auch eine Rauchfahne über dem Beinhaus des Friedhofs. Sie bewegte sich. Ja, sie kam eindeutig näher. Und dann konnte Suchanek ihn sehen, wie er hinter der Mauer hervorkam.

Ein Zug. Da kam ein Zug aus Bernhardsau! Eine alte Dampflok, die einen grünen Waggon zog.

«Wieso fährt da ein Zug?», fragte er Grasel entgeistert.

Grasel fand das ganz normal. Aber der war ja für Normalität nie eine wirklich verlässliche Instanz. «Das sind die Bernhardsauer Schienenfreunde. Sonst steht die alte Lok am Bahnhof, beim Heimatmuseum. Aber ab und zu fahren sie eine Runde hinauf nach Egelsee und wieder zurück.»

Suchanek verfolgte fassungslos, wie das zischende und schmatzende Gerät die Haindorfer Straße überquerte und dann gleich neben der Kläranlage an ihnen vorüberfuhr. In dem grünen Salonwagen saßen ganz viele Schienenfreunde, in der Mehrzahl ansonsten ganz gesund wirkende ältere Herrschaften, die ein wenig komisch schauten, weil da zwei von diesen ulkigen Wulzendorfern auf einer Brücke hinter einer Mauer kauerten. Ein paar winkten sogar.

«Dass sie natürlich gerade heute fahren ... Wollten wahrscheinlich dem Volksfest ein bisschen die Show stehlen. Gegen so eine aufregende Dampflok schaut ein schlichter Dreifachmord natürlich ganz schön alt aus.»

Suchanek riss sich von der unangenehmen Erscheinung los und sagte: «Also ... ich bin dafür, wir gehen zurück ins Route. Das bringt doch nichts hier.»

«Jetzt komm schon! Wenn wir nur einmal so vorbeistreunen, warum sollten sie da gleich Verdacht schöpfen?»

«Wenn ich Dreck am Stecken hätte, würde ich Verdacht schöpfen. Weil, ausgerechnet bei der stinkenden Kläranlage werden wir einen Sonntagsspaziergang machen?»

«Anläuten würdest du, aber einfach vorbeigehen nicht? Mann, Suchanek!»

Und nach diesem sachlich ja nicht ungerechtfertigten Einwand machte sich Grasel ohne weitere Vorwarnung im Entengang auf den Weg.

«Bleib hier! Grasel! Ich will nicht! Ach, Mist!»

Suchanek schlich ihm also nach. Und sofort als er aus dem schützenden Mauerschatten gewatschelt war, besprang ihn die Erkenntnis, dass sich das Nobelpreiskomitee niemals mit dieser Idee würde befassen müssen.

Man musste ja nicht einmal Suchanek sein, also quasi durch und durch mit Optimismus marmoriert, um nach einem nächtlichen Mordanschlag, wie er ihn erlebt hatte, in der Folge nicht sowieso jede weitere Sekunde mit einem unnatürlichen Ableben zu rechnen. Dass es allerdings so passieren musste!

Die doppelläufige Schrotflinte war ja vor allem deshalb eine so geniale Waffe, weil mit ihr selbst der größte Depp nicht danebenschießen konnte. Insofern war sie kriegstechnologisch ganz klar über Kurzstreckenraketen oder Atom-U-Boote zu stellen. Und was für eine glückliche Fügung des Schicksals, dass am anderen Ende des Doppellaufs, der Suchanek böse anschaute, auch wirklich der größte Depp stand.

«Du also auch ein Jäger?», fragte Suchanek.

Daran merkte man schon: Er hatte die kurze Phase des sich gegenseitig bewegungslos Anschweigens wenigstens zum messerscharfen Kombinieren genützt, während sie sein Gegenüber hatte ungenützt verstreichen lassen.

Okay, zugegeben. Das war eine mäßig originelle Frage. Weil erstens: was sonst? Und zweitens: Gerade einer wie der Keller Gerry sollte sich die Chance entgehen lassen, gesellschaftlich völlig akzeptiert in fremdem Blut baden zu dürfen? Auch wenn es – meistens – nur von Tieren war?

«Hallo, Gerry», sagte Grasel verbindlich und richtete sich unauffällig auf. «Schon was gefunden?»

Warum um alles in der Welt waren sie eigentlich unbewaffnet auf diese Patrouille gegangen? Wenn sie sich schon keine Schusswaffen organisiert hatten, wie sonst offenbar jeder hier – was war eigentlich aus den guten alten Heugabeln, Sensen und Sicheln geworden?

«Nei-ein», gluckste Keller. Er war sichtlich nervös. «Nichts gefunden. Gar nichts.» Sein Blick wanderte hektisch zwischen Grasel und Suchanek hin und her. «Was macht ihr hier?»

Grasel zuckte mit den Schultern. «Wir? Ach, nichts. Gehen nur ein bisschen herum.»

«Kleiner Sonntagsspaziergang bei der Kläranlage», ergänzte Suchanek und fand anschließend, dass diese herzerfrischende Aussage Grund genug war, im Weiteren auch gleich wieder den Mund zu halten.

«Ihr seid aber geschlichen. Und vorher habt ihr euch versteckt. Ich hab euch beobachtet, seit der Zug vorbeigefahren ist. Wieso versteckt ihr euch?»

«Wir ... also ... Nein. Wir sind da nur ein bisschen im Schatten gesessen.»

«Im Schatten. Ausgerechnet hier? Wo es stinkt wie die Sau?»

Gerry hielt das Gewehr fest umklammert in der Waagrechten. Seine Fingerknöchel waren weiß. Ausgerechnet an ihn hatte Suchanek bei all seinen neueren Überlegungen hinsichtlich des Mörders irgendwie nicht mehr gedacht. Warum eigentlich noch einmal nicht?

«Also gut», sagte Grasel jetzt ruhig. «Die Wahrheit ist: Wir wollten unauffällig schauen, ob wir beim Palenak im Hof irgendwas Verdächtiges sehen.»

«Und warum glaubt ihr, dass ihr dort was Verdächtiges sehen könntet?»

«Weil die Gerstmeierin und der Palenak irgendwas Komisches tun miteinander», schaltete sich jetzt doch auch Suchanek wieder ein.

Dem Keller Gerry war ja natürlich schon klar, dass man mit der Gerstmeierin allerhand Komisches tun konnte. Er hatte da sogar ein Magazin. Es hieß «GrannyXXX», und manche Seiten ließen sich nur noch recht schwer umblättern.

«Und was sollte das sein?», gluckste er wieder, diesmal aber mit erwartungsvollem Beigeschmack.

«Das weiß ich auch nicht. Aber die haben irgendein Geheimnis. Ich hab sie gestern belauscht, wie sie über einen Plan geredet haben, den sie durchführen müssen, weil es sonst eine Sünde wäre und so. Und sie haben von Würmern geredet, die den Rest erledigen sollen. Und jetzt sind wir misstrauisch geworden, weil das Auto von der Gerstmeierin da im Hof steht.

Wir glauben, die zwei könnten was mit dem Verschwinden vom Bertl zu tun haben.»

Jetzt gab es prinzipiell zwei Möglichkeiten: Wenn der Gerry der Mörder war, dann würde ihn diese Geschichte, die ja noch dazu die Wahrheit war, eigentlich davon überzeugen müssen, dass die zwei dämlichen Amateurschnüffler zumindest einmal nicht auf seiner Spur waren und er ihnen also nicht das Licht ausblasen musste. Und wenn er nicht der Mörder war, dann würde sie ihn hoffentlich genauso dazu veranlassen, mit seinem Schrotprügel endlich woandershin zu zielen.

Keller schien nachzudenken. Immerhin. Suchanek suchte in der Zwischenzeit hinter ihm die Landschaft ab. Aber kein anderer Waidmann pirschte in diesem Revier. Wenn Gerry auf eine Trophäe aus war, dann konnte ihn nichts und niemand daran hindern, sie sich jetzt zu holen. Er schaute noch einmal von Suchanek zu Grasel. Und wieder zurück. Und dann ließ er langsam das Gewehr sinken.

Das war zweifellos ein Fortschritt. Es sagte allerdings leider nichts Letztgültiges darüber aus, ob er jetzt zu den Guten gehörte oder nicht. Aber da konnte man sich beim Keller Gerry sowieso niemals sicher sein.

«Und?», sagte er dann. «Gibt's jetzt beim Palenak was Verdächtiges zu sehen oder nicht? Irgendeine Spur vom Bertl?»

«Wissen wir noch nicht. Wir wollten uns gerade ein Stück näher hinschleichen. Und dann bist du gekommen.»

«Na gut. Also dann», sagte Keller, brachte seine Schrotflinte wieder in Hüftschussposition und marschierte wie vorhin der Grasel einfach los, auf Palenaks Hof zu. Grasel hob die Handflächen nach oben und verzog den Mund. Dann ging er ihm nach. Schließlich folgte, widerwillig, aber doch, auch Suchanek, weil er dachte, sie würden vorderhand ohnehin nur einmal vorbeischlendern. Wieder einmal eine punktgenaue Einschätzung.

Hinter dem Käfer parkte noch ein anderes Auto, das sie vorher nicht hatten sehen können. Ein großer, weißer Kastenwagen. Seine Türen waren offen. Die Gerstmeierin und der Palenak standen da und schauten irgendwie nachdenklich auf einige Kisten, die sie offenbar gerade ausgeladen hatten. Dann bemerkte die Gerstmeierin die auf sie zurollende Prozession der Racheengel.

«Oha», sagte sie, «die Bürgerwehr.» Sie schaute auf die Flinte in Gerrys Händen und dann auf Suchanek und Grasel. «Komisch. Gerade von euch beiden hätte ich eigentlich nicht erwartet, dass ihr bei so was mitmacht.»

Suchanek bemühte sich um Schadensbegrenzung – immerhin bestand ja noch eine Restchance, dass die beiden keine mörderischen Christenspinner waren – und sagte: «Der gehört nicht zu uns!»

Das kränkte den Gerry jetzt zwar ein wenig, weil er an sich in diese neue Jagdfreundschaft große Hoffnungen gesetzt hatte, aber das würde er klären, sobald der Einsatz hier zu Ende war.

Der Palenak wurde wütend. «Was wollt's ihr in meinem Hof? Mit einem Gewehr noch dazu? Schaut's, dass ihr weiterkommt's.»

«Die Kisten», stieß der Keller Gerry hervor, nicht ohne Palenak ganz genau im Auge zu behalten.

«Was ist mit den Kisten?», sagte Grasel.

«Die schauen aus wie Särge!»

Da hatte er nicht einmal unrecht. Sie erinnerten tatsächlich an Särge. Das einzige verdachtstechnische Manko war bloß: Särge im Maßstab ... 1:4? Wenn der Bertl da irgendwo drin war, dann nicht mehr in einem Stück. Wahrscheinlich war er sogar auf drei aufgeteilt: Oberkörper, Unterkörper und eine Kiste für den Kopf.

«Was tun Sie da?», fragte Gerry streng.

«Was soll das heißen, was wir da tun? Geht das leicht irgendwen was an?», herrschte ihn Palenak an. «Glaubt ihr wirklich, ihr könnt da auf meinem Hof Räuber und Gendarm spielen, und ich lass mir das gefallen? Und glaubt ihr wirklich, ich fürchte mich vor einem dummen Buben, der nicht einmal weiß, wo bei seinem Gewehr hinten und vorne ist?»

Wenn es um sein Auto oder um seine Ehre ging – oft einmal war das ja auch dasselbe –, da kannte der Keller Gerry nichts. Er stellte sich schulmäßig breitbeinig und leicht schräg hin, um dem Gegner eine kleinere Angriffsfläche zu bieten, falls der überraschend zum Angriff übergehen sollte, hob die Flinte noch ein bisschen höher und fiepte: «Also, mein Ende dürfte das hintere sein. Und ihres?»

Die Gerstmeierin legte Palenak eine Hand auf den Arm. «Lass gut sein. Das zahlt sich doch nicht aus, Ansgar.»

Gerry schaute drein, als erwäge er schon allein wegen dieses Namens eine standrechtliche Erschießung. «Also: Was ist in diesen Särgen?»

«Aber, Gerry! Die sind irrsinnig klein, das können doch unmöglich ...»

Keller brachte Suchanek mit einer herrischen Geste zum Schweigen. «Noch einmal: Was ist da drin?»

«Kinderleichen», sagte die Gerstmeierin zuckersüß. «Eins, zwei, drei, vier ... sechs. Sechs Kinderleichen.»

Gerry zuckte zusammen. Grasel und Suchanek warfen einander einen Blick zu, der ziemlich genau aussagte: oje.

«Lass die Herren Hilfspolizisten halt in eine Kiste reinschauen, Ansgar. Die nehmen ihren Job sehr ernst. Das muss man würdigen.»

«Ja!», befahl Keller. «Aufmachen, aber sofort!»

Palenak schaute ihn grimmig an und riss dann ruckartig den Deckel einer der Kisten hoch. Die drei prallten angewidert zurück.

«Uäääh!», rief Gerry. «Was ist das denn?»

In der Kiste wuselte und schleimte es. Tausende Würmer ringelten sich in stillem Protest gegen die überfallsartige Tageslichtattacke.

«Das sind Würmer, Gerald», sagte die Gerstmeierin zoologisch überraschungsfrei. «Schon einmal gesehen? Die leben in der Erde, weißt du?»

Suchaneks Blick schweifte haltsuchend umher. Er fand etwas. Und wenn er nicht an dieser furchtbaren chronischen Lesehemmung leiden würde, dann hätte er, das musste er zugeben, durchaus schon früher erkennen können, was da in leicht klobigen Eigenbaulettern auf dem Kastenwagen stand.

ERD-REICH
Vollbiologischer Wurmkompost
Gerstmeier & Palenak GmbH

Er stupste den Grasel an und wies auf das Logo. Die Gerstmeierin lächelte.

«Unsere neue Firma. Seit dieser Woche im Handelsregister. Braucht wer was für seine Paradeiser? Oder vielleicht für deine Hasch-Stauden, Alex?»

Grasel lief dunkelrot an. «Woher wissen Sie ...?»

«Ich war 35 Jahre lang Gemeindesekretärin. Du willst gar nicht wissen, was ich noch alles weiß.»

Der Keller Gerry wollte das Gewehr eigentlich nicht sinken lassen, verspürte aber starken sozialen Druck, es zu tun.

«Und die Leichen?», fragte er mit schwindender Hoffnung.

«Von den Würmern gefressen!», sagte die Gerstmeierin. «Oder vielleicht sind noch ein paar Reste da, unten, am Boden von der Kiste. Magst nachschauen?»

Palenak machte kurz Anstalten, sich die Hemdsärmel hochzuschieben und dem Kellerkind zu zeigen, wie kernig Bio sein konnte, aber die Gerstmeierin hielt ihn zurück. Suchanek wiederum konnte sich überhaupt nicht vorstellen, wie man diese Peinlichkeit, an der sie nun klebten wie Fliegen auf einem Leimstreifen – wobei sie ungefähr mit demselben Aufwand an Intelligenz dorthin geraten waren –, beenden könnte. Er versuchte, möglichst unbeteiligt irgendwohin zu schauen, wo keiner zurückschaute. Sollte er jetzt was sagen? Sich entschuldigen vielleicht? Und warum sagte der Grasel nichts?

Doch dann hatte der Himmel einmal, wenigstens dieses eine Mal ein Einsehen und schickte einen rettenden Engel.

Diesmal näherte sich das Geräusch auf dem Feldweg. Ein Auto kam näher. Ein grauer GTI mit Zusatzscheinwerfern, Spoilern und eh allem. Er rollte langsam heran und blieb dann bei der offenen Hofeinfahrt stehen. Auf dem Beifahrersitz saß das Mädchen mit den zweifärbigen Haaren, das Suchanek am Tag zuvor bei Willis großem Auftritt gesehen hatte. Quer über ihre Oberschenkel lag ein Gewehr. Der Lauf ruhte in dem offenen Seitenfenster.

Da war alles angerichtet für ein zünftiges Drive-By-Shooting. Langsam erhielt Wulzendorf ja wirklich Anschluss an die moderne westliche Welt.

Wobei der Urban Ernstl, das musste man zu seiner Ehrenrettung jetzt schon sagen, in Wirklichkeit nur vorgehabt hatte, hier hinten bei der Kläranlage einmal in aller Ruhe die Liegesitze auszuprobieren. Aber da hier ja gar keine Ruhe war, beschloss er umgehend, seine wahren Intentionen geschickt zu verschleiern. Also brüllte er mit weit aufgerissenen Augen: «Sie haben ihn!»

«Wen? Den Bertl?», brüllte Grasel zurück.

«Den Mörder!»

«Was? Wer ist es?»

«Keine Ahnung!»

Sie hatten ihn und wussten nicht, wer es war? Wahrscheinlich hatte ihm also einer der Hilfssheriffs ins Gesicht geschossen, und jetzt war eine Identifizierung nur mehr mit DNA möglich.

Langsam kam aber sogar dem Urban, dass die Situation, in der er sich gerade eingeparkt hatte, irgendwie keine normale war. «Was macht ihr da?»

«Ja», sagte die Gerstmeierin mit einem Unterton, der jetzt dann doch schon ein wenig sehr unangenehm ausfiel. «Das würde mich auch interessieren.»

Grasel überging diesen Problemkreis großzügig. «Warum wissen die nicht, wen sie haben?»

«Na, die werden es hoffentlich schon wissen. Aber sonst weiß es keiner. Der Kommissar erklärt es gleich, vorne beim Fußballplatz.» Ernstl schaute auf seine Uhr. «In zehn Minuten.»

Suchanek und Grasel schenkten dem jeweils anderen einen kurzen, aber ausdrucksstarken Blick. So eine Chance musste man nutzen. Sie liefen zu dem Auto. Grasel wies auf Suchanek und sagte zu dem Mädchen: «Hallo, Bonny! Der da ist Clyde. Was dagegen, wenn wir einsteigen?»

19

Die Zielflaggen vom jungen Zwölfer flatterten sanft im Wind, der hier in der Steppe eigentlich so gut wie immer wehte. Wahrscheinlich, weil nicht einmal die Luft einen Grund sah, hier länger als unbedingt nötig zu bleiben. Hinter den Fahnen hatten sich zwei Barett-Bullen hingegossen, deren steinerner Richtiger-Mann-Gesichtsausdruck sehr hübsch mit dem bestickten goldenen Tuch mit der Fransenbordüre kontrastierte, das den Feldaltar bedeckte.

In der Mitte saß Kommissar Wimmer, schon deutlich entspannter als noch vor ein paar Stunden, als er an derselben Stelle mit der Aufrüstung der Bürgerwehr konfrontiert gewesen war. Nach ein paar letzten Flüstereien mit einem hinter ihm stehenden Lakaien stand er schließlich auf und griff wieder einmal zu dem mittlerweile – natürlich neben Schrotflinten, Macheten oder sonstigen Mordwerkzeugen – beliebtesten Gerät in Wulzendorf: dem Megaphon.

«Werte Damen und Herren», begann Wimmer. Dann machte er eine lange Pause, die er so richtig genoss, weil diesmal keiner «Buh!!» oder sonst was brüllte.

«Angesichts der begreiflichen Aufregung, die aufgrund der sich überstürzenden Ereignisse ausgebrochen ist, erachte ich es als meine Pflicht, Sie über den jüngsten Fahndungserfolg der Polizei zu informieren», fuhr er mit unübersehbarer Befriedigung fort. «Ich tue dies auch in der Hoffnung, dass sich die Situation nunmehr beruhigt und normalisiert und die Polizei bei der restlosen Aufklärung dieses Falles nicht mehr durch unüberlegte und gefährliche Aktionen Einzelner behindert wird. Ich darf Ihnen also mitteilen, dass aufgrund der Beweislage und vor allem aufgrund neuer Erkenntnisse, die wir der Umsichtigkeit der Kollegen vom Kriminallabor des Landeskriminalamtes Niederösterreich zu verdanken haben, eine verdächtige Person in Gewahrsam genommen werden konnte. Natürlich ist aufgrund der Kurzfristigkeit dieser neuen Entwicklung noch längst nicht jeder Aspekt dieses Falles geklärt, obgleich ich nicht verhehlen möchte, dass die Beweislast doch einigermaßen ...»

«Herr Inspektor!», gab nunmehr der unglaublich erleichterte, weil eben nicht verhaftete Heimeder Kurtl dem Verlangen Ausdruck, sein Glück mittels eines kleinen herausgerufenen Scherzchens mit der Allgemeinheit zu teilen. «Wenn Sie jetzt nicht bald sagen, wer es ist, werden es die Älteren unter uns nicht mehr erleben!»

Genau diese absolute Trittsicherheit bei der Wahl seiner Pointen, dieses Gefühl für Timing, gepaart mit einer augenzwinkernden Frechheit, ohne allerdings dabei ins Respektlose abzugleiten – das war es, was den Fans vom Kurtl so gefehlt hätte, wenn der Wimmer jetzt gerade seine Verhaftung verkündet hätte und nicht die von ...

«Rudolf Ranreiter wurde heute unter dringendem Tatverdacht festgenommen und auf den Posten Bernhardsau gebracht, wo er von meinen Kollegen gerade einer Befragung unterzogen wird.»

Allgemeines aufgeregtes Gemurmel. Der Neuner. Der Neuner. Der Neuner?

Einer von den Witwenschüttlern zeigte auf: «Herr Inspektor, können Sie uns vielleicht ein paar Details nennen? Aufgrund welcher Beweise haben Sie Herrn Ranreiter festgenommen?»

«Sie werden verstehen, dass ich mich zu diesem Zeitpunkt noch nicht allzu sehr in Details vertiefen möchte.»

«Ja, aber ... Das soll uns jetzt genügen?», rief die Zwölferin, die sich schön langsam, was die Innigkeit ihrer Beziehung zu Ordnungskräften betraf, zu einem zweiten Grasel entwickelte. «Ein bisschen mehr müssen Sie uns schon erzählen, damit wir wieder ruhig schlafen können.»

Wimmer beriet sich wieder kurz hinter vorgehaltener Hand mit einem Mann hinter ihm. Dann nickte er und sagte:

«Also gut. Aufgrund der besonderen Umstände dieses Falles und um eine hoffentlich endgültige Beruhigung der Situation herbeizuführen, darf ich Ihnen auch mitteilen, dass Herr Ranreiter bereits ein Teilgeständnis abgelegt hat. Und zwar betreffend den Brand am Hof der Familie Mantler.»

Den Brand! Der Neuner hatte also zumindest schon zugegeben, die Johanna kremiert zu haben! Grasel stieß Suchanek begeistert mit dem Ellbogen in die Seite.

«Und zwar den Brand im Jahre 1994.»

Wieder stieß Grasel Suchanek mit dem Ellbogen in die Seite, ganz so, als ob die Suchanek nicht immer noch ordentlich weh tun würde. Offenbar war ihm jeder Anlass recht.

«Glücklicherweise sind die Beweisstücke von damals von den umsichtigen Kollegen in der Asservatenkammer aufbewahrt worden. Und die DNA-Spuren auf einem nunmehr neuerlich untersuchten Zigarettenstummel konnten Herrn Ranreiter zugeordnet werden.»

Jetzt meldete sich ein anderer Reporter. «Aber selbst wenn er es damals gewesen ist, bedeutet das doch nicht, dass er den Brand jetzt auch gelegt hat.»

Das war eigentlich bemerkenswert scharfsinnig, wenn

man in Betracht zog, dass er nur ein Reporter war. Der Wimmer schien aber diese Frage erwartet zu haben.

«Herr Ranreiter hat, wie die Ermittlungen ergeben haben, vor kurzem die Versicherung für seinen eigenen Schuppen auf das Dreifache erhöht. Und es gibt auch eine Verbindung zum zweiten Mord. In der Werkstatt von Herrn Bobek wurden Fingerabdrücke von Herrn Ranreiter gefunden. Außerdem gibt es eine Zeugenaussage, derzufolge die beiden vor einiger Zeit eine Auseinandersetzung wegen einer nicht bezahlten Reparatur gehabt haben sollen. Aber mehr kann und darf ich zum gegenwärtigen Zeitpunkt nun wirklich nicht mehr sagen. Ich bitte um Verständnis.»

«Moment einmal! Und was ist mit dem Bertl?», rief der Grasel. Wenn er sich nicht letzte Nacht der Burli-Urli versprochen hätte, hätte das mit der Zwölferin geradezu eine hemmungslose Anarchistenaffäre werden können. «Wo ist der Bertl?»

Wimmer räusperte sich, was durch das Megaphon noch etwas angenehmer klang als ohne. «Der Verbleib von Herrn Gärtner ist selbstverständlich der wichtigste Punkt, der in der Befragung von Herrn Ranreiter erörtert wird.»

«Das heißt, Sie wissen es nicht?»

«Zum gegenwärtigen Zeitpunkt wissen wir es noch nicht. Aber ich kann dazu leider wirklich keine weiteren Angaben mehr machen. Wenn Sie mich jetzt bitte entschuldigen: Ich muss zurück auf den Posten Bernhardsau, um die Befragung des Verdächtigen zu leiten.»

Wimmer ging ab. Die beiden Sphinxen mit den Baretten standen auch auf und musterten noch eine Zeitlang das Publikum, als wollten sie sichergehen, dass niemand die Verfolgung des Kommissars aufnahm. Dann verschwanden auch sie nach hinten.

«Das ist eine Katastrophe», verlautbarte der Siebzehner. Allerdings ging er nicht näher darauf ein, was denn jetzt genau die Katastrophe war. Dass es der Neuner war? Dass es der Heimeder nicht war? Dass er jetzt seine Truppen wieder einrücken lassen musste? Oder am Ende gar, dass der ORF 2 immer noch verschollen war?

«Ich will ja nichts sagen», sagte die alte Nidetzky nichts. «Aber das hab ich mir gleich gedacht. Der Neuner hat den Mantler noch nie leiden können.»

Der Dreier-Kanschitz wackelte mit dem Kopf. «Der Neuner, stell dir vor! Da lebt man so viele Jahre neben einem und dann das. Hoffentlich setzen sie ihm die Daumenschrauben an, damit er verrät, wo der kleine Gärtner ist.»

«Die sollen ihn nur mir eine halbe Stunde geben, dann weiß ich nicht nur, wo der Bertl ist, sondern überhaupt alles. Seinen Kontostand. Die Lieblingsstellung von der Neunerin. Alles!», sagte Stratzner düster.

Leider war natürlich wieder einmal nicht zu erwarten, dass die Exekutive die Sinnhaftigkeit einer solchen Privatinitiative erkennen würde. Da hieß es immer Bürgerbeteiligung hin, Bürgerbeteiligung her, und wenn man sich dann tatsächlich einmal beteiligen wollte, stieß man auf taube Ohren.

Grasel schaute skeptischer, als es selbst die Nähe zu so vielen Polizisten nötig erscheinen ließ. «Also, ich weiß nicht. Ist die Suppe nicht ein wenig dünn?»

«Aber er hat doch gestanden», sagte Suchanek.

«Na und? Die alte Geschichte? Also, ich kenn mich ja jetzt nicht so genau aus, aber ich wette, das ist sowieso schon verjährt.»

«Und warum würden sie ihn dann festnehmen?»

«Na, weil dein Freund, der Wimmer, irgendwas braucht,

um die Schrotflinten-Sheriffs von der Straße zu bekommen. Das ist der einzige Grund.»

«Und dass der Neuner jetzt seine Versicherung erhöht hat, was ist damit? Wahrscheinlich hätte er seinen eigenen Stadl auch bald wieder angezündet. Und dann noch die Fingerabdrücke beim Willi?»

«Der Willi hat eine Werkstatt. Da gehen jeden Tag zehn Leute durch und greifen irgendwas an.»

«Aber, überleg doch einmal: Der Neuner ist noch dazu der technische Offizier bei der Feuerwehr. Er hat die kaputte Pumpe vorher überprüft, hat er doch selber gesagt bei dir im Café.»

«Ja, schon. Aber die Pumpe spielt doch bei der ganzen Geschichte in Wirklichkeit gar keine Rolle. Auch wenn sie funktioniert hätte, wäre alles ganz genau so passiert, wie es passiert ist.»

«Und entschuldige, beim Match? Wie er kein Foul geben wollte, obwohl mich der Pfarrhofer fast zermalmt hätte? Der hat sich doch gefreut, wie ich dagelegen bin und keine Luft bekommen habe! Das ergibt alles zusammen schon ein komisches Bild, oder?»

Das musste dann auch Grasel zugeben. Nicht gerne. Aber doch.

«Trotzdem», maulte er dann. «Ich finde das irgendwie unbefriedigend. Sollten wir nicht noch überlegen, ob der Bertl vielleicht ...»

«Nein», unterbrach ihn Suchanek hart. «Ich überlege mir jetzt gar nichts mehr.»

«Was soll das jetzt heißen?»

«Mir reicht's. Ich bin hundemüde, und ich will nur noch nach Hause. Noch dazu nach dieser unfassbar peinlichen Nummer beim Palenak. Ich bin ja echt froh, dass ich den und die Gerstmeierin jetzt wieder ein paar Jahrzehnte nicht sehe.»

Grasel konnte seine Enttäuschung nicht verbergen. «Aber wir können deinen Bullenfreund doch nicht mit dieser Geschichte davonkommen lassen! Und der Bertl? Tut der dir jetzt auf einmal gar nicht mehr leid?»

«Doch. Nur fällt mir jetzt echt nichts mehr ein, was ich für ihn tun könnte. Und außerdem: In drei Stunden sind Viertagebodenseeinselmainauschaffhausenrheinfall vorbei.»

«Was?»

«Meine Eltern kommen zurück. Bis dahin ziehe ich mir noch einen fetten Joint rein und freue mich des Lebens. Und dann bin ich eine Staubwolke.»

«Na geh, komm! »

Suchanek winkte ab. «Ehrlich, Grasel. Genug ist genug. Zum Detektiv bin ich offenbar auch nicht wirklich geboren. Und ich fürchte, du auch nicht.»

Grasel lächelte. «Aber lustig war's allemal. Was glaubst du, wie viele Erfolge wir allein mit der Wurmgeschichte noch feiern werden? Also gut – wann fährst du?»

«Ich soll meine Eltern um halb sieben am Hauptplatz abholen. Dann bring ich sie heim, drücke ihnen den Schlüssel in die Hand und bin weg.»

«Okay. Schau halt nachher noch einen Sprung bei mir im Café vorbei. Ist eine lange Fahrt. Da wirst du ein Lunchpaket brauchen.»

Als Suchanek, der ja sein Auto am Vortag zu Hause gelassen hatte und deshalb diesen entsetzlich langen Weg zu Fuß überwinden musste, vor dem Gartentor seiner Eltern stand, zögerte er. Da gab es doch noch etwas, das er klären sollte, bevor er Wulzendorf wieder verließ. Er ging also weiter, um ein

Haus, zwei, schließlich vier. Am Fuß der Treppe, die zu Susis Tür führte, blieb er noch einmal stehen und atmete tief durch. Dann ging er langsam hinauf und klopfte zögerlich an.

Nichts rührte sich. Er probierte es noch einmal. Wieder nichts. Offenbar war niemand zu Hause. Sollte er vielleicht eine Nachricht schreiben, einen Zettel in die Tür stecken? Oder nein. Er rief sie besser an, später. Obwohl er sie jetzt doch noch gern gesehen hätte, um ihr zu sagen, dass ihm sein gestriger Auftritt leidtat. Und dass er ... Nein. Dass ihm sein gestriger Auftritt leidtat. Das musste reichen.

Er ging die Treppe wieder hinunter und drehte sich dann noch einmal um. Und in diesem Moment konnte er deutlich sehen, wie sich der Vorhang im Fenster neben der Tür bewegte. Suchanek nickte. Und dann ging er nach Hause.

Der Radiowecker, den sein Vater im Fußballtoto gewonnen hatte, schnippte gerade auf 16.34 Uhr, als Suchanek mit einer eleganten finalen Streichelbewegung den ersten Joint des Tages fertigstellte.

Normalerweise war er natürlich mit den wichtigsten Verrichtungen seines Tagewerks nicht so spät dran. Da war er schon konsequent. Man brauchte ja eine gewisse Struktur in so einem Tag, und wenn man alles immer nur verschob und verschob, dann erledigte man es unter Umständen nie. Und das wäre gerade in diesem Fall doch sehr schade gewesen. Aber in letzter Zeit war da ja überhaupt so einiges durcheinandergekommen.

Suchanek ging auf den Balkon. Der erste, tiefe Zug füllte seine Lungen, und mit ihm breitete sich das wohlige Gefühl in seinem Körper aus, dass jetzt alles wieder beim Alten war. Zumindest fast. Er musste nur noch in zwei Stunden seine Eltern einsammeln, ihnen einigermaßen schonend beibringen, dass ihr Hund ein Skin-Arsch war und darüber hinaus das Haus vollgepinkelt hatte – wobei Suchanek diese Information, wenn er nicht mehr mit reinging, eigentlich auch noch zurückhalten konnte, bis er außer Schussweite war –, sich von seinem Vater zwei, drei Hunderter zustecken lassen, ohne dass es seine Mutter merkte, und dann aufs Gas steigen. Keine Verpflichtungen mehr und, was man keineswegs gering schätzen sollte, kein Neuner-Ranreiter, der nachts ins Schlafzimmer kam, weil er einem rasch einmal den Hals durchschneiden wollte.

Er schaute auf die Brandruine beim Fünfer. Schon verrückt. Es war gerade einmal ... wie lange her? Ja. Knappe sechzig Stunden erst, dass er genau hier gestanden war und gesehen hatte, wie der Neuner da drüben das Feuer gelegt hatte. Und was in der Zeit alles passiert war. Gut, bei Kiefer Sutherland in dieser Serie passierte in 24 Stunden noch viel mehr. Atomkriegsvermeidung, Erdachsenverschiebungsstopp und Supernovahintanhaltung inklusive.

Aber in dieser Serie würde es auch garantiert nicht vorkommen, dass man am Ende, wenn dann selbst Sutherland schon ein klitzekleiner Gedanke an Schlaf durch den Kopf schoss, nicht wusste, was denn eigentlich mit dem Bertl passiert war. Abgesehen davon, dass der Bertl dort nicht Bertl hieße, sondern Bob und auch nicht ORF 2 sondern CNN. Oder CBS. Oder ABC. Oder ...

Sieben oder acht amerikanische Networks später dachte Suchanek, dass der Neuner dem Wimmer, der ihn jetzt gerade in der Mangel hatte, ja eigentlich gestehen konnte, was er mit dem Bertl gemacht hatte. Für den Doppelmord bekam er sowieso schon lebenslänglich, ein dritter würde also überhaupt nichts mehr ändern. Und irgendwann würde die Leiche ohnehin auftauchen, so viel Zeit, sie gründlich zu beseitigen, hatte er ja nun wirklich nicht gehabt. Und falls der Bertl sogar noch leben sollte und nur irgendwo sicher verwahrt war, konnte sich der Ranreiter vielleicht sogar noch irgendwas aushandeln. Weniger Schmalz zwar sicher nicht, aber wenigstens eine Zelle mit Aussicht und einem Mitbewohner mit geringem sexuellen Appetit. Andererseits hatten die den Neuner-Hof sicher schon in seine Einzelteile zerlegt, und wenn der Bertl dabei zutage gefördert worden wäre, hätte man das wohl schon gehört. Das sprach wiederum dagegen, dass er noch lebte.

Aber warum, fix noch einmal? Warum der Bertl? Was hatte der bloß dem Neuner getan? Wobei, vielleicht hatte er ihm ja gar nichts getan. Vielleicht war er ja nur Zeuge von irgendwas geworden. So wie der Suchanek selber. Natürlich, das musste es sein. Der Bertl hatte irgendwas gesehen, und der Neuner wollte verhindern, dass er es wem erzählte.

Suchanek sog ein letztes Mal an dem in der Zwischenzeit nur mehr fingernagelgroßen Joint, schnippte ihn dann über das Geländer und sah ihm interessiert nach. Verdammt! Da unten wackelte gerade ein weißer Trichter vorbei. Er wollte seinen Eltern nicht auch noch ein zusätzliches Brandloch im Restfell von Fritzi oder Franzi, Ferdi, Fredi? erklären müssen. Der Hund blieb stehen und schnüffelte an etwas, das im Gras lag. Dadurch verfehlte ihn die Kippe glücklicherweise und fiel vielleicht 20 Zentimeter vor seiner Nase auf den Boden. Vorsichtig roch er ihr entgegen, zuckte zurück und schaute dann aus seinem Trichter nach oben.

«Brav ist er!», gurrte Suchanek dämlich und winkte dem geplagten Tier. Der Schwanz des Hundes bewegte sich sachte hin und her. Er wedelte schon wieder! War das nicht allerliebst? Der arme Kerl war so lange im Haus eingesperrt gewesen. Und Suchanek hatte nicht den Eindruck, dass seine

Schuld ihm gegenüber schon beglichen war. Zeit genug, bis seine Eltern kamen, war noch. Da ging sich auf jeden Fall noch ein netter Belohnungsspaziergang aus.

Eine Viertelstunde später bog Suchanek, einen diesmal durchaus erfreuten Hund an der Leine, aus der Sackgasse auf die Gstettenstraße hinaus. Und der Hund zog energisch Richtung Lacke. Wahrscheinlich konnte er den Willi immer noch riechen. So oft kam man ja als Wulzendorfer Haushund nicht in den Genuss, echtes Menschenaas in der Nase haben zu dürfen. Also gab Suchanek dem Ziehen nach.

Tatsächlich steuerte der Hund ohne Umschweife das Rohr an und begann begeistert herumzuschnüffeln, wo gestern die mit Willi-Aroma gewürzte Gatschsuppe versickert war.

Über dem schmalen Schilfstreifen am linken Ufer thronte ein Hut. Ein sehr charakteristischer Hut, mit ganz vielen Wandernadeln, Wappen und sonstigen Trophäen drauf. Der Schneckerl war sicherlich heilfroh, dass an seinem Wasser wieder Ruhe eingekehrt war. Und dass die Fische überlebt hatten, weil die befürchtete Wasserverschmutzung durch den Inhalt des Rohres dann doch nicht eingetreten war. Und nur der Willi kurz in der Lacke auf Tauchstation gegangen war. Quasi sein ganzes Auto besuchen.

«Suchanek!»

Schneckerl war aufgestanden, winkte Suchanek übers Wasser her zu und deutete dann auf die bauchige grüne Flasche, die er in der anderen Hand hielt. «Komm her! Nimm einen Hacker!»

Suchanek mühte sich hoch, deutete dem Hund mit einer Kopfbewegung, er solle mitkommen. Dann gingen sie am Ufer entlang zu Schneckerl. Der hielt Suchanek die Flasche entgegen.

«Danke. Ist sehr nett von dir, aber ich muss heute noch nach Wien fahren», sagte Suchanek. Es war eine Sache, zugekifft zu fahren. Aber besoffen auch noch?

Schneckerl zog die Hand mit der Flasche zurück. «Dann kriegst du nichts», sagte er ernst. «Mit der depperten Fahrerei passiert eh so viel.»

«Beißen sie?», fragte Suchanek.

Schneckerl schüttelte den Kopf.

«Ach so, ja», lächelte Suchanek. «Seit dem Atom nicht mehr.»

Schneckerl nickte erregt. «Genau. Und wegen dem ganzen Dreck, der da drinliegt.»

«Aber jetzt ist aus dem Rohr eh nichts Schlimmes rausgekommen», beruhigte ihn Suchanek. «Außer dem Willi.»

«Da war vorher schon genug drin.»

Suchanek schaute über das Wasser hinweg zu Willis Werkstatt. Das war natürlich ausnehmend praktisch gewesen für den Feinmechaniker. Von seiner Ausfahrt zehn Meter geradeaus – und da war das Loch.

«Das hat der Bertl auch gesagt», schob Schneckerl nach.

Der Bertl? Wieso der Bertl?

«Wieso der Bertl?»

«Na, wie er da mit seiner Flasche und den Flossen herumgetaucht ist.»

Flasche, Flossen ...? Ach, der Bertl war also der verrückte Feuerwehrtaucher gewesen, der hier allein einen Tauchgang gemacht hatte! Das sah ihm ähnlich. Wobei es ja ein Wunder war, dass es Taucherbrillen gab, die man auf diese Kopfgröße einstellen konnte. Da musste man der Wirtschaft einmal wirklich ein Kompliment machen.

«Um den Bertl tut's mir leid», sagte Schneckerl betrübt.

«Wer weiß, Schneckerl, vielleicht ist ihm ja gar nichts passiert. Vielleicht sitzt er nur irgendwo herum, und der Neuner verrät der Polizei, wo er ist, und morgen kannst du mit ihm ein Viertel trinken darauf, dass eh noch alles gutgegangen ist.»

Schneckerl schob die Unterlippe vor, nahm einen langgezogenen Schluck aus seinem Doppler und stellte ihn dann wieder ins Wasser.

«Um den Bertl tut es mir leid», wiederholte er trotzig. «Schon allein wegen den Hasen. Ohne ihn keine Hasen.»

Nun wollte der Suchanek nicht tiefer in den Schneckerl dringen, um Näheres über Bertls besondere Beziehung zu den Hasen herauszufinden. Mit einem Gesprächspartner wie dem Schneckerl kam man ja leicht einmal vom Hundertsten ins Tausendste. Er wickelte sich die Leine einmal um die Hand und sagte dann: «Ich muss weiter, Schneckerl. Wir werden uns jetzt wieder länger nicht sehen. Mach's gut.»

Er streckte ihm die Hand entgegen. Schneckerl schüttelte sie abwesend. «Auf Wien fahrst du also», sagte er. «Was machst du denn leicht dort?»

«Wohnen.»

«Ah eh.»

Suchanek kletterte die Böschung hinauf und ging dann langsam Richtung Bahnübergang. Der Bertl war der Feuerwehrtaucher gewesen! Suchanek schüttelte den Kopf und lachte leise. Dieser dumme Hund. Allein herumtauchen, ausgerechnet in der Lacke. Kein Wunder, dass der Fünfer narrisch geworden war.

Wegen den Hasen.

Suchanek war in der Zwischenzeit vor den Gleisen angekommen und blieb stehen. Aber diesmal nicht, weil er fürchtete, er könnte in einen Zug hineinrennen. Er versank in Gedanken. Und wenn er was geraucht hatte, konnte er verdammt tief sinken.

Ein ganzes Auto.

Nicht zu übersehen, hatte der Wimmer gesagt. Verdammter Angeber. So gut, wie er da tat, konnten auch diese Polizeitaucher nicht sein. Unten im Loch war es sicher schlammig und dunkel und alles. Selbstverständlich konnte man da ein paar Autoreifen und Lichtmaschinen und sonstige Trümmer übersehen.

Es sei denn.

Der Bertl taucht. Der Fünfer tobt. Wegen den Hasen.

Der Hut.

Der Hut!

Suchanek drehte sich um und rannte los. Der Hund, der ihn jetzt doch schon vier Tage kannte, wurde von der untypischen Schnelligkeit dieser Bewegung völlig überrascht und quietschte beleidigt auf, als er mitgerissen wurde. Suchanek stampfte über die Böschung hinab auf Schneckerl zu, bremste sich knapp, bevor er ihn ins Wasser gerempelt hätte, ein und riss ihm den Hut vom Kopf.

Da waren sie. Die rammelnden Hasen, die der Bertl aus dem Wasser geholt hatte. Nur das lustige «Injection», das eigentlich daruntergehörte, fehlte.

Das Auto vom Willi da unten war nicht zu übersehen, weil es eben wirklich ein ganzes Auto war. Und der Fünfer war nicht etwa durchgedreht, weil er sich Sorgen gemacht hatte, der Bertl hätte ersaufen können.

Schneckerl trug Suchaneks etwas rohe Rückkehr mit Fassung. Er zupfte gelassen seinen Doppler aus dem Wasser und sagte: «Na, schau. Warst eh nicht so lang weg.»

20

Von hinten sahen die Bauernhöfe auf der Wulzendorfer Hauptstraße alle gleich aus. Wobei man der Vollständigkeit halber dazusagen musste: von vorne auch.

Architekturkritik war zwar, wie ja alles andere auch, nicht unbedingt Suchaneks Fach, aber die Erkenntnis, dass die glattgebügelten Straßendörfer im niederösterreichischen Getreidegürtel kaum je als Denkmalschutzgebiet taugen würden und dass sich schon gar nicht in 2000 Jahren schlecht bezahlte Studenten beim archäologisch korrekten Abpinseln von Betonschalsteinfragmenten die Lendenwirbelsäule ruinieren würden, war mit keiner großen Restunsicherheit behaftet.

Wulzendorf hatte aber immerhin – und dies keinesfalls zu Unrecht, wie vor allem der Siebzehner-Stratzner zu betonen nicht müde wurde – im Jahr 1997 bei der vom Land sehr engagiert betriebenen Misswahl der Dörfer, die unter dem lyrisch bewegenden Motto «Niederösterreich schön erhalten, schöner gestalten» gestanden war, einen Anerkennungspreis erhalten. Allerdings nicht in der Kategorie «Bauten», sondern für den Blumenschmuck.

Und der Siebzehner sagte meistens eher nicht dazu, dass die Auszeichnung speziell der radikalen, einer nicht gänzlich biologischen, flüssigen Spezialmischung aus dem Bernhardsauer Raiffeisen-Lagerhaus geschuldeten Schildlausfreiheit sämtlicher Geranien gegolten hatte.

Die Grundstücke der Bauern waren alle sehr lang, dafür aber ziemlich schmal. Hintaus stand zuerst einmal meist nur ein einfacher Drahtzaun, in aller Regel schon ziemlich in die Jahre gekommen und heillos zusammengerostet, weil er ohnehin keinen praktischen Nutzen hatte, außer anzuzeigen: «Hier beginnt. Meins.»

Auf keinen Fall war er zum Beispiel dazu gedacht, einen Brandstifter aufzuhalten, der vielleicht den alten Stadl anzünden wollte, der auf der anschließenden Wiese stand. So oft kam das ja nun auch wieder nicht vor, dass man einem Zündler sein ruchloses Tun irgendwie zu erschweren suchen musste. Obwohl Wulzendorf da mittlerweile in der Bezirksstatistik sicherlich auf Champions-League-Kurs war.

Bei dem neuen Betonstadl, der dann anschließend kam, war das schon was anderes. In ihm standen ja die Maschinen, und die waren ganz schön was wert, vor allem seit die gedeihliche Entwicklung des Subventionswesens dazu geführt hatte, dass nicht mehr nur bei Traktoren und Mähdreschern das Mercedes-Syndrom um sich gegriffen hatte. So eine vollklimatisierte Egge mit 4-Way-Turboboost-Soundsystem durfte bei keinem gut sortierten Großbauern fehlen. Damit da erst gar keine düsteren Landfluchtgedanken aufkamen.

Der Maschinenstadl schirmte den eigentlichen Hof tatsächlich gegen Eindringlinge ab. Er nahm immer die gesamte Breite des Grundstückes ein, man konnte sich also nicht an ihm vorbeidrücken. Dazu hätte man über das Nachbargrundstück gehen müssen, aber von denen waren alle Höfe wiederum durch hohe Mauern getrennt. Und die großen hinteren Schiebetore waren so massiv, dass es für potenzielle Einbrecher garantiert kein Durchkommen gab.

Außer, man wusste was. Und Suchanek wusste was.

Den Punkt, an dem er mit dem Spaten ansetzen musste, der immer hinten in dem für einen mit der Scholle ja an sich in Liebe verbundenen Bauern erstaunlich kleinen Gemüsebeet steckte, diesen Punkt hatte ihm der Andi vor zwanzig Jahren beim Spielen gezeigt. Dort, wo es ein großer Rollschotter-Stein beim Betonieren des Bodens irgendwie geschafft hatte, an der Oberfläche zu bleiben, genau dort musste man den Spaten unter das Tor schieben und kräftig anheben, dann sprang innen der Schließhaken aus seiner Öse. Natürlich war das nicht unbedingt die feinste Art, ein fremdes Anwesen zu betreten. Aber dessen Besitzer hatte es schließlich beim Haus von Suchaneks Eltern ganz ähnlich gemacht.

Suchanek schob das schwere Tor unter Aufbietung all seiner bescheidenen Kräfte gerade so weit auf, dass er durchschlüpfen konnte, und unterdrückte einen Schmerzensschrei, als er seinen geprellten Brustkorb durchquetschte. Dann überlegte er: Wenn er vielleicht schnell wieder wegmusste, konnte es sich als günstig erweisen, das Tor offen zu lassen. Wenn aber jemand im Hof war und nur einen einzigen Blick nach hinten warf, konnte er bei der enormen Höhe des Tores beim besten Willen nicht übersehen, dass es offen stand. Also machte Suchanek es wieder zu und ging hinter der Strohpresse in Deckung.

So. Und jetzt?

Irgendwo hier musste der Gärtner Bertl sein. Der Mörder hatte nur ganz wenig Vorsprung gehabt, als nach dem Ende der Autoweihe praktisch das ganze Dorf angefangen hatte, den Bertl zu suchen. Also wo hätte er ihn schon groß hintun können? Wenn er ihn ermordet und irgendwo abgelegt hätte, wäre die Leiche mit Sicherheit schon gefunden worden. Am wahrscheinlichsten war, dass er ihn zu sich nach Hause gebracht hatte, um ihn hier so lange zu verstecken, bis er ihn wieder unbeobachtet loswerden konnte. Also hierher.

Suchanek hatte auf genau diesem Bauernhof früher oft

Versteckenn gespielt. Er wusste daher, wie viele Kammern und Ecken und Dachböden es hier gab. Ob es dem ORF 2 allerdings noch etwas nützen würde, wenn er ihn fand? Ob er nicht sowieso schon tot war?

In Suchaneks Ohren rauschte die Donau. Dass da neben dem Tinnitus überhaupt noch Platz war. Was zur Hölle machte er überhaupt hier? Allein noch dazu? Wo war der Keller Gerry mit seinem Gewehr, wenn man ihn einmal brauchte? Wo war die Polizei? Wählte man da dasselbe wie in der Stadt, wenn man die brauchte, also ... keine Ahnung, was?

Und hätte es eventuell geholfen, wenn man sein Handy nicht zu Hause gelassen hätte? Und darüber hinaus vielleicht auch noch nicht zugekifft gewesen und auf nicht ganz so depperte Ideen verfallen wäre?

Niemand konnte ihm einen Vorwurf machen, wenn er jetzt wieder umdrehte, nach Hause ging, sich gemütlich den Joint ansteckte, den er in der Tasche hatte, weil man ja nie wusste, was so ein Spaziergang alles bringen konnte, sich in die Hängematte legte und den Hund streichelte. Einfach raus aus dem Stadl, warten, bis der depperte Wimmer endlich merkte, dass er den Falschen erwischt hatte, seine Zähne aus dem Hals vom Neuner zog und hier einmarschierte. Und wenn der Bertl dann schon tot war, na ja, blöd.

Und selber schuld, eigentlich. Der Bertl war ja nicht zufällig entführt worden. Er hatte Scheiße gebaut, so viel stand fest. Und da konnte man wirklich nicht erwarten, dass der Suchanek einfach so im Kaltstart-Modus den Helden spielen. So eine Rolle sollte man vorher doch wenigstens einmal geprobt haben. So method-acting-mäßig. Und auf gar keinen Fall würde der Hauptdarsteller die Stunts selber machen.

Doch dann meldete sich wieder Suchaneks ausgeprägtes

schlechtes Gewissen. Der ORF 2. Ausgerechnet. Die arme Sau. Er warf sich auf den Bauch, robbte unter den Traktor und spähte schulmäßig unter der Kurbelwelle hervor. Im Hof war niemand zu sehen. Wo sollte er beginnen zu suchen? Wenn der Bertl im Haus war, konnte Suchanek ihm nicht helfen. Da reinzugehen wäre ja wohl Selbstmord mit Anlauf. Aber es gab noch genügend andere Möglichkeiten.

Suchanek kroch umständlich unter dem Traktor hervor und lief gebückt zum Misthaufen, der ziemlich genau die Mitte des Hofes bildete. Die Hühner links von ihm gackerten kurzfristig etwas aufgeregter. Aber das würde ihn schon nicht verraten. Dann drückte er sich am Schweinestall entlang, aus dem vereinzeltes Grunzen drang, zog dann die grün gestrichene Holztür zum ehemaligen Kuhstall auf und schlüpfte hinein.

Wo früher die Kühe gestanden waren, lagerte jetzt in großen Säcken das Kraftfutter für die Schweine. Hier drin war der Bertl schon einmal nicht. Suchanek schaute in den Futtergraben, an dem früher die Kühe angebunden gewesen waren. Nichts. Vielleicht oben, auf dem alten Heuboden? Ganz links hinten lehnte eine Leiter an einer Luke. Suchanek kletterte hinauf. Dort oben war es finsterer als in seinem Liebesleben. Er machte ein paar unsichere Schritte und gerade, als sich die Einsicht durchsetzte, dass der Mörder den Bertl wahrscheinlich eher nicht mühselig da die Leiter hinaufbugsiert hatte, stieß er mit dem Knie an irgendwas, das dann mit einem metallenen Scheppern von irgendwo runterfiel.

Suchanek blieb regungslos stehen. Ungefähr vier Stunden lang. Gefühlt waren es sogar sechs. Es war nichts zu hören. Erleichtert tappte er zu der Luke zurück und kletterte wieder herunter.

Bei den Schweinen drüben vielleicht? Die würden aber sicher Lärm machen. Das wusste er noch von früher. Wenn man in den Schweinestall ging, glaubten die gefräßigen Viecher immer, man würde sie jetzt füttern, und fingen sofort an aufgeregt zu ...

«Ja, da schau her! Der Suchanek! Dass du mich wieder einmal besuchen kommst.»

Es hätte eine lange Reihe von mehr oder minder drastischen Ausdrücken gegeben, um die Unerfreulichkeit der gerade eingetretenen Situation zu umschreiben. Vorsichtig ausgedrückt war das jetzt jedenfalls einmal ziemlich schlecht.

«Kommst du am Ende die Milch holen?»

Suchaneks sämtliches Blut suchte sich fluchtartig einen Platz in seinem Körper, der nicht das Hirn war. Er drehte sich langsam um und lächelte hilflos.

«Na ja, weißt du, ich hab in der Stadt wirklich alle Marken durchprobiert», sagte er. «Aber an deine Milch kommt einfach keine andere heran.»

Der Achter-Hiefler nickte versonnen, nahm dann seine vor Jahren sicherlich einmal dunkelblau gewesene und von einem Delta alter Schweißränder durchzogene Kappe ab, bürstete sich mit gespreizten Fingern die grauen, aber immer noch juvenil dichten Haare ein paar Mal nach hinten und setzte die Kappe dann wieder auf.

«Ich glaube ja, es war vor allem die Auwiese. Weißt eh, die da unten beim Schutzdamm, Richtung Haindorf», sagte er dann bedächtig. «Da sind Pflanzen gewachsen, die hab ich sonst nirgends gesehen in der Gegend. So ganz eigene Wildkräuter waren das. Mit dem Heu von dort hab ich meine Kühe immer gefüttert.»

Suchanek würde an ihm nicht vorbeikommen, so viel war

klar. Der Achter stand in all seiner beeindruckenden Fülle in der Tür. In der einzigen Tür. Und wenn Suchanek es doch irgendwie schaffen sollte, musste er noch aus dem Hof raus. Nach vorne zur Straße war sicher abgesperrt. Es blieb also nur der Weg, auf dem er gekommen war. Und bis er das Tor wieder aufgeschoben hatte, hatte der Achter den Rückstand, den er sich beim Laufen vielleicht eingehandelt hätte, längst wieder wettgemacht.

«Aber ich muss dich leider enttäuschen: Hier ist nichts mehr wie früher. Du kannst bei uns leider keine Milch mehr holen», fuhr Hiefler fort. «Also muss ich dich jetzt schon eins fragen: Was suchst du in meinem Stall? Und wie bist du überhaupt hier hereingekommen?»

In Suchaneks Mund war Speichel nicht einmal mehr in Spurenelementform vorhanden. Er konnte kaum sprechen, so inbrünstig klebte seine Zunge am Gaumen.

«Ich weiß, dass der Bertl hier irgendwo ist. Und die Polizei weiß es auch. Sie wird jeden Augenblick kommen.»

Hieflers Augenbrauen wanderten bis fast zu seinem Haaransatz hoch. «Der Gärtner Bertl? Bei mir?» Er lachte schallend. «Was du alles weißt!»

Suchaneks Blick zuckte hektisch durch den Stall. Eine Mistgabel, eine Sense ... Irgendwas musste doch hier herumstehen. So ein Bauernhof war doch normalerweise quasi ein Selbstbedienungsladen voller potenzieller Tötungswerkzeuge.

«Ich weiß noch viel mehr», antwortete er klebrig. «Ich weiß zum Beispiel, dass du mich umbringen wolltest. Obwohl ich dir nichts getan habe.»

Der Achter seufzte tief und fuhr sich mit der Hand zweimal über das ganze Gesicht, als wollte er es wegwischen. «Ich?

Dich umbringen? Aber, Bub! Warum sollte ich denn so etwas machen?»

Suchanek holte tief Luft. Je länger er den Achter jetzt hinhalten konnte, desto größer war seine Chance, dass er überlebte. Weil ... weil dann jemand kommen könnte, um ihn zu retten, jawohl. Obwohl ja eigentlich niemand wusste, dass er überhaupt hier war, weil er es in seiner grenzenlosen Kifferweisheit niemandem gesagt hatte. Aber gut, es könnte ja auch etwas anderes passieren, das alles zu seinen Gunsten veränderte. Ein Erdbeben zum Beispiel. Das letzte in dieser Gegend war sicher erst ein, zwei Millionen Jahre her. Er hob also zu einer munter sprudelnden Verzweiflungstirade an.

«Es war gar nicht so einfach, die Verbindung zwischen der Johanna und dem Willi herauszukriegen. Und wie dann der Bertl verschwunden ist, hatte ich zuerst auch keine Ahnung, wie der wieder dazupassen soll. Und stell dir vor, ausgerechnet der Schneckerl hat es mir dann verraten. Also, nicht absichtlich. Aber der hat mir klargemacht, dass der Bertl ja Feuerwehrtaucher hätte werden sollen. Und diese blöden Hasen hat er auf seinem Hut. Die der Gregor Mantler natürlich jetzt auch wieder auf seinem Auto hat. Wo ‹Injection› druntersteht. Und da ist mir auch wieder eingefallen, wie der Heimeder Kurtl erzählt hat, dass der alte Mantler total ausgezuckt ist, wie der depperte Bertl die verrückte Idee gehabt hat, ausgerechnet in der Lacke alleine herumtauchen zu müssen. Wobei, der Heimeder hat natürlich geglaubt, dass sich der Fünfer deswegen so aufgeregt hat, weil er Angst gehabt hat, dass ihm der Bertl ersäuft. Weil ja doch die erste Regel beim Tauchen heißt, immer nur zu zweit, immer nur mit einem Buddy tauchen gehen. Das weiß ich, weil ich auch einmal so einen Kurs gemacht habe, wie die Mama bei einem Preisausschreiben diesen Cluburlaub in Ägypten gewonnen hat und dann nicht hinfahren wollte, weil sie gemeint hat, wenn sie Durchfall kriegen will, dann braucht sie nicht so weit fliegen, da geht sie einfach zum Kirchenwirt nach Bernhardsau und ...»

«Suchanek», unterbrach ihn der Achter mit gerunzelter Stirn. «Was redest du da daher? Hast du einen Vogel?»

«Ja, wahrscheinlich. Sicher sogar. Aber du weißt genau, dass das stimmt, was ich da sage. Wie mir dann der Kommissar erzählt hat, dass seine Polizeitaucher gesagt haben, dass in der Lacke ja wirklich ein ganzes Auto liegt, ist mir auch nicht gleich eingefallen, dass sie damit nicht nur die vielen Einzelteile meinen, die der Willi jahrelang hineingehaut hat. Sondern eben wirklich ein ganzes Auto. Also, in einem. Erst wie ich dann den Hut vom Schneckerl wieder gesehen hab und die Hasen drauf. Da ist mir wieder eingefallen, dass er doch gesagt hat, der Bertl hat ihm die aus dem Wasser geholt, gleich am ersten Tag, wie ich mit dem Hund spazieren war.»

«Suchanek, weißt du, was du brauchst? Einen guten Doktor.»

«Und es ist natürlich schon ein besonderes Pech, dass der Mantler nicht nur die sowieso schon vertrottelte Idee hat, dass er unbedingt einen Feuerwehrtaucher braucht, sondern dann auch noch ausgerechnet den Gärtner Bertl dafür aussucht. Und der ist wiederum nicht nur deppert genug, dass er allein in der Lacke übt, sondern noch dazu offenbar nicht einmal untalentiert. Weil gleich beim ersten Mal Tauchen in dieser grünen Suppe nicht nur das Auto zu finden, sondern sogar an den rammelnden Hasen, die auf dem Auto draufpicken, zu erkennen, welches Auto das ist, und zu kapieren, warum es da unten liegt, ist eigentlich eine reife Leistung. Und dann ist er zu dir gegangen. Eine Win-Win-Situation für alle. Du erfährst nach weiß Gott wie vielen Jahren endlich, dass es der Mantler Gregor war, der deinen Buben zusammengeführt hat. Und der Willi hat ihm, wahrscheinlich noch gleich in derselben Nacht, das Auto gegen ein neues ausgetauscht, das genauso ausgeschaut hat. Weil einen aufgemotzten BMW in Anthrazitgrau hat er ja immer im Schauraum stehen gehabt. Kennzeichen ummontieren und fertig. Und das Unfallauto haut er in die Lacke. Im Loch hätte es verrosten können bis zum Jüngsten Tag. Die alten Mantlers haben den Willi wahrscheinlich mit Geld zugeschüttet, dass er da mitmacht. Und den Bertl, den hättest wahrscheinlich wiederum du mit Geld zugeschüttet, oder? Der kann ja leider nicht zu Hause bleiben, obwohl er eigentlich der viel bessere Bauer wäre als sein patscherter älterer Bruder. Aber der ist eben nun einmal der Ältere. Also kriegt er die Wirtschaft, weil es halt schon immer so war. Und der Bertl, der hätte jetzt deine gekriegt. Weil du hast ja sowieso keinen Erben mehr. Stimmt's?»

Der Achter schaute grimmig in die Ferne. Dann sagte er heiser:

«Der alte Mantler wollte mir voriges Jahr sogar meine Äcker abkaufen. Kann man sich so was vorstellen? Hat überhaupt keinen Genierer, diese Drecksau. Sein Bub bringt mir meinen Bub um, und dann kommt er und will mir die Äcker abkaufen. Weil mein Name ja sowieso mit mir ausstirbt, hat er gesagt.»

«Du hast dir also zuerst den Willi vorgeknöpft, damit er dir erzählt, wie die ganze Sache gelaufen ist, oder? Und ihn dann in sein Rohr geschoben. Aber warum die Johanna? Die ist ja nicht gefahren.»

«Wie der Willi das Messer an der Gurgel gehabt hat, hat er mir brav alles erzählt. Auch, wie ihn die Johanna buseriert hat, dass er ihnen hilft. Und wie sie ihm vorgesungen hat, wie leid es ihr doch tut um den Andi, aber dass es jetzt halt nun einmal passiert ist und es den Andi auch nicht mehr lebendig macht, wenn der Gregor ins Gefängnis geht. Darum auch die Johanna. Und der Gregor ist der Nächste. Sie sollen es spüren. Der Gregor soll spüren, was der Andi gespürt hat. Und der Fünfer das, was ich gespürt hab.»

«Aber Achter: Sie kommen dir drauf! Und dann gehst du für den Rest deines Lebens ins Gefängnis!»

«Na und? Das soll mich schrecken? Es ist mir völlig egal, was mit mir passiert. Ich bin seit acht Jahren tot. Ich bin nur noch einmal kurz vom Friedhof zurückgekommen, weil mir der Himmelvater die Chance gegeben hat, mich zu rächen.»

«Jetzt sei doch vernünftig. Du machst es doch nur noch schlimmer.»

«Schlimmer? Ha! Schlimmer sagt er! Was weißt du denn schon? Was weißt du, wie das ist? Wenn in aller Herrgottsfrühe das Telefon läutet, und dann rast du dorthin, obwohl du weißt, er ist tot, tot, tot! Aber du rast trotzdem, weil vielleicht kannst du ja noch irgendwas tun, verdammt noch einmal, du bist sein Vater, du hast immer auf ihn aufgepasst; seit du ihn damals das erste Mal in den Händen gehalten hast und er so klein und noch ganz durchsichtig war, hast du auf ihn aufgepasst, du musst doch noch irgendetwas tun können! Aber einen Scheißdreck kannst du tun. Weil sie zeigen dir einen blutigen Haufen, bei dem du nicht einmal weißt, wo hinten und vorne ist. Nicht einmal ein letztes Mal umarmen kannst du deinen Sohn, weil da kein Gesicht mehr ist und nichts. Nur zerfetztes Fleisch. Also stell dich du da jetzt nicht her und erklär mir was von wegen schlimmer! Du kannst mir gar nichts erklären. Du hast keine Ahnung!»

Eine Weile sagte der Suchanek nichts. Und dann: «Ja. Stimmt. Ich habe keine Ahnung. Aber du vergisst eines: Der Gregor hat das ja nicht absichtlich gemacht. Es war ein Unfall.»

«Ach so? Und dann fährt er eineinhalb Kilometer weiter? Und erst dann bleibt er stehen und kletzelt den Rest vom Andi aus dem Kühlergrill? Und dann fährt er heim und sagt, Papa, mir ist da was passiert? Und der feine Herr Mantler und seine heilige Frau kaufen ihn frei? Nennst du das alles einen normalen Unfall?»

«Nein», sagte Suchanek leise. «Nein.»

Eine Weile standen sie einfach wortlos da. Der Achter dampfte vor wütender Verzweiflung und Suchanek vor Angst. Dann sagte Suchanek: «Ich kann aber sicher nichts für das alles. Und mich wolltest du auch umbringen.»

«Warum musst du auch ausgerechnet an diesem Wochenende wieder hierherkommen? Und dann mitten in der Nacht draußen sein? Was hätte ich denn tun sollen? So, wie die Nidetzky dahergeredet hat, hast du mich ja genau gesehen. Und bevor dir klarwird, wen du da gesehen hast, hab ich mir gedacht ... Es tut mir leid. Es war nichts Persönliches.»

Er machte eine kleine Pause. Und dann sagte er: «Es ist nichts Persönliches.»

Jetzt musste Suchanek lachen. Trotz dieses an sich nicht sehr ermutigenden Wechsels ins Präsens. «Es ist nichts Persönliches! Super. Genau das hat der Grasel auch gesagt. Na, da hab ich jetzt aber was davon.»

«Wer hat das gesagt?»

«Der Grasel. Der Wimberger Alex.»

«Wieso heißt der Grasel?»

«Weil ... Ach, wurscht jetzt.»

Das Erdbeben ließ vollkommen überraschenderweise immer noch auf sich warten. Irgendwie musste diese Situation ja auch wieder gelöst werden, und Suchanek hatte nicht den Eindruck, dass er derjenige mit dem Finger am Drücker war. Ans Gewissen appellieren, dachte er. Er ist ja kein schlechter Kerl. Er ist ein Schmerzensmann. Wer weiß, was du an seiner Stelle getan hättest.

«Wenn du jetzt mich und den Bertl auch noch umbringst, nur, damit du deine Rache kriegst ... Was glaubst du, würde der Andi dazu sagen? Ich hab mit ihm früher immer Verstecken gespielt. Genau hier. Ich wäre überhaupt nicht in deinen Hof hineingekommen, wenn er mir nicht gezeigt hätte, wie ich mit dem Spaten das hintere Tor ausheben kann.»

«Das hat er dir gezeigt?» Ein seliges Lächeln huschte über das fahle Gesicht vom Hiefler. «Dieser Bub! So ein Pülcher, was der war ... Aber wie kommst du darauf, dass ich den Bertl umbringen möchte?»

«Na ja, ich könnte mir vorstellen, dass ihm das alles zu viel geworden ist. Dass er nicht an noch mehr Toten schuld sein wollte. Und dass er deshalb zu dir gegangen ist, um dir ins Gewissen zu reden, dass du damit aufhören sollst. Oder vielleicht hat er dir sogar gedroht, er geht zur Polizei.»

Wieder nahm der Achter seine Kappe ab, kratzte sich am Kopf und schaute dabei angestrengt nach oben.

«Ja ...», sagte er dann gedehnt, «das ist natürlich kein blöder Gedanke. Klingt logisch.»

Ans Gewissen appellieren!

«Also komm, Achter. Es ist genug. Der Bertl und ich, wir haben dir den Andi nicht zusammengeführt. Und jetzt, wo die Polizei weiß, dass da in der Lacke ein Auto liegt, ist es nur mehr eine Frage der Zeit, bis sie draufkommen, was das für ein Auto ist. Jetzt lass uns zwei halt gehen. Bitte.»

Hiefler lächelte wieder. «Ich hab gedacht, die Polizei steht sowieso jeden Moment vor meiner Tür, weil sie weiß, dass ich den Bertl entführt hab?»

Suchanek, kann es eigentlich auf dieser großen, weiten Welt, vielleicht auf dieser einen Molukken-Insel oder im Villenbezirk von Kinshasa oder vielleicht auf Feuerland, irgendwo einen größeren Trottel geben als dich?

«Und was jetzt noch blöd ist», fuhr der Achter immer noch lächelnd und das nicht einmal unfreundlich oder gar sardonisch fort, «du überschätzt offenbar das schlechte Gewissen vom Bertl. Der war nicht bei mir. Der wollte mir gar nichts ausreden oder zur Polizei gehen. Der hat einfach den Kopf eingezogen und auf seinen neuen Hof gewartet. Und darum habe ich auch überhaupt keinen Grund, ihn umzubringen. Und darum ist er auch nicht bei mir.»

Nein, Suchanek, jetzt ist es endgültig verbrieft. Es kann unter Garantie nirgendwo einen größeren Trottel geben als dich.

«Aber», fügte Hiefler hinzu, «aber im Gegensatz zu dir kann ich mir ganz gut vorstellen, wo er ist.»

Suchanek versuchte mühsam, irgendwie die Fassung zu bewahren.

«Wo denn?»

«Na, denk doch einmal nach, du Superdetektiv. Du bist draufgekommen, dass der Bertl das Auto gefunden haben muss. Wer könnte denn noch draufgekommen sein?»

Jetzt musste selbst Suchanek nicht mehr lange nachdenken. Na klar. Natürlich. Er schaute den Achter skeptisch an.

«Und? Was machen wir jetzt?», fragte er mit leicht zittriger Stimme.

«Ja», sagte Hiefler. «Das ist eine wirklich gute Frage. Was machen wir jetzt?»

21

Ob der Gärtner Bertl jetzt gerade bei Bewusstsein war oder lieber doch nicht, war leicht zu beantworten: beides.

Sein Kopf kippte vornüber, und die kleine Pfütze, die sich auf dem oberen Plateau des knöchernen Quaders gesammelt hatte, schwappte ihm übers Gesicht, vermischte sich mit dem Speichel und dem Blut, das ihm immer noch in einem dünnen Faden unaufhörlich aus dem Mundwinkel quoll, zu einem zähen blassroten Saft, tropfte dann auf Bertls bestes weißes Sonntagshemd und baute die Umrisse des dort befindlichen roten Flecks langsam von einem mit einiger Phantasie erkennbaren Frankreich mehr in Richtung Kanada aus.

Es dauerte eine Weile, bis das Wasser, das man ihm ins Gesicht geschüttet hatte, so weit wirkte, dass er nicht nur wieder einigermaßen wach war, sondern auch wieder wusste, wo er war. Und warum. Und wie es kam, dass ihm nicht nur das Gesicht, sondern vor allem Daumen und Zeigefinger der linken Hand so weh taten.

«Bitte!», wimmerte er und warf dabei eine blutige Schaumblase auf seinen Lippen. «Hör auf! Nicht noch einen Finger. Ich sag die Wahrheit, ich schwör's.»

Man musste allerdings einräumen, dass der ORF 2 anfänglich keineswegs die Wahrheit gesagt hatte. Also, nicht ganz anfänglich, denn die ersten paar Stunden seiner Gefangenschaft war er zu seinem Glück ohnehin bewusstlos gewesen. Nachdem er eine SMS bekommen hatte, in der dringestanden war «müssen reden wegen mantlers. pappelwald. sofort.» und von der er natürlich gedacht hatte, sie käme vom Achter-Hiefler, hatte er sich von der Autoweihe geschlichen. Dass er im Hinblick auf den Absender einem bösen Irrtum aufgesessen war, hatte er erst erkannt, als er nach dem Mordstrumm-Schlag, den er auf seinen Mordstrumm-Schädel bekommen hatte und der ihn einknicken hatte lassen wie einen nach allen Regeln der Kunst – also wohl eher nicht von der Freiwilligen Feuerwehr Wulzendorf – gesprengten alten Fabrikschlot, an einen Stuhl gefesselt wieder aufgewacht war.

«Anfänglich» bedeutete in diesem Zusammenhang: vor dem Daumen. Da hatte er überhaupt noch alles abgestritten. Er? Etwas gefunden? In der Lacke? So ein Quatsch, ehrlich. Er habe ja nur ein bisschen geplanscht und in dem Wasser sehe man ja sowieso praktisch nichts und was solle das alles hier überhaupt?

Die paar Watschen, die es dann gesetzt hatte, hatte er auch noch weggesteckt. Die war einer mit der freudlosen Lebensgeschichte eines Gärtner Bertl gewöhnt. Und obwohl es keineswegs so war, dass er seine Situation nicht ernst nahm – dass sie ihm den Daumennagel ausreißen würden, hatte er selbst dann nicht für möglich gehalten, als die Zange schon ganz nah war. So etwas machten sie in Libyen mit allen 246 Chauffeuren vom Gaddafi oder im Iran mit denen, die auf dem Weg zum rechten Glauben eine helfende Hand benötigten. Aber doch nicht in Wulzendorf!

Wobei der Bertl bei seiner Rechnung ein wenig außer Acht gelassen hatte, dass man in Wulzendorf neuerdings noch ganz andere Sachen machte. Woran er ja keineswegs unschuldig war.

Er hatte sich auch überhaupt keine Vorstellung davon gemacht, wie unfassbar weh es tat, einen Fingernagel ausgerissen zu bekommen. Der Bertl hatte so laut gebrüllt, dass sie ihn an sich bis nach Haindorf an der Donau gehört hätten, also bis dorthin, wo die Profis unter den freiwilligen Feuerwehrtauchern daheim waren. Also die, die eigentlich an allem schuld waren, weil sie mit ihren Leistungen beim 46. Landesfeuerwehrtag den Fünfer so beeindruckt hatten, dass er dadurch überhaupt erst auf die Idee verfallen war, dem Bertl eine Taucherbrille und das Skriptum für den Kurs in die Hand zu drücken. Aber da der Bertl bei seiner Daumenbehandlung natürlich geknebelt war – er hatte einen von seinen eigenen Hosenhaxen im Mund und reichlich Isolierband drüber –, hörte man ihn nicht bis nach Haindorf, sondern nicht einmal gescheit bis rüber zum Dreier-Kanschitz. Wobei ihn dort wiederum sowieso keiner hören konnte, weil ja keiner daheim war. Waren alle unterwegs. Den Bertl suchen.

Dass der Dreier nur in den Stadl vom Fünfer hätte rübergehen müssen und den Bertl auch schon gehabt hätte – wie um alles in der Welt hätte er denn auf diese Idee kommen sollen?

Jedenfalls war der Gärtner-Bub nach dem Daumennagel dann so was von gesprächig. Und auch total ehrlich. Ja, er hatte ein Auto gefunden. Ja, er hatte erkannt, dass es das Auto vom Gregor war. Er hatte auch gesehen, wie es vorne aussah. Und es war ihm natürlich gleich klar gewesen, warum es so aussah. Und dann war er zum Hiefler gegangen und hatte ihm das verraten. Nein, sonst keinem.

Wirklich nicht?

Nein, ganz ehrlich nicht. Sonst wusste das keiner. Niemand. Nicht einmal der Poldi oder sonst einer aus der Familie.

Da der Gregor aber, das hatte er in der Wettkampfsituation gelernt, ein sehr genauer Arbeiter war, denn schließlich war eine Furche entweder gerade oder eben nicht, ein bisschen gerade war an der Spitze, wo auch und gerade beim

Wettpflügen die Luft dünn wurde, einfach zu wenig, ging er auch beim Foltern lieber auf Nummer sicher. Also zum Zeigefinger über.

Nachdem er den dortigen Nagel aus der Beißzange gekletzelt und angewidert weggeschnippt hatte, spülte der Gregor den Bertl, der sich wieder feig in eine Ohnmacht geflüchtet hatte, mit einem Kübel Wasser zurück in sein mäßig erfreuliches Hier und Jetzt. Und dann war sich endlich auch der Gregor sicher, dass ORF 2 die Wahrheit ausgestrahlt hatte.

Jetzt kam aber Phase zwei. Jetzt galt es, aus den gesammelten Informationen auch die richtigen Schlüsse zu ziehen. Den Hiefler, den würden sich die Mantlers bald holen. Bevor er sie holte. Und obwohl sich der arme Bertl zwar kurzfristig nicht mehr fürchten brauchte, noch ein paar Nägel zu verlieren, brauchte man keine Ratingagentur zu bemühen, um seinen mittelfristigen Ausblick auf negativ zu senken.

«Was machen wir jetzt mit ihm?», fragte Gregor, während er den Mund vom ORF 2 wieder verstopfte.

Sein Vater hatte die Folterung aus der Fahrerkabine des Traktors heraus verfolgt – dieser ergonomisch den allerletzten Schrei ausstoßende Sitz war wirklich ungemein bequem, weil, wenn der Mantler länger stand, dann brachten ihn seine Knie um, von diesem Schmerz machte sich ja überhaupt niemand eine Vorstellung. Und er musste schon sagen, wenn er sah, wie gut sich der Bub in dieser doch außergewöhnlichen Situation tat, dann dankte er Gott dafür, dass sich die Johanna wenigstens von einem kreativen Menschen wie dem Hansi-Burli hatte besamen lassen, wenn er selber schon bedauerlicherweise ausgefallen war. Das hatte sich im Endeffekt ziemlich gut getroffen, dass der Burli damals gerade eine kleine Pause beim Arbeiten hatte machen müssen, weil der Gips rund um die neu eingesetzte Steckdose noch nicht trocken gewesen war. Und sich gedacht hatte: «So. Womit schlag ich jetzt die zehn Minuten tot?» Und dass die Johanna dann auch gleich eine Idee gehabt hatte.

Klar, manchmal hatte es den Fünfer schon gestört, dass der Gregor nicht von ihm war. Aber in Augenblicken wie diesem musste er immer wieder mit Stolz feststellen: Er hätte durchaus von ihm sein können.

«Was wir mit ihm machen? Na ja. Wir können ihn schlecht wieder auslassen, oder?», antwortete der Alte.

Der Bertl grunzte mit weit aufgerissenen Augen irgendwas durch seinen Knebel durch, es war mehr so ein hohes Ferkelgrunzen, und die Mantlers wussten auch ohne Untertitel, was es hieß: Ich verspreche, ich verrate nichts, bitte lasst mich einfach gehen, ich werde ganz sicher nicht, ich schwöre, oh bittebittebitte!

Gregor schob mit dem Fuß gedankenverloren die Werkzeugkiste, in die er vorhin die Zange geschmissen hatte, nach links, dann nach rechts und wieder zurück.

«Und was heißt das jetzt?», fragte er.

«Es wäre am gescheitesten, wenn ihn nie wer findet. Am besten, wir fahren morgen in der Früh hinaus auf die alten Hofäcker, einer mit dem Auto, da hauen wir ihn in den Kofferraum, und einer mit dem Traktor mit der Ladeschaufel. Dann graben wir beim Windschutzgürtel ein Lo...»

Bumm!

Das war jetzt aber kein schwacher Schepperer gewesen. Erstaunt schauten die Mantlers zu dem Fenster und dann einander an.

Bumm! Noch einmal.

Jetzt hatte der Suchanek das natürlich anders geplant gehabt. Er hätte den Stein effektvoll durch die Scheibe schleudern wollen, auf dass den beiden Schurken überfallsartig klargeworden wäre, dass man sie jetzt am Schlafittchen habe, aber wie auch noch. Allerdings hatte Suchanek die Bruchsicherheit von bruchsicherem Drahtglas entschieden unterschätzt. Auch die Durchsichtigkeit von dem Zeug war verbesserungswürdig. Aber immerhin hatte sie für ihn, auf der Räuberleiter stehend, die der Achter-Hiefler mehr oder minder solide aufgebaut hatte, so weit gereicht, dass er schemenhaft den Gregor und den Bertl erkennen konnte. Und wer von den beiden wer war, hatte er sich dann zusammenkombiniert wie ein Einser.

Aber auch wenn der Auftritt jetzt nicht so stark war, was man spätestens, nachdem der Suchanek den Stein fluchend zum dritten Mal gegen das Fenster geklescht hatte und es noch immer stur ganz blieb, nicht mehr leugnen konnte, er erfüllte doch seinen Zweck. Den Mantlers war klar, dass jemand entdeckt hatte, was sie da taten. Sicherheitshalber rief der Suchanek aber auch noch: «Wir haben den Bertl gesehen! Das Spiel ist aus!»

Der Achter schaute hinter der Pappel hervor, hinter der er sich mittlerweile dem Plan folgend versteckt hatte, und griff sich an den Kopf. Das Spiel ist aus? Wie blöd war das denn? Der Suchanek fand das ja irgendwie auch, aber es war ihm auf die Schnelle nichts weniger Peinliches eingefallen, und der Achter brauchte sowieso nicht so tun, der hatte genug Dreck am Stecken.

Nachdem sich beim Hiefler die Einsicht durchgesetzt hatte, dass der Gregor jetzt, wo er alles wusste, eher nicht still dasitzen und warten würde, bis der Hiefler ihn abholen und fein säuberlich zu Tode schleifen würde – genau das hatte der Achter nämlich an sich vorgehabt: mit dem Gregor ans Auto gebunden genau die Strecke abfahren, die der Andi hatte zurücklegen müssen –, hatte er sich sogar bereit erklärt, dem Suchanek zu helfen, den Bertl zu retten. Sofern es noch was zu retten gab. Und bis auf zwei Fingernägel sah es ja tatsächlich noch ganz gut aus.

Langsam ging das Tor auf. Gregor kam heraus und starrte Suchanek an.

«Renn, Alex! Renn und hol die Polizei!», rief der Suchanek in den Wald hinein, und der Achter-Hiefler trampelte auch sogleich brav und so laut er konnte los, wie sie es ausgemacht hatten. Suchanek hatte sich dafür entschieden, den Mantlers den Achter, den sie ja nicht sehen konnten, als Grasel zu verkaufen, weil die ansonsten eventuell bezweifelt hätten, dass ein Doppelmörder nichts Besseres zu tun habe, als zur Polizei zu rennen. Und dann wäre der famose Plan nicht ganz so famos gewesen.

«Wir wissen alles. Von dem Auto in der Lacke und vom Hiefler Andi», sagte Suchanek. «Jetzt sei vernünftig und bind den Bertl los. Und ich ruf die Rettung.»

Der junge Mantler schaute in den Wald und dann wieder den Suchanek an. Er biss sich auf die Unterlippe.

«Ich weiß, was du denkst, Gregor. Aber du kannst uns auf keinen Fall beide aufhalten.»

Nein. Das konnte er natürlich nicht. Und wie das so langsam bei ihm sickerte, dass jetzt, wenn man den Andi und den Bertl so addierte, also fahrlässige Tötung, Fahrerflucht, unterlassene Hilfeleistung, Freiheitsberaubung, Nötigung, schwere Körperverletzung und was den Arschgeigen in der Justiz noch alles einfallen würde, wenn es galt, einen Burschen wie ihn kleinzukriegen, wie ihm also klarwurde, dass jetzt ganz schön viele Jahre auf ihn zukamen, die sich nicht zwischen

Damenwahl am Jungbauernball und Trink-fünf-zahl-drei-Happy-Hours abspielen würden, und dass er, wenn er wieder rauskam aus dem Gefängnis, schon ordentlich alt sein würde, eigentlich viel zu alt, um eine Familie zu gründen und einen Hoferben zu machen, als er das alles in seiner ganzen Drastik kapiert hatte, bekam er einen weiß glühenden Zorn.

Mit einem gellenden Schrei stürzte er auf Suchanek los. Wenn er schon bluten musste für diese ganze Sache, dann dieser unnötige Traumtänzer auch. Weil, was mischte der sich da überhaupt ein? Der Traumtänzer hatte so etwas Ähnliches allerdings erwartet und startete vielleicht eine Sekunde später weg.

«Gregor, nicht! Lass ihn!», hörte Suchanek den alten Mantler rufen, der jetzt auch aus dem Stadl herausgekommen war. «Tu ihm nichts! Du machst es nur noch schlimmer!»

Aber Gregor reagierte nicht. Schnaubend stürmte er hinter Suchanek her, den Feldweg am Graben entlang. Suchanek wusste, er musste irgendwohin flüchten, wo Menschen waren. Vielleicht sogar solche, die im Gegensatz zu ihm den Zweikampf nicht scheuten. Der Pfarrhofer René wäre eine hervorragende Lösung gewesen, allerdings hätte er dem in aller Schnelle vorlügen müssen, dass die Susi jetzt neuerdings auf den Gregor stehe und dass der sie gröblichst entehrt habe oder so. Bis er die Geschichte fertig hatte, hatte sich der Gregor allerdings an ihm schon sein Lebenslänglich redlich verdient.

In Suchaneks Schädel pochte und klopfte es wie in einem schlecht gewarteten Dieselmotor, die Brust stach, und der Hals brannte, als hätte er Glas gegessen. Er näherte sich jetzt der Gstettenstraße. Nach links ging es zum Volksfestgelände und zur Hauptstraße, rechts zur Lacke und nach Hause. Links war die Chance, jetzt einmal bald auf Menschen zu treffen, also wesentlich größer. Folgerichtig bog Suchanek, ohne weiter nachzudenken, nach rechts ab.

Abgesehen von dieser zarten Fehlleistung war Suchanek aber sehr gut unterwegs. Man konnte sogar sagen: Er lief, wie er noch nie gelaufen war. Eigentlich war es sogar schon mehr ein halsbrecherischer Tiefflug, Überschall, unter dem feindlichen Radar hindurch.

Eigenartig war nur, dass, obwohl er so schnell rannte, wie weder Emil Zatopek noch Karoline Käfer, noch Ben Johnson am Zenit seiner Steroidsynthetik jemals gerannt waren, das Keuchen vom Gregor in seinem Rücken immer lauter wurde. Dies konnte zweierlei bedeuten. Zum Ersten natürlich, dass der kleine Mantler, von Suchaneks sensationeller Laufleistung völlig zermürbt, mittlerweile so hochgradig im anaeroben Bereich unterwegs war, dass er zur Deckung des Sauerstoffdefizits eine Blauwallunge benötigt hätte, die er nicht hatte, weshalb er so extrem laut keuchte und innerhalb der nächsten Zehntelsekunden mit seinem unausweichlichen Kollaps zu rechnen war.

Möglich war aber auch, dass er immer näher kam.

Wieso war da keiner auf der Straße? Tagelang war Suchanek durch das Dorf geschlichen in der Hoffnung, keinen zu treffen. Und jetzt hatte er es geschafft. Jetzt traf er endlich einmal tatsächlich keinen. Durch die Anstrengung sah er inzwischen nur mehr ganz verschwommen. Eigentlich konnte er nicht mehr. Sollte er nicht vielleicht einfach stehen bleiben? Wurscht, was dann passierte?

Dann hörte er den Zug hupen. Er war schon ganz nah.

Nein. Neinnein. Seine Schwester durfte den Zug einfach nicht verpassen. Wenn sie es tat, würde sich garantiert irgendeine Interpretation finden lassen, die ihm die Schuld dafür in seine durchfallbraunen, hinten aufgeschnittenen Hausschuhe, denen er eine halbe Ferse hinterherlief, schob. Suchanek kehrte alle Kraft, die noch irgendwo in seinem muskelabstinenten Körper zu finden war, in den letzten Winkeln seiner Lianenwaden, in den Zuckerwatteoberschenkeln, wo auch immer, auf ein Häufchen zusammen. Ein kleines. Aber immerhin. Schneller, Suchanek. Schneller. Noch schneller!

Also gut. Dann zumindest weiter. Hauptsache, weiter.

Vor ihm war jetzt der Bahnübergang. Noch zehn Meter. Von rechts schob sich der Zug ins flimmernde Bild und bimmelte ungläubig. Hinter ihm, jetzt schon ganz dicht hinter ihm, brüllte Gregor: «Du Aaaaaaarschloch!»

Was hatte der eigentlich noch mal dagegen, dass Suchaneks Schwester den Zug erwischte?

Jetzt war Suchanek vor den Gleisen. Aus seinem rechten Augenwinkel heraus schaute er dem Zug direkt ins Gesicht. Der Zug verzog keine Miene. Suchanek vermutlich schon.

Metallisches Kreischen, Quietschen, Funkensprühen. Suchaneks letzter Schritt. Nein. Ein Sprung. Ein dumpfer Schlag.

Und dann schwarz.

Alles.

22

Ein helles Licht.

Suchanek lag auf dem Rücken. Er hatte die Augen geschlossen. Aber trotzdem konnte er es deutlich sehen. Jetzt kam dann wohl gleich die Sache mit dem Tunnel. Also durchgehen, auf das Licht zu, sich angenehm warm umwogt fühlen, wie im Fruchtwasser schwimmend, und spüren, nein, wissen: das ist jetzt gut und richtig so.

War die außerkörperliche Erfahrung normalerweise eigentlich vorher oder nachher? Das Herumfliegen und Sich-selbst-blutig-da-liegen-Sehen, während die Susi heulend neben einem kniete und hysterisch brüllte: «Einen Arzt! Wir brauchen sofort einen Arzt!» Und die dann, weil klarerweise keiner da war, wie denn auch, der sogenannte Gemeindearzt saß ja wie alles andere, das man zumindest ab und zu brauchen konnte, drei Kilometer entfernt bei den Bernhardsäuen, begann mit der Faust auf sein Brustbein einzudreschen und ihm die abgebissene Zunge und die zersplitterten Zähne aus dem Mund zu räumen und ebenso hilf- wie sinnlos Luft hineinzublasen?

Mist.

Der Film. Der kam ja auch noch.

Er hasste Biopics sowieso schon. Aber jetzt, am Ende dieses wirklichen Scheißtages, auch noch «Das Leben des Suchanek»? Director's Cut? Wobei, es hieß ja immer, dass man den Film im Schnelldurchlauf sah. Wenigstens etwas.

Suchanek öffnete die Augen einen winzigen Spalt und schaute blinzelnd in das Licht. Das war nicht warm und angenehm. Das war grell und gleißend. Und es tat weh.

Dann schob sich ein riesiger, kantiger Schatten, der an einem Ende ausfranste wie ein Malerpinsel, über die Sonne.

«Tut mir leid», schnaufte es aus dem Kopf von Kommissar Wimmer. «Nachdem mich der Herr Hiefler angerufen hat, bin ich so schnell gekommen, wie ich konnte. Alles in Ordnung mit Ihnen?»

Suchanek setzte sich auf und schaute sich verwundert um.

«Langsam», mahnte Wimmer. «Sie waren eine ganze Weile bewusstlos.»

Der Zug war zum Stehen gekommen, und ein dunkelgrüner Waggon, auf dem in goldener Schnörkelschrift «Salonwagen» stand, blockierte den Bahnübergang. Aus jedem seiner Fenster hingen mehrere Gesichter der «Bernhardsauer Schienenfreunde e.V.». Sie wirkten durchaus schockiert. Und das, obwohl sie ja in die falsche Richtung schauten.

Denn wenn sie in die richtige geschaut hätten, also nicht in die vom Suchanek, dann hätten sie gesehen, dass der Zug nicht nur den Suchanek und den Mantler Gregor voneinander getrennt hatte. Sondern auch die obere Hälfte vom Gregor von der unteren. Die untere lag auf der Straße. Die obere hing irgendwo unter der Lok. Und auf den dreißig Metern dazwischen lag auch noch so einiges.

Suchanek sah an sich herab. Die Hände waren tief aufgeschürft, sein Hemd bei der Brust aufgerissen und blutig, das linke Knie ragte zerschrammt aus der Hose heraus. Gut. Jetzt hatte er es geschafft. Nach den Verletzungen vom Überfall und vom Match und denen hier war er jetzt wohl endgültig ein Pflegefall. Er konnte sich endlich seinen innigsten Berufswunsch erfüllen und in die Invaliditätsrente gehen. Der Kopf tat ihm auch höllisch weh. Er war bei seinem Sprung mit dem

Andreaskreuz kollidiert. Und so ein Andreaskreuz versteht keinen Spaß, das wussten sie in jedem Sadomaso-Keller.

Suchanek nestelte aus der Brusttasche den völlig verbeulten Joint heraus, steckte ihn in den Mund, klopfte dann bedächtig alle seine Taschen ab und schaute schließlich mit seinem nicht zugeschwollenen Auge den immer noch mit besorgtem Gesicht neben ihm hockenden Wimmer in stummer Herausforderung an.

Mit einer seine Nachlässigkeit entschuldigenden Geste griff der Kommissar in sein Sakko und gab Suchanek Feuer. Suchanek nahm einen tiefen Zug und hielt den Joint dann Wimmer hin. Der zog die Mundwinkel nach unten, wies mit dem Kopf über die Schulter und sagte: «Geht leider nicht.»

«Wie spät ist es?», fragte Suchanek.

Wimmer sah auf seine Uhr. «Halb sieben.»

«Scheiße.»

Wimmer half ihm auf die Beine. Als Suchanek sich umdrehte, kam gerade der Fünfer-Mantler daher. Er schaute sich mit gehetztem Blick um, verstand schließlich, sank in die Knie und starrte mit leerem Blick auf den Boden.

Und ein anderer Mann, der am Straßenrand gestanden war, ging jetzt auf Wimmer und Suchanek zu und streckte dem Kommissar beide Arme entgegen.

«Sie können mich jetzt festnehmen», sagte der Achter-Hiefler ruhig.

Während Wimmer dem Mörder Handschellen anlegte, kam Schneckerl auf Suchanek zu. Er sagte nichts und wusste auch sichtlich nicht, was er Suchanek zuerst hinhalten sollte: den Doppler oder die Leine, an deren Ende der Hund wedelte.

«Ich hab gut auf ihn aufgepasst», sagte er.

«Auf dich ist halt Verlass, Schneckerl.»

Der Hund schaute erwartungsvoll. Suchanek beugte sich herunter, hakte die Leine aus seinem Halsband aus und ließ das andere Ende in Schneckerls Hand. Dann nickte er dem Hund zu und ging schleppend los. Der Hund folgte ihm langsam.

Sie waren noch nicht sehr weit gekommen, als sich ein Auto mit ziemlicher Geschwindigkeit näherte. Grasel bremste sich knapp vor ihm ein. Susi sprang heraus, starrte Suchanek entsetzt an und warf dann ihre Arme um ihn.

«Suchanek, mein Gott, Suchanek. Du blutest, oh verdammt, wie du aussiehst! Bist du o. k.? Komm, wir bringen dich ins Spital.»

Suchanek winkte müde ab.

«Ich mach ja ungern den Spielverderber, Alter. Aber ich fürchte, du musst wirklich ins Krankenhaus», sagte Grasel. «Jetzt komm schon.»

Suchanek hob eine Hand und tätschelte Grasel mit stockenden Bewegungen die Brust. Dann sagte er zu Susi: «Um acht bei dir?»

Susi lächelte. Suchanek löste sich vorsichtig aus ihrer Umarmung und ging weiter.

Am Anfang kamen ihnen nur vereinzelt Leute entgegen. Die Nidetzky war eine der Ersten. Sie sah Suchanek ungläubig an und zückte sofort ihr Handy, als er an ihr vorbei war. Dann wurden die Menschen immer mehr. Sie wichen zur Seite, wenn Suchanek auf sie zukam, als schöbe er eine unsichtbare Bugwelle vor sich her, die ihm Platz schaffte. Wenn er an ihnen vorbeiging, tuschelten die Kinder, Halbwüchsige stießen sich in die Rippen, und die Erwachsenen starrten ihn einfach nur an. Bald hinkte Suchanek durch ein nahezu geschlossenes

Spalier von stumm glotzenden Wulzendorfern. Der ramponierte Hund trottete immer noch hinter ihm her.

Bei der Kreuzung zur Hauptstraße bog Suchanek rechts ab, Richtung Hauptplatz. Dort, gegenüber von Susis Geschäft, standen die einzigen zwei Menschen, die nichts verstanden. Neben ihnen waren zwei große Koffer am Gehsteig. Sie sahen nur eine zerlumpte Gestalt, die sich auf der Straße dahinschleppte, begleitet von einem Trichterhund mit nacktem Arsch. Und sie sahen, dass die Menschenmenge, die dieses seltsame Paar hinter sich herzog, immer größer wurde.

Dann stand Suchanek endlich vor seinen fassungslosen Eltern. Sein Vater nahm die Hände wieder vom Gesicht, beugte sich zu dem Hund herunter und sagte leise: «Oh, Gott! Was ist denn mit dir passiert – Hansi?»

Plötzlich ein schrilles Kreischen. Leopardenflecken stürmten ins Bild.

«Ich hab's gerade erst gehört! Bist du in Ordnung, Darling? Ist dir auch wirklich nichts passiert? Oh, mein armer Liebling!», schrie die Burli-Urli, küsste den wehrlosen Suchanek ab und blieb schließlich in einer sorgenvollen Endlos-Umarmung an seiner Seite kleben.

Suchanek wischte sich mit dem Handrücken einen blutigen Speichelfaden vom Kinn, betrachtete ihn anschließend interessiert, verzog dann seine aufgeplatzten Lippen zu einem schiefen Lächeln und sagte: «Hallo, Mama.»

Es war für einen Laien praktisch nicht zu erkennen, welcher Muskel im Gesicht seiner Mutter nicht nervös zuckte. Sie sah über Suchanek und die ausgezehrte Schlampe, die an ihm hing, hinweg, sah all die Leute, die ihren zerschundenen, verdreckten Sohn entsetzt betrachteten. Ihren Sohn, der gerade etwas angerichtet haben musste, von dem sich ihr Ruf zweifellos den Rest ihres nunmehr schon allein deshalb auch noch drastisch verkürzten Lebens nicht mehr erholen würde. Und dann sagte sie:

«Wenn man einmal was braucht von dir!»

FSC
www.fsc.org
MIX
Papier aus verantwortungsvollen Quellen
FSC® C083411

Das für dieses Buch verwendete FSC®-zertifizierte Papier *Holmen Book Cream* liefert Holmen, Schweden.